KB212589

동아시아 문화권력의
대립과 길항

화해를 위한 모색

글쓴이

이지치 노리코 伊地知紀子, Ijichi Noriko 오사카공립대학대학원 문학연구과 교수.

사카사이 아키토 逆井聰人, Sakasai Akito
도쿄대학대학원 총합문화연구과 언어정보과학전공 준교수.

호리이 가즈마 堀井一摩, Horii Kazuma 니혼대학 문리학부 국문학과 준교수.

후쿠마 요시아키 福間良明, Fukuma Yoshiaki 리쓰메이칸대학 산업사회학부 현대사회학과 교수.

도노무라 마사루 外村大, Tonomura Masaru
도쿄대학대학원 총합문화연구과 지역문화연구전공 교수.

장첸지에 張政傑, Chang Cheng-Chieh 둥우대학 일본어문학계 조리교수.

손지연 孫知延, Son Ji-youn 경희대학교 외국어대학 일본어학과 교수.

정진헌 鄭塡憲, Jung Jin-heon 통일교육원 교수.

한림일본학연구총서2 포스트제국의 문화권력 시리즈 08

동아시아 문화권력의 대립과 길항
화해를 위한 모색

초판발행 2024년 10월 10일

엮은이 한림대학교 일본학연구소

펴낸이 박성모
펴낸곳 소명출판
출판등록 제1998-000017호
주소 서울시 서초구 사임당로14길 15 서광빌딩 2층
전화 02-585-7840
팩스 02-585-7848
이메일 somyungbooks@daum.net
홈페이지 www.somyong.co.kr

ISBN 979-11-5905-970-4 93830
정가 24,000원

이 책은 2017년도 정부(교육부)의 재원으로 한국연구재단의 지원을 받아 한림대학교 일본학연구소가 수행하는 인문한국플러스
지원사업의 일환으로 이루어진 연구임 (2017S1A6A3A01079517)

08

한림일본학연구총서 II
포스트제국의
문화권력시리즈

동아시아 문화권력의 대립과 길항

화해를 위한 모색

한림대학교 일본학연구소 엮음

CONFLICT
AND ANTAGONISM
OF CULTURAL POWER
IN EAST ASIAN
: SEEKING RECONCILIATION

서문

한림대학교 일본학연구소는 2008년부터 9년에 걸쳐 '제국일본의 문화권력-학지學知와 문화매체'한국연구재단 대학중점연구소지원사업 연구를 수행했고, 2017년부터는 '포스트제국의 문화권력과 동아시아'한국연구재단 인문한국플러스 HK+사업이라는 아젠다를 설정하여 '제국일본' 해체 이후 건설된 동아시아의 새로운 국민국가 내부에, 제국일본의 문화권력이 '식민지 / 제국 이후 = 후기後期, post제국'의 시공간에 어떻게 수용되었고 거부되었는지 혹은 어떻게 변용하여 잠재해 있는지 연구해왔다. 나아가 그것이 어떠한 양상으로 재생산되고 갱신을 지속하고 있는지 밝힘으로써 제도의 차원을 넘어선 정신의 탈식민지화-탈脫, post제국화의 가능성을 모색하고 있다. 이러한 작업은 궁극적으로 동아시아의 화해와 공존, 협력을 위한 우리의 미래를 고민하는 출발점이 될 것이다.

본 연구소 HK+사업단은 그동안 진행한 학술성과의 일환으로 아래와 같이 '한림일본학 연구 총서 포스트제국의 문화권력 시리즈'를 간행하고 있는데, 이 책이 8번째 총서이다.

01『문화권력-제국과 포스트 제국의 연속과 비연속』, 소화, 2019.8.

02『문화권력과 버내큘러』, 소화, 2020.6.

03『제국과 포스트제국을 넘어서-공유된 기억과 조각난 기억』, 소화, 2020.7.

04『제국과 국민국가-사람 기억 이동』, 학고방, 2021.4.

05『제국의 유제─상상의 '동아시아'와 경계와 길항의 '동아시아'』,
소명출판, 2022.4.
06『동아시아의 포스트제국과 문화권력─민족, 문화, 국경의 갈등』,
소명출판, 2022.12.
07『포스트제국의 심상공간과 문학』, 소명출판, 2023.10.

본 연구소 HK+사업단은 이들 총서를 통해서 제국의 기억과 욕망이
망각과 은폐를 수반하며 중층적으로 재현되는 가시화/비가시화의 양상
을 규명함과 동시에 이에 대한 비판적 인식을 확인했고, 국민국가의 경
계를 넘어서 생산하는 대항적 공간의 시공간 개편, 동아시아의 정체성과
문화권력의 투쟁, 문화권력의 변이와 환류 등을 다루는 대안적 성찰을
위해 노력해왔다.
　이 책은 본 연구소 HK+사업단이 2023년 9월 15일과 16일 양일에
걸쳐 개최한 국제심포지엄 '동아시아 문화권력의 대립과 길항─화해를
위한 모색'의 성과이다. 이 책은 생활세계와 문학의 장에서 역사적 사실
로서의 실태와 그에 관한 서술·기억 사이에 교차하고 교착하는 것의 내
실과 거기에 개재하는 문화권력의 구조, 그것이 자아내는 명암은 무엇인
지에 대해 사유한다. 또한 포스트제국 냉전하의 동아시아를 들여다봄으
로써 화해와 희망의 실마리를 찾는 데 지향점을 두었다. 물론 화해와 협
력, 사회통합과 공존은 이뤄질 수 없는 낭만적인 꿈에 불과하다는 말을
하는 이도 있다. 하지만 그것에 대한 사유와 논의를 멈추는 순간 주체성
과 공동성을 상실한 피지배의 삶을 수용해야 할 것이다. 역사기록을 비

롯한 다양한 텍스트에 담긴 역사의 아픔을 확인하고 상처를 위로하는 데 머물지 않고, 이를 뛰어넘어 동아시아의 화해와 공존을 위한 길을 모색하는 데에 이 책을 간행하는 의의가 있다고 할 수 있다.

각 부의 구성과 내용은 다음과 같다.

제1부 '교착하는 동아시아의 경계와 수맥'은 재일조선인의 크로노토프chronotop를 '재판조선인사'와 '주민사'를 접속한 오사카의 지역사 연구를 통한 로컬리티적 접근, 재미한인 작가 이민진의 『파친코』의 글로벌적 전개와 일본 국내의 수용 양상 특이점 분석을 통해 들여다봄으로써 그 존재 방식의 내실을 고찰하는 논고로 구성된다.

제1부의 첫 번째 글 「오사카 지역사 연구와 재일조선인 - '재판조선인사'를 '주민사'에 접속하다」에서 이지치 노리코는 재일조선인을 오사카의 지역사로서 서술할 때 참조해야 할 '재판조선인在阪朝鮮人, 오사카에 거주하는 조선인을 지칭하는 용어'이라는 표기가 근래 서명이나 논문명에 포함되는 경우를 거의 찾아볼 수도 없고, 관련 글에서조차 찾아보기 어려운 사정에 주목하여 논의를 전개한다. 그에 따르면, 지역사에서 재일조선인을 어떻게 기술할 것인가라는 과제는 지역주민을 어떻게 파악할 것인가라는 점과 마주하는 것이고, 그것이 곧 지역의 역사 주체에 대한 물음이라고 한다. 지역주민의 한 사람으로서 재일조선인에 초점을 맞춰 오사카의 지역사를 다시 파악하고자 하는 이 글은 오사카의 지역사에서 재일조선인이 어떻게 규정되어 왔는가라는 점에서 지금까지의 연구를 개괄하고, 앞으로의 오사카 지역사, 나아가 일본사 연구에 대한 세밀한 제언을 시도한다.

이어서 제1부의 두 번째 글인 사카사이 아키토의 「교차하는 수맥—이민진 『파친코』에서 김시종 「헌시」까지」는 북미의 아시아계 이민문학 / 디아스포라문학의 맥락을 확인하고, 재미한인 작가 이민진의 소설 『파친코』2017의 세계적 전개를 살펴본다. 특히 이러한 조류가 일본의 도메스틱한 문화공간에 흘러들어오지 않았음을 지적하는데, 이 작품이 제시하는 디아스포라로서의 '코리안'과 일본의 대중적인 '코리안' 이미지가 교차하지 않고 엇갈리고 있음을 확인하는 시도가 돋보인다. 사카사이는 그 요인이 아시아를 향한 가해나 식민지 지배의 책임을 회피하는 일본 보수파의 존재를 뛰어넘어, 미국을 비롯한 구미권의 문화 조류에 둔감해지고 있는 일본 내 현상에 있다는 점을 지적한다. 이에 더해, 재일한인 시인인 김시종의 최신작 「헌시」2022를 읽으며 복수複數의 흐름을 떠안고자 하는 현재의 '코리안타운' 이미지가 어떻게 제시되었는지 고찰함으로써 오사카의 '이카이노'는 세계적 규모의 '바다'로 통하는 무수한 수맥이 만나는 장소임을 확인한다.

제2부 '제국-포스트제국의 문화권력, 구조화와 명암'에서는 '식민지적 섬뜩함언캐니, uncanny'과 빙의하는 유산으로서의 가해 트라우마가 반복되는 구조, 전후 내셔널리즘의 고양과 비가시화되는 제국일본의 폭력에 주목한 논고를 통해 일본이라는 국민국가를 작동하는 장치로서 서사화된 문화권력의 이면을 살펴본다.

호리이 가즈마는 제2부의 첫 번째 글 「폭력의 기억과 빙의하는 유산—나카무라 고쿄와 아쿠타가와 류노스케의 '식민지적 섬뜩함'을 둘러싸고」에서 나카무라 고쿄中村古峽의 「이중인격 소년二重人格の少年」과 아쿠타가

와 류노스케芥川龍之介의 유고「사람을 죽였나?人を殺したかしら?」를 조선인 학살에 대한 '애도의 불능'이라는 관점에서 분석한다. 두 소설텍스트 모두 조선인 학살이라는 가해자의 트라우마가 망령적으로 회귀해 주체를 괴롭히는 모습이 그려져 있지만, 학살을 부인하고 추모를 거부하는 가해자 측의 '애도의 불능'이 그 배경에 있다. 이들 텍스트는 폭력의 가해자에 대한 추모가 이뤄지지 않는 한, 가해의 트라우마가 빙의하는 유산으로 후대에 계승되어 폭력이 반복될 것임을 시사한다.

제2부의 두 번째 글은 후쿠마 요시아키의 「'메이지의 밝음'과 전후 후기의 대중 내셔널리즘—'시바 료타로시대'와 '쇼와시대 어둠'의 후경화」이다. 주지하듯, 시바 료타로司馬遼太郎는 전후 일본을 대표하는 역사소설 작가로서,『료마가 간다龍馬がゆく』,『언덕 위의 구름坂の上の雲』,『나는 듯이翔ぶが如く』,『항우와 유방項羽と劉邦』와 같은 그의 작품들이 여전히 많은 사랑을 받고 있다. '국민작가'라 평가받는 경우가 많고, 여전히 많은 애독자가 있다. 그 요인으로서 시바가 '밝은 메이지明治'를 그려 전후 내셔널리즘을 고양하는 한편, 제국일본의 폭력을 비가시화한 점 등이 지적된다. 그러나 시바의 작품에서는 쇼와昭和 육군과 근대 일본에 대한 비판도 적지 않게 산견되는데, 그것은 학도병으로서 시바의 전쟁 체험과도 무관하지 않았다. 이에 대해 후쿠마는 시바가 역사소설 속에서 어떠한 '메이지'와 '쇼와'를 묘사하고자 시도했는지, 그리고 그것은 전후 일본의 미디어 문화 속에서 어떻게 수용되었는지에 관한 물음을 던지고, 그 물음에 대한 응답을 통해 '아시아와의 화해'와도 불가분한 '전후 일본의 전쟁관'에 대해 검토한다.

제3부 '포스트제국 냉전하의 동아시아―화해와 희망'은 위안부 문제를 둘러싼 한일 양국의 동향, 역사 연구의 현재적 과제와 화해의 실마리를 통찰한 논고, 그리고 일본의 가부장제와 상징천황제, 경청과 응답, 돌봄의 윤리, 전공투 소설과 여성 등 다층적 측면에서 화해를 사유한 논고로 구성된다.

제3부의 첫 번째 글은 도노무라 마사루의 「위안부를 둘러싼 역사 연구의 전개와 과제」이다. 이 글은 위안부 문제를 둘러싼 한일 양국의 동향, 특히 이 문제에 대한 이해도를 높이고 사죄와 이를 수용한 화해가 멀어지고 있는 현 상황에 대한 요인을 파악하고자 한다. 특히 이 문제와 관련된 역사 연구가 어떻게 전개되어왔고, 또 그것이 위안부 문제 해결에 어떠한 기여를 했는지, 혹은 지장을 초래했는지에 대한 논의의 필요성을 강조한다. 위안부 문제 해결을 위해서는 우선 그 피해가 어떻게 발생했는지, 누구에게 어떠한 책임이 있는지를 명확히 해둘 필요가 있다. 그것은 역사 연구를 통해 밝혀야 할 문제인데, 그렇다면 결국 역사 연구야말로 위안부 문제 해결의 열쇠를 쥐고 있다고 할 수 있다. 이에 이 글은 지금까지 위안부를 둘러싼 역사 연구가 어떻게 전개되어왔는지, 그리고 그 과정에서 제시된 역사상에 어떠한 문제가 있었는지에 대해 고찰한다. 더불어 기존 연구가 간과해온 시점을 포착하며 다시금 역사를 재조명해 위안부를 둘러싼 역사적 사실의 재정리를 시도한다. 그리고 이를 통해 위안부 문제에 대한 국가와 민중의 책임 방식을 생각해 봄으로써 이 문제의 해결에 어떻게 기여할 수 있는지에 대해 모색하고 있다.

제3부의 두 번째 글인 「돌봄의 관점에서 화해를 모색하는 시도―운

동·여성·탄광」에서 장첸지에는 문화권력이라 할 수 있는 일본의 가부장제와 화해에 대해 고찰한다. 우선, 전후의 상징천황제는 현대적 가부장제라고 할 수 있는데, 일본의 반체제 측 특히 1960년대 후반부터 1970년대에 걸친 문학·문화 표현과 미디어 표상을 분석하면 보이지 않는 형태를 가시화할 수 있다는 점에 주목한다. 이 가시화를 위해 '경청과 응답'의 과정을 통한 관계성 구축을 중시하는 '돌봄의 윤리'에 대해 논한다. 다음으로 1960년대 후반 학생운동에 관한 시대적 배경을 소개하며 관련 문학작품을 분석하고, 우먼리브의 다나카 미쓰田中美津 등이 연합적군 지도자 나가타 요코永田洋子를 지원할 때 형성한 '비판적 연대'라는 전략은 '정의의 윤리'에서 '돌봄의 윤리'로 전환되는 지점이라고 지적한다. 마지막으로 전공투 소설『도시서경단장都市叙景断章』에서 주인공 마히루코가 오키나와에 정착한 조선인 위안부를 돕는 자세를 통해 '돌봄의 논리'에서 중시하는 관계성 구축을 논한다. 그리고『녹색감옥緑の牢獄』이라는 이리오모테 탄광과 대만인 이주민의 역사를 그린 다큐멘터리를 분석하면서 기억을 서사화하는 것의 어려움과 기억의 요동을 어떻게 극복하는지에 대해 분석하고 있다.

제4부 '동아시아의 화해와 협력을 위한 모색'은 전후 오키나와에서 로컬적 상상력을 토대로 국민국가라는 중심에 저항한 오키나와 지식인들의 사상 분석을 통해 동아시아 평화공동체 구축을 위한 사유의 논점을 제공하는 논고, 그리고 독일 / 유럽의 위기와 갈등 극복을 위한 사회통합 실천 사례에 대한 분석을 통해 그것을 동아시아적 맥락에 어떻게 적용할 수 있을지 그 가능성을 조망하는 논고를 담고 있다.

그 첫 번째 글은 손지연의 「'국가' 없는 공동체의 상상력과 그 가능성 -전후 오키나와 사상을 시야에 넣어」이다. 이 글은 1970년을 전후한 시기의 오키나와에서 파농의 '폭력론'을 새로운 창조력 혹은 가능성으로 적극적으로 사유했던 이들에 주목한다. 아라카와 아키라新川明를 비롯한 가와미쓰 신이치川満信一, 오카모토 게이토쿠岡本惠德 등이 그들이다. 이들의 사유는 '국가'라는 중심에 저항하고 때로는 기꺼이 보듬어 안으며 자신들만의 사상을 만들어간 오키나와의 지금을 잘 보여준다는 점에서 공통된다. 이로부터 시선을 1990년대로 거슬러 올라가, 그들의 사상을 계승한 것으로 보이는 메도루마 슌目取真俊을 소환한다. 전쟁체험세대는 아니지만 전쟁을 방불케 하는 실탄 소리를 들으며 성장한 그는 현 오키나와 상황을 전쟁과 점령의 폭력이 현재진행형인 것으로 파악하는데, 무엇보다 그는 근대 국민국가가 안고 있는 근본적인 문제라고 할 수 있는 '폭력성'을 소거하는 방향으로 나아가지 않는다는 지점을 포착한다. 이 글에서는 비非국민, 반反국가 사상과 오키나와의 자립을 구상하고, 오키나와의 입장에서 국가와 천황제에 대해 논의하며, 오키나와 민중 시점에서 오키나와 내부비판에 나섰던 아라카와 등의 사유를 폭넓게 시야에 넣어 살펴본다. 또 오키나와를 대표하는 영향력 있는 작가이자, 작가이기 이전에 실천적 행동가이자 기록자이며, 발신자라는 평가를 받으며 기지 건설 저지 행동에 앞장서고 있는 메도루마 슌의 행보를 그의 작품과 함께 구체적으로 들여다본다. 이러한 고찰을 통해 이 글은 이들의 사유가 동아시아 평화공동체 구축을 위한 지적 네트워크의 실천적 대안을 모색하고 정책적 대안을 도출하는 데에도 유효한 논점을 제공함을 잘 드러내고 있다.

이 책의 마지막 글은 정진헌의 「동아시아 사회통합과 지성인의 열망
—독일 / 유럽과의 비교론적 접근」이다. 독일과 유럽의 사례를 통해 동
아시아의 사회통합을 사유해볼 수 있는 이 글은 최근의 독일과 그 주변
유럽국가들이 맞닥뜨리고 있는 사회문화적 변화와 과제들, 그리고 갈등
해결 방법들을 고찰함으로써 동아시아 사회통합 과제에 시사점을 모색
하고자 한다. 독일에서의 인류학적 현지 경험과 문헌 조사에 기반하여,
유럽 사회가 직면한 급격한 위기들이 국가적 차원에서 그리고 시민 사회
차원에서 어떻게 대응되고 있는지를 검토하면서 그것이 지닌 동아시아
적 맥락에서의 함의와 사회통합의 과제들을 논의하고 있다. 이러한 논의
를 위한 이 글은 21세기 유럽적 맥락에서 두드러진 시대적 특징으로 탈-
다문화, 탈-세속화를 주요 개념으로 삼는다. 이것이 동아시아를 조망하
기 위한 비교성찰적 렌즈에 해당한다는 것이다. 유럽과 동아시아는 보편
적 공통점도 있지만 분명히 다른 특성을 보이고 있다는 점에 주의를 요
하면서도 위기와 갈등을 극복하는 키워드로서 화해 또는 사회통합이라
는 과제는 공통적으로 안고 있다는 점을 지적한다. 이 글은 핵심 개념과
관련된 논의를 바탕으로 유럽 특히 독일 사례에 대한 중층기술을 통해,
동아시아 맥락에서 요구되는 새로운 지성의 힘, 패러다임의 전환에 대한
열린 토론을 제안한다.

이상, 총 여덟 편의 글은 문화인류학, 문학, 매체학, 역사학, 사회학 분
야의 전문가들이 일본, 북미, 대만, 독일 / 유럽 등을 횡단하며 각각의 자
장을 뛰어넘어 제국의 양가적 유제를 소화하고 동아시아와 세계의 갈등

을 해소하기 위해, 또 화해로 나아가기 위해 무엇을 할 수 있을지라는 물음에 응답하고자 했다. 이 글들은 아래와 같은 과제와 물음에 대해 함께 사유하기를 요청한다.

첫째, 일상성의 역사, 아래로부터의 역사, 트랜스로컬적인 인간의 재생 가능성에 대한 실천적 연구의 필요성. 둘째, 마이너리티의 경험을 역사화 / 서사화하는 것에 내재하는 언어, 자본, 보편성의 문제를 다중적으로 교차하는 문맥에 올려 사유하기. 셋째, 식민-피식민의 역사를 청산하지 못한 동아시아 국민국가에서 은폐와 탄압, 잠재와 부상을 반복하는 정치적 무의식 혹은 꿈과 현실의 중층화로 표상되는 식민지적 언캐니, 체내화된 죄의 기억으로서의 가해성 계승의 문제를 어떻게 마주할 수 있을 것인가. 넷째, 기억과 망각을 낳는 사회적 역학과 역사에 대한 관심이 현저히 낮아지고 있는 현재에 인문학과 대중을 어떻게 가교할 수 있을지에 관한 방법론 모색. 다섯째, 역사 연구가 과거사 문제의 '해결'에 어떻게 기여했고 장애가 되었는지를 포착하기 위한 다층적 레벨의 논점과 초점의 차이화를 통한 상대화와 객관화의 문제. 여섯째, 소설텍스트 읽기를 통해 여성들의 '일상성 투쟁' 속에서 자명화 / 고착화된 것의 전복 가능성 찾기는 가능한가, 스스로의 주체성 되찾기는 가능한가. 일곱째, '한국'이라는 상상의 공동체가 만들어낸 오늘날의 모습을 자명한 것으로 용인하지 않고 의심하는 실천적 행보는 어떻게 가능할까. 여덟째, '다문화에 대한 지역적 반발'과 '대중의 도덕적 공황모럴 패닉'을 해소하고자 한 유럽의 사회통합 사례를 한국을 비롯한 동아시아의 문맥에 어떻게 접속할 수 있을까.

이 책은 이와 같은 인문학적 사유의 과제와 물음을 도출함으로써 독자와 함께 동아시아가 화해로 나아갈 방법을 모색하고자 한다. 세계 곳곳의 새로운 전쟁과 제국주의적 욕망, 패권주의의 파도를 목도하며 그 결절점을 찾아 인문학자로서 무엇을 할 수 있을지에 대해 고민하는 것이 우리의 아젠다 '포스트제국의 문화권력과 동아시아'라 할 수 있다. 제국주의적 욕망이 현현하는 '지금 여기' 한국의 자장에서 본 연구소 HK+ 사업단은 공동 연구 프로젝트를 통한 인문학적 성찰을 토대로 앞으로도 '동아시아의 화해와 협조, 공존'을 위한 길을 모색해 나갈 것이다.

2024년 9월

한림대학교 일본학연구소 HK+사업단장 서정완

차례

제1부

교착하는 동아시아의
경계와 수맥

오사카 지역사 연구와 재일조선인

'재판조선인사'를 '주민사'에 접속하다

이지치 노리코

1. 들어가며

오사카大阪는 재일조선인在日朝鮮人이 역사적으로 가장 많이 집주해 생활한 지역으로 알려져 있다. 한편, 재판조선인在阪朝鮮人의 역사가 반드시 재일조선인의 그것을 대표한다고는 할 수 없다. 재일조선인사在日朝鮮人史는 총체적 역사이며 재판조선인의 역사는 총체와 다른 고유한 위상이 있다. 여기서 다시 확인하자면 '재일조선인'이라는 표기에서 '재일'은 '일본에 있음'을 나타낸다. 그렇다면 '재일조선인'은 누구를 지칭하는 것일까? 일제강점기에 한반도 및 제주도에서 일본으로 건너온 사람들과 그 후손의 호칭은 재일조선인, 재일한국인在日韓国人, 재일한국·조선인在日韓国·朝鮮人, 재일코리안在日コリアン 등 어떻게 표기할 것인지 자체가 연구주제가 되어 왔다.[1] 역사학자인 김경호金耿昊는 『복음과 세계福音と世界』에서의 연재에서 '재일조선인이란 누구일까'라는 질문을 던진 후 정리할 수 없는 정

의의 어려움을 말했다.[2] 여러 호칭이 존재하는 배경에는 일본의 식민지 지배, 한반도의 분단, 패전 후 일본의 출입국 관리정책이 있다. 게다가 개인의 뿌리가 다양화된 현재, 스스로를 '재일조선인'으로 아이덴티파이 identify하며 성립하는 호칭이기도 하다. 왜냐하면 '재일조선인' 중에는 일본 국적자도 있고 부모세대, 심지어 그 윗세대의 누군가가 한반도에 뿌리를 둔 사람도 있기 때문이다. 이 글에서는 한반도에 뿌리가 있는 사람들을 '재일조선인'이라 표기하지만, 이미 발표된 연구성과를 언급할 경우에는 원전을 따를 것이다.

현재 일본에 거주하는 주민의 국적 또는 뿌리는 다양화되고 있으며 '재일외국인', '재일브라질인', '재일베트남인' 등의 표기도 사용되고 있다. 하지만 일본에서 '재일'이라고 하면 어느새 '재일조선인'을 지칭하게 되었다. 최근 영문저널이나 국제학회에서 로마자 'Zainichi'라는 표기는 재일조선인을 가리킨다. 이러한 영문 표기 현상은 그 흐름을 그대로 계승하고 있는 것처럼 보인다. 이 재일조선인에 관한 총체적 기술은 역사, 법률, 민족운동, 언어, 문학, 경제, 차별 문제, 문화 등에서 다양하게 지속적으로 축적되었다. 재일조선인사에 대해 근년에 간행된 개설서로는 미즈노 나오키水野直樹와 문경수文京洙가 한일병합 전후부터 현재까지의 통사

1   岸田由美,「教育分野における在日韓国・朝鮮人の呼称」,『比較・国際教育』6, 1998, pp.123~131; 宮内洋,「私はあなた方のことをどのように呼べば良いのだろうか? 在日韓国・朝鮮人? 在日朝鮮人? 在日コリアン? それとも? ―日本のエスニシティ研究における〈呼称〉をめぐるアポリア」,『コリアン・マイノリティ研究』3号, 新幹社, 1999, pp.5~28.
2   金耿昊,「地域から考える在日朝鮮人史と教会史―関東大震災から100年をおぼえて (1)」,『福音と世界』4月号, 2023, pp.62~67.

를 개관한 입문서가 있다.[3]

　이러한 학술영역에서 다루어지는 연구서나 연구논문 외에도 일본 각
지역에서 시민들이 발굴한 재일조선인의 역사가 있다. 1990년대에 접어
들어 일본에서 식민지 지배와 관련된 전후 보상 재판이 차례로 시작되었
다. 바로 그 무렵 첫 번째 '조선인·중국인 강제연행·강제노동을 생각하
는 전국교류집회朝鮮人·中國人强制連行·强制勞働を考える全國交流集會'1990.8가 개최되
었다.[4] 1970년대 이후 일본의 각 지역에서 재일조선인의 역사를 파헤쳐
온 각 단체와 개인이 한자리에 모여 각각의 조사기록 축적을 공유하는
귀중한 모임은 현재까지도 계속되고 있다. 다만 이 조사 연구 활동은 재
일조선인사의 폭을 넓히지만, 일본 각지의 지역사에 대한 접속이 충분히
이루어지고 있다고는 할 수 없는 상황이다.

　재일조선인에 관한 오사카의 지역사를 서술할 때 참조해야 할 표기
로 '재판조선인'이 있다. 오사카에 거주하는 조선인을 지칭하는 용어인
데, 근래 이 표기가 책 제목이나 논문명에 포함되는 것은 거의 찾아볼 수
없으며 이 글에서도 역시 마찬가지이다. 재일조선인과 관련된 논술의 조
사 연구 대상이 오사카라 하더라도 제목에는 '재일조선인'이 사용되는
경향이 있다. (나 역시 마찬가지이다) 오사카의 역사를 기술하는 글 중에서
재판조선인이라는 표기가 자주 나오는 것은 1920년대이며 한반도 및 제
주도이하 조선지역에서 오사카로 온 사람들이 급증한 시기였다. 이 시기, 재판

3　水野直樹·文京洙, 『在日朝鮮人―歷史と現在』, 岩波新書, 2015.
4　金廣烈, 「韓国の強制動員被害真相糾明運動と日本の戦後補償運動」, 東京大学韓国学研究センター研
　究会報告レジュメ, 2021.

조선인은 '사회 문제'로 간주되어 사회조사의 대상이 되었다. 당시 일본 내에서 조선인이 가장 많이 거주했던 오사카에서의 조사 데이터는 현재에 이르기까지 많은 조사 연구에서 인용되고 있다.

지역사에서 재일조선인을 어떻게 기술할 것인지에 대한 과제는 지역 주민을 어떻게 파악할 것인가와 마주하는 것과 연결된다. 이것은 지역의 역사 주체에 대한 질문이 되는 것이다.

지역의 역사를 구축해온 존재는 '일본인'뿐일까? 이러한 소박한 질문에 마주하면 보이는 풍경은 다를 것이다. 이 글에서 대상으로 하는 오사카 중에서도 이쿠노구生野区는 일본 전국의 시정촌市町村 중에서 한국 국적·조선 국적의 주민 인구가 가장 많은 지역이다. 이쿠노구 인구 12만 6,930명 중 외국인 등록자는 2만 7,460명, 그중 2만 397명[16%]이 한국 국적 혹은 조선 국적이다오사카시 홈페이지 2021년 3월 현재. 여기에 일본 국적자나 윗세대 가운데 한반도에 뿌리가 있는 사람을 추가하면 더욱 수가 늘어날 것이다.

이 글은 지역 주민의 한 사람으로서 재일조선인에 초점을 맞춰 오사카의 지역사를 다시 파악하려는 시도이다. 오사카 지역사에서 재일조선인은 어떻게 자리매김 되었는지부터 현재까지의 연구를 개관하면서 향후 오사카 지역사 나아가 일본사 연구에 관한 세밀한 제언을 시도하고자 한다.

2. 오사카 지역사에서의 재일조선인이란

1) 사회문제화가 된 역사

오사카 땅은 5세기 전반으로 거슬러 올라가면 한반도와의 교류가 있다.[5] 도래인渡来人으로 표기된 한반도 각지의 존재가 사회 문제로 대상화된 것은 1920년대에 접어들어서이다.

1925년, 오사카시大阪市는 제2차 시역확장市域拡張을 실시하며 대오사카大大阪를 실현, 인구는 전국에서 가장 많은 2,114,804명이 되었다. '동양의 맨체스터'로 불리며 경제발전을 담당한 사람들 중 조선인도 있었다. 일본의 식민지 지배로 생활 장소를 빼앗긴 사람들은 대도시·오사카로 일을 찾아 바다를 건너왔다. 가혹한 노동조건과 민족차별임금, 피식민자로서의 차별 속에서 생활환경은 열악할 수밖에 없었다. 이러한 사람들의 모습은 '재판조선인 문제在阪朝鮮人問題'로 주목받았으며 오사카시·오사카부大阪府는 철저한 사회조사를 전개했다.

대표적인 것은 오사카시 사회부 조사과에서 실시된 사회조사이다. 1919년, 조역助役이었던 세키 하지메関一에 의해 시장 직속으로 설치된 조사계調査係가 1921년에는 사회부노동조사과社会部労働調査課로 바뀌며 실시했다. 이 조사는 근대도시 오사카 형성기에 ① 하층 노동자 문제, ② 불량주택지구·슬럼 문제, ③ 실업 문제, ④ 사회사업 문제 네 분야로 구성되었으며, 조선인은 ①에 포함돼 중소기업 노동자, 상업 노동자, 일

---

5   井上薫 編, 『大阪の歴史』, 創元社, 1979, p.112.

용 노동자와 같은 분류에 들어갔다. 오사카시사회부조사과에 의한 조사 시리즈는 대상 영역의 폭, 조사 항목이 많았다는 점, 지속적인 조사로 도시 사회 행정의 기초자료를 수집했다는 점에서 도쿄시東京市 사회국이 실시했던 동일한 조사와 함께 '전쟁 전 도시자치단체의 사회조사를 대표하는 것이었다.'[6] 또한 오사카부학무부사회과大阪府学務部社会課가 1934년에 간행한『재판조선인의 생활상태在阪朝鮮人の生活状態』는 1932년 6월부터 12월 말까지 7개월에 걸쳐 오사카 시내의 조선인세대 11,835호를 대상으로 실시한 대규모 조사기록이었다. 당시의 조사기록은 귀중했지만 문제는 분석 시점이었다.

　당시는 일본이 조선지역을 식민통치하고 있었고, 조사 주체는 종주국 측 입장에서 조선인의 상황을 문제시하고 있었기 때문에 편견에 입각한 분석이 제시되었다. 예를 들어『본시의 조선인 주택 문제本市に於ける朝鮮人住宅問題』1929에서는 생활 곤궁자뿐 아니라 '비교적 생활에 여유가 있는' 자도 '상습적'으로 집세를 체납하고 있다고 기술하며 조선인 측의 사정을 전혀 고려하지 않았다. 또한『오사카마이니치신문大阪毎日新聞』1930.3.22에서는 글의 종반부에 '실업 기타에 의한 집세 체·불납', '난폭 불결한 거주 태도', '놀라울만큼 많은 군거群居 생활로 인해 그곳에서 빚어질 수많은 범죄, 부도덕, 비위생'을 거론하며 원인이 조선인 측에 있다고 단정했다.

　이러한 조사에서도 조선 각 지역에서 오사카로 온 사람들의 배경은 고려하지 않고 '조선인'이라는 획일화된 존재로 분석·기술될 뿐이었다.

6　寺出浩司,「大正期生活調査の一齣－大阪市労働調査報告をめぐって」,『三田学会雑誌』78(6), 1986, pp.778(130)~787(139).

2) 자신의 발판에 기반한 역사 서술

이 같은 편견에 근거한 분석기술은 일본의 패전 / 조선 해방 이후, 일본인의 조선사 연구에 관한 비판적 검토 및 재일조선인이 조선사 연구를 간행하며 전반적인 재검토가 진행되어 왔다.[7]

오사카 도시지역 내 조선인 집중 거주 지역 중에서도 이카이노^{현재 히}가시나리구와 이쿠노구에 걸친 지역에 관해서는 나카쓰카 아키라中塚明,[8] 마키타 나오코蒔田直子,[9] 김찬정金贊汀[10] 등의 저작에 의해 형성사 기술이 축적되기 시작했다. 이러한 재일조선인사의 로컬리티를 밝히는 연구들을 일본 근대사의 맥락에서 다시 파악한 것이 다마이 긴고玉井金五와 스기하라 가오루杉原薫의 『오사카・다이쇼・슬램大阪・大正・スラム』초판 1986, 증보판 2008이다. 이 책은 오사카시사회부조사과를 비판적으로 활용, 기술하며 당시 급속히 팽창했던 오사카의 도시 하층부를 지탱하는 노동자로 조선인 외에도 오키나와沖縄, 규슈九州, 오사카 근교의 농촌이나 농촌 차별 부락에서 유입된 사람들의 생활을 통해 경제 구조와 취업 형태를 주축으로 그려낸 종합서이다. 그중에서도 이 책에 수록된 사사키 노부아키佐々木信彰의 「1920년대에 재판조선인의 노동＝생활과정－히가시나리・집주지구를 중심으로1920年代における在阪朝鮮人の労働＝生活過程－東成・集住地区を中心に」에서는 오사카시사회부조사과의 조사결과 해설에서 나타난 편견이나 상호모순된 평가를 지적하고 조사결과를 행정 측이 아닌 조선인 측의 입장에서 독해했다.

7   朝鮮史研究会 編, 『朝鮮史研究入門』, 名古屋大学出版会, 2011.

8   中塚明, 「在阪朝鮮人－その歴史的形成」, 『統一評論』, 1977.

9   蒔田直子, 「猪飼野の生活史・序章」, 『民衆の喚声・民衆の絶叫』 4号, 1982.

10   金賛汀, 『異邦人は君ヶ代丸に乗って－朝鮮人街猪飼野形成史』, 岩波新書, 1985.

『오사카·다이쇼·슬램』이 도시부·대오사카의 성립을 하층부에서부터 조사한 임팩트는 현재까지의 오사카 도시 연구를 지탱하고 있다. 그 후 간행된 오사카사大阪史를 총람한 고야마 히토시小山仁志와 시바무라 아쓰키芝村篤樹의『오사카부의 100년大阪府の百年』1991에서는 재판조선인의 모습을 도항사·노동운동·해방 직후의 암시장·귀국과 정주·조선인학교 사건까지 폭넓게 다루고 있다는 점에서 다른 오사카사와 차별화된 서적이다. 또한 1945년 이전의 도시부 재판조선인에 관한 역사 연구는 2000년대 접어들어 다수의 성과가 간행되고 있다. 호리우치 미노루堀内稔의 초기 형성사에 관한 신문기사 분석,[11] 기타자키 도요지北崎豊二의 전쟁 전 재판조선인의 차별적 상황의 다각적 정리,[12] 쓰카사키 마사유키塚崎昌之의 1920년대 조선인 '융화교육融和教育'에 관한 논고[13] 이후, 수평사水平社·형평사衡平社와의 교류[14]부터 오사카 대공습과 조선인[15]에 이르는 종래의 연구를 파고든 일련의 성과가 나오고 있다. 이러한 '아래로부터의 역사' 기술의 실천으로 오사카시에서 오사카부로 혹은 오사카시에서 구區 레벨 혹은 접속 시정촌으로 대상 영역을 종횡으로 넓힌 연구가 있다.

여기서는 자신의 발판에서 기술한 지역사에 주목해 보자. '발판'이란 자신이 태어난 도시나 출신지와 상관없이 삶과 관련된 지역을 말한다.

---

11   堀内稔,「新聞記事に見る在阪朝鮮人の初期形成」,『在日朝鮮人史研究』30号, 2000.

12   北崎豊二,「昭和の大阪と在阪朝鮮人ー戦前期を中心に」,『経済史研究』3号, 2010.

13   塚崎昌之,「1920年代の在阪朝鮮人「融和」教育の見直しー済美第四小学校夜間特別学級第二部の事例を通して」,『在日朝鮮人史研究』35号, 2005.

14   塚崎昌之,「水平社·衡平社との交流を進めた在阪朝鮮人ーアナ系の人々の活動を中心に」,『水平社博物館研究紀要』9号, 2007.

15   塚崎昌之 編,『大阪空襲と朝鮮人そして強制連行』, ハンマウム出版, 2022.

『전시하의 오사카 — 오사카의 한 구석에서戰時下の大阪—大阪の—隅から』2001의 저자 요코야마 아쓰오橫山篤夫는 오사카부립고등학교의 교원으로 일본사를 가르치면서 1980년대 후반부터 근무지가 있는 오사카부 남부·센난泉南지방을 중심으로 전쟁 체험 인터뷰를 시작했다. 전부터 수업에서 일본의 조선 식민지 지배를 다루었는데, 김찬정의 연구[16]를 읽고 "내가 살고 있는 센난 마을이기도 하고, 이렇게 생생한 사실이 묻혀져 있었던 것과 그것을 깨닫지 못한 채 지금까지 수업을 했다는 놀라움과 부끄러움을 절감했다"는 것이 계기였다.[17] 인터뷰를 시작하면서 자치단체사의 편찬·집필, 오사카부 조선인 강제연행진상조사단大阪府朝鮮人强制連行眞相調査団의 결성에 참여했으며, 근무지였던 오사카부립기시와다大阪府立岸和田고등학교 창립 백주년 연혁사의 편찬·집필에도 참여했다.

요코야마는 오사카부 조선인강제연행조사단의 요청으로 1990년, 해당 지역의 유지有志 교원으로 결성된 '미사키초지역 모음회岬町地元まとめの会'이하 '모음회'의 호소인이기도 했다. '모음회'가 결성된 계기는 오사카 포로수용소 다나가와多奈川 분소分所에 있던 앨버트 센터アルバート·センター의 연락이었다. 1989년, 미국·뉴멕시코주에 거주하던 센터는 취미였던 아마추어 무선으로 오사카에 거주하는 친구들에게 자신의 체험을 알렸고, 그 뉴스가 미사키초에 들어갔다. 당시 "강제연행된 조선인 2명과 터널 끝에서 굴착했다"고 증언했고, 당시 미사키초 교육위원회장이었던 하마다 미노루浜田実 등과 함께 분소의 당시 통역이었던 고바야시 가즈오小林一雄

16   金贊汀, 『朝鮮人女工のうた—1930年·岸和田紡績爭議』, 岩波新書, 1983.
17   橫山篤夫, 『戰時下の社會—大阪の一隅から』, 岩田書院, 2001, pp.10~11.

가 간사이關西전력 다나가와 제2화력발전소의 뒷산을 조사한 결과, 터널의 흔적 일부가 발견된 것이었다. '모음회'는 이 역사를 찾았다. 당시 센난중학교의 교원이었던 오에 히로시大江博는 당시의 생각을 "차별받은 불쌍한 사람들의 역사를 밝히는 것이 아닌 왜 이러한 역사가 생겨났고, 사람들이 어려운 상황을 어떻게 살았고 싸웠는지 알게 됨으로써 우리 자신의 역사로 생각해야 한다는 생각으로 시작한 것입니다"라고 말했다.[18]

요코야마는 지역에서의 청취와 문헌자료를 연구하고, 도시에 치우치기 쉬운 역사 기술의 축적에 '주로 센난지방이라는 오사카 주변에서 접근하려고 하는 시도', 그 연구성과를 『전시하의 오사카—오사카의 한구석에서』로 간행했다. 그 후, 전전 오사카 주변부의 조선인사에 관해서는 노동자로서의 입장만이 아닌 기독교 신도로서의 측면에서도 함께 파악한 연구서[19]가 간행되었다.

더불어 요코야마는 '과거 센난의 섬유 중심 산업을 저변에서 담당한 재일조선인의 존재를 정당하게 자리매김'함으로써 지역사의 기술을 축적하고, '전시하에 비정상적인 시대 속의 일면일지라도 생활 장소를 함께 나누고 인간으로서 공감하고 격려한' 사실을 계승해 가는 것을 주장했다. 이러한 시점은 같은 책 제4장「재판조선인과 강제연행」중 '저항과 연대를 둘러싸고'라는 절에서 재일조선인과 부락민의 관계를 언급했다. 도시부에서는 조선인 남성이 단신으로 오사카로 온 다음에 여성이 증가

---

18 大阪府朝鮮人強制連行真相調査団岬町地元まとめの会, 『泉南における朝鮮人強制連行と強制労働—多奈川・川崎重工業と佐野飛行場の場合中間報告』, 1991. p.1.

19 鄭富京 外編, 『玄海灘を渡った女性信徒たちの物語岸和田紡績・朝鮮人女工・春木樽井教会』, かんよう出版, 2015.

하는 경향이 있지만, 센난지방의 특징은 조선인 여성이 섬유 노동자로 정착한 이후 남성 노동자도 증가한 점에 있다. 또한 1920년대에 조선인 여성 노동자가 노동쟁의에 참가했다는 점에서 센난지방은 많은 연구의 대상이 되었다. 다만 이 노동쟁의에서 지역의 수평사도 연대 행동을 한 점은 충분히 연구되지 않았다. 요코야마 자신은 센난지방의 상황을 근거로 이 점을 언급하는 정도에 그쳤지만, 오사카 도시부의 경우 앞서 언급한 성과도 있었지만 주변부에 관해서는 향후의 조사 연구가 보다 요구되는 시점이다.

요코야마가 제시한 점에 대해 1947년 오사카부 야오시八尾市에 발족한 부락해방동맹이나 노동조합 등과 함께 투쟁하며 행정 요구 투쟁, 권리 획득운동을 진행했던 '도깨비 어린이회トッカビ子ども숲'를 고찰한 연구로는 정영진의 연구[20]가 있다. 당시 지역 주민으로 공영公營주택 건설이나 취학비 등과 관련된 부락해방동맹지부운동에 조선인도 가담해 같은 권리를 찾기 위해 싸우며 승리했지만 이후 외국 국적자라는 이유로 성과에서 배제되었다. 그래서 결성된 '도깨비 어린이회'는 '부락 내 운동을 단일화하지 않고 별도 조직운동으로 분산했다는 비판'이 부락해방운동에서 나오는 한편, 일본인과 동등한 권리를 요구하는 방향성 때문에 재일조선인 민족단체는 일본 사회로의 동화를 촉구한다며 거리를 두게 되었다. 정영진은 오랜 세월 '도깨비 어린이회'의 전담지도원으로 자신의 '발판'에서 지금도 이 공투共鬪의 역사에 관한 연구를 진행하고 있다.

20　鄭栄鎭,「自らの民族性をとりもどす闘い－反差別闘争と「民族性」の堅持」,『在日朝鮮人アイデンティティの変容と揺らぎ－「民族」の想像 / 創造』, 2018.

필자 역시 다나가와사건에 대한 관심으로 자신의 가족사와 재판조선인의 역사가 관련된 것을 알고 단행본으로 정리한 바 있다.[21] 어머니가 본적지인 미사키초 다나가와에서 유년기를 보낸 시절, 근처에 조선인이 살았던 것을 말한 적이 있었다. 이 일화를 통해 어머니가 자택 앞에 사는 조선인 가정과 왕래했었다는 사실을 전해들은 가운데, 사돈 중에 다나가와사건을 목격한 사람이 있다는 점, 그가 아직 생존해있다는 것을 알고 다시 한번 조선인이 집주하기 시작한 시대부터 다나가와 지역사를 배우고 밀조密造할 수밖에 없었던 재판조선인의 생활사를 조사했다. 이때, 마을역사편찬위원회 편, 『미사키초의 역사岬町の歷史』1991나 요코야마 등의 연구 축적은 귀중하고도 상세한 자료의 보고가 되었다. 『미사키초의 역사』는 '모음회'의 성과를 정성스럽게 도입했으며. 전후 밀주를 제조할 수밖에 없었던 조선인을 검거한 다나가와사건에서 관헌에 의한 탄압의 부당성을 기술한 귀중한 마을서가 되었다. 또한 조선인과 부락민의 관계에 대한 시좌에 관해서도 졸저에서의 언급은 미흡하지만 생활사를 통해 의의를 계승하고자 시도했다. 더불어 가족사의 관점에서 지역을 바라보는 관점을 제안하고 있다. 글을 쓴 사람이 자신의 가족이나 친척 중 지역에서 조선인과의 접한 경험이 있는 사람에게 생활사 조사를 실시하고 해당 지역에 거주한 사람들과의 관계를 횡과 축으로 넓혀감으로써 지역사를 다시 파악할 수 있지 않을까.

근년, 이러한 관점에서의 조사 연구는 자문화기술지autoethnography, AE

---

21   伊地知紀子, 『消されたマッコリー朝鮮·家釀酒文化を今に受け継ぐ』, 社会評論社, 2015.

라고도 불린다. AE에 관해서는 오키나와전의 기억과 기록을 연구하는 기타무라 쓰요시北村毅는 자기사自分史의 의의를 제창한 이로카와 다이키치色川大吉를 근거로 '자기와 역사의 변증법'으로 설명했다.[22] 지역에 거주하는 조선인을 일본의 지역사로 어떻게 기술할 수 있을지, 재일조선인의 존재가 '조선사', '일본사' 양측에 관련되기 때문에 기존의 역사 기술의 재검토가 요구된다.[23]

3. 재판조선인사와 오사카 지역사의 결절점

1) 사회 문제에서 '국경을 넘나드는 생활권'으로
지역 간의 이동사제주-오사카

재일조선인이라고 해도 하나로 통일된 것이 아니며 한반도 각 지역에서 일본으로 건너온 사람들과 그 후손들의 배경은 다양하다. 본적지로는 경상도가 가장 많지만 오사카에서는 제주도가 다수파이다. 오사카의 제주도 출신자 수는 전전보다 전후가 많았으며, 법무성 데이터에서는 1959년부터 2010년까지 오사카부 외국 국적자 중 제주도 출신자가 40% 전후를 차지했다.[24] 조선사연구자인 가지무라 히데키梶村秀樹는 1947년 시점에서의 재일제주도 출신 인구수가 한국 제주도 거주 인구

---

22 北村毅, 「序(特集オートエスノグラフィで拓く感情と歴史)」, 『文化人類学』 87(2), 2022, pp.191~205.

23 外村大, 「近年の在日朝鮮人史研究の動向をめぐって」, 『在日朝鮮人史研究』 29, 2000, pp.69~83.

24 藤永壮, 「解放後・在日済州島出身者の生活史」, 朝鮮史研究会第48回大会資料, 2011.

의 4분의 1 수준이므로 1945년을 '경계로 갈라진 이산가족이 많이 생겨
난 것이 충분히 짐작된다'고 말했다. 여기서 '고향과 이주처 도시 간의
국경선이 이후 그들의 생활실태와 관련이 없었고 또한 조선의 해방 그
자체는 필연적 결과로 끌리게 되었다'고 했지만, 여전히 유지되고 있는
한반도지역과의 유대를 '국경을 넘나드는 생활권国境をまたぐ生活圏'으로 명
명했다.[25]

'국경을 넘나드는 생활권' 형성 초기인 1930년 전후로 오사카로 여
행 온 제주도 사람들의 생활세계를 다각적으로 분석한 것으로 스기하라
도오루杉原達의 연구서[26]가 있다. 이 책은 다마이 긴고와 스기하라 가오루
편저초판, 1986의 논고를 전면적으로 가필 수정하고, 재판제주도 출신자의
생활세계를 이동과정, 오사카의 경제 구조와 취업상황, 노동운동 양상
등으로 분석하며 각 장을 아우르며 중층적으로 기술하고 있다.

더불어 스기하라 자신이 오랜 세월 이쿠노구 주민으로 생활한 경험을
2장 2절에서 다루며 자신의 '발판'부터 '지역 속의 세계사 / 지역으로부터
의 세계사'라는 관점을 제창했다. 이 책의 분석 시기는 1930년 전후이지
만, 서장과 종장에서는 이쿠노구의 주민이었던 스기하라의 생활세계에
서 보이는 통일되지 않은 재판조선인의 모습을 언급한다. 그중에는 1945
년 이후에도 계속되는 제주도에서 오사카로 도항한 자의 존재가 있다.

일제강점기부터 조선지역에서 계속하여 일본으로 건너오는 사람들
중에서도 오사카에서 가장 많은 수를 차지하는 제주도 출신자에 초점을

---

25   梶村秀樹, 「定住外国人としての在日朝鮮人」, 『思想』 739, 1985, p.26.
26   杉原達, 『越境する民-近代大阪の朝鮮人史研究』, 新幹社, 1998.

맞춘 연구는 많이 축적되었다. 고선휘는 간토關東에서의 재일제주도 출신에 대한 조사를 오사카를 중심으로 간사이關西로 확장하며 성과를 정리했다.[27] 제주도 각 마을 단위로 결성된 재일친목회에 관한 조사, 개인 생활사 분석 등의 귀중한 자료가 방대한 데이터로 기재되어 있다. 제주도의 마을부터 오사카 도시지역으로의 이동사에 관해서는 전쟁 전은 후지나가 다케시[28]가, 전쟁 전부터 2000년대까지는 하라지리 히데키,[29] 이지치 노리코,[30] 이지치 노리코와 무라카미 나오코村上尚子[31]가 개인의 이야기를 바탕으로 기술하고 있다. 또한 이동 형태 중에서도 1989년 한국의 해외 도항 자유화까지 나타난 '밀항'에 착안한 형태로 일본으로 건너간 사람들이 강제수용된 오무라 수용소大村收容所에 초점을 맞춘 현무암의 논문[32]이 있다. 또한 '국경을 넘나드는 생활권'을 살아간 개인의 궤적을 기록한 것으로는 후지나가 다케시 등에 의한 일련의 생활사 조사,[33] 가족사의 관점에서 정리한 박사라의 저서[34]가 있다.

27 高鮮徹, 『20世紀の滞日済州島人―その生活過程と意識』, 明石書店, 1998.

28 藤永壯 外, 「解放直後・在日済州島出身者の生活史調査」, 『大阪産業大学論集』, 2012.

29 原尻英樹, 『日本定住コリアンの日常と生活―文化人類学的アプローチ』, 明石書店, 1997.

30 伊地知紀子, 『生活世界の創造と実践―韓国・済州島の生活誌から』, 御茶の水書房, 2000; 伊地知紀子, 「定住と非定住の位相―済州島からの移動 / 済州島への移動とともに」, 『市大社会学』 8号, 2007.

31 伊地知紀子・村上尚子, 「解放直後・済州島の人びとの移動と生活史―在日済州島出身者の語りから」, 蘭信三 編, 『日本帝国をめぐる人口移動の国際社会学』, 不二出版, 2008.

32 玄武岩, 「密航・大村収容所・済州島―大阪と済州島を結ぶ「密航」のネットワーク」, 『現代思想』 35(7), 2007, pp.158~173.

33 藤永壯 外, 「解放直後・在日済州島出身者の生活史調査」 1-16号, 『大阪産業大学論集』, 2000~2016.

34 朴沙羅, 『家(チベ)の歴史を書く』, 筑摩書房, 2018.

이러한 연구 축적에서 보이는 것은 20세기부터 현재까지 이어져 온 제주도와 오사카의 밀접한 관계사이다. 재판조선인은 이미 100년 넘게 오사카지역에 거주한 역사가 있다. 그중 출신지에서 도항한 왕래도 있었지만, 오사카에서 세대를 거듭한 재판조선인의 생활세계는 국경을 넘나드는 이동의 역사뿐 아니라 지역 생활자로서 다양한 측면에서 언급되었다. 통례적으로 지역사 기술에 다양한 항목이 있지만 지면 관계상, 다음 절에서는 산업과 교육 영역에서의 접속 가능성을 검토한다.

2) 재판조선인의 생활세계

(1) 산업

지역 생활자로서 재판조선인이 종사했던 일에 관해서는 앞서 언급했던 것처럼 전쟁 전 오사카시사회부조사과를 비롯한 상세한 데이터가 있다. 이러한 분석은 『오사카·다이쇼·슬램』이 대표적인 연구이다. 이후 연구로는 전쟁 전 취업 구조를 1980년대 등장한 세계도시론에 역사 단계적 관점을 도입해 대도시·오사카의 상황을 상대화하고 도시형성의 저변 노동력으로서 조선인의 흡수·구조화 과정을 분석한 이와사 가즈유키岩佐和幸의 성과[35]가 있다. 이와사는 수출산업의 사례에서 조선인 간 자본-임노동관계와 노동운동 발생이라는 재판조선인 사회의 계층화 관점을 지적했다.

또한 재판조선인의 집주지역 형성과 분포 형태, 변화 시기와 요인

---

35 岩佐和幸, 「世界都市大阪の歴史的形成－戦間期における朝鮮人移民の流入過程を中心に」, 『調査と研究－経済論叢別冊』 16, 1998, pp.92~116.

을 1920년대부터 현재까지의 시간 축에서 정리·비교를 통해 특정한 연구로 후쿠모토 다쿠福本拓의 연구[36]가 있다. 후쿠모토는 ① 1920년대부터 1950년대 초, ② 1950년대부터 1980년대, ③ 1980년대와 1997년으로 세 시기로 구분해 집주지역의 형성이나 분포 형태 및 변화 시기와 요인에 관해 비교·특정을 시도했다. 또한 한국에서 해외 도항이 자유화된 1980년대 말부터 일본에 건너온 사람들에게 초점을 맞춰 오사카시 이쿠노구 신이마자토新今里지구의 변용 과정을 기존 주민인 일본인·재일조선인을 포함해 3개의 액터로부터 고찰했다. 나아가 오사카이쿠노코리아타운大阪生野コリアタウン의 변용에 관해 한류 붐으로 관광지화가 진행된 상가와 이용자 대상의 설문조사를 통해 분석했다. 이 책은 20세기에 오사카로 온 조선인들이 100년이 넘는 역사에서 토지 가옥을 취득하고 현재는 지역 산업 업종에 상당수 취업한 양상을 보여 준다.

산업 종사를 개인 수준에서 조사·분석한 것으로 쇼야 레이코庄谷怜子와 나카야마 도오루中山徹의 연구,[37] 다니 도미오谷富夫의 연구[38]가 있다. 쇼야와 나카야마의 연구는 고령자를 대상으로 사회복지와 생활 문제를 주제로 정리했는데, 이 중에서 전후 재판조선인의 주요 산업이었던 케미컬 샌들 산업의 실태와 전망에 관해 직업 구성적으로는 오사카에서 최상위였던 '기능공·생산 공정 종사자'의 내실을 설문조사와 대면조사의 성과를 바탕으로 그려냈다. 다니는 이쿠노구에서의 재일 사회와 일본인과의 '민족관계'를 1987년부터 지속적으로 조사한 성과를 정리해 케미컬 샌

---

36 福本拓, 『大阪のエスニック・バイタリティー 近現代・在日朝鮮人の社会地理』, 京都大学学術出版会, 2022.

들 산업에 종사했던 일가족사에 대한 상세한 조사 데이터를 제시했다.

재판조선인은 케미컬 샌들 산업뿐만 아니라 전쟁 전부터 다종다양한 업종에 종사해 왔으며, 오사카의 경제 구조를 지탱해 온 존재로 지금까지 충분한 조사 연구가 이루어지지 않았다. 이에 따라 지역경제사 측면에서도 기존 조사 연구의 재검토가 요구된다.

(2) 교육

재일조선인의 교육 중에서도 오사카에서의 활동은 그 역사와 활동 폭이 넓어 수많은 조사 연구 대상이 되어 왔다. 전후 재일조선인들이 민족교육의 장을 만들어내는 가운데 GHQ와 문부성文部省은 치안유지를 목적으로 이를 탄압했다. 고베神戸·오사카에서는 부당한 대응에 저항하는 운동이 일어나 1948년에 한신교육투쟁阪神教育闘争이 발생했다. 그러나 학령기의 아이들을 방치할 수 없어 오사카부는 사태수습을 위해 조선인 대표와 부지사府知事 간에 민족교육 관련 각서를 주고받았다. 이에 기초한 민족학급이 공립학교 내에 설치되었다. 이후 '조선인들도 부락 어린이들과 마찬가지로 방과후 보충학습을 받지 못하는 것은 차별'이라고 호소한 니시나리구西成区 나가하시소학교長橋小学校 어린이들의 의견을 받아들여 자주민족학급이 개강한 것이 1972년의 일이었다. 1970년대는 재일조선인에 의한 민족차별철폐운동이 전개되고 일본인도 이에 동참

---

37   庄谷怜子·中山徹,『高齢在日韓国·朝鮮人ー大阪における「在日」の生活構造と高齢福祉の課題』,御茶の水書房, 1997.

38   谷富夫,『民族関係の都市社会学ー大阪猪飼野のフィールドワーク』,ミネルヴァ書房, 2015.

하는 흐름이 형성된 시기였다. 1950년대부터 재일조선인 주축의 자원봉사형 민족학급이 개설되었고, 1988년에는 오사카부교육위원회가 '재일 한국·조선인 문제에 관한 지도 지침'을 책정하며 민족교육을 명기했다. 또한 오사카시는 1992년에 '오사카시립학교 민족클럽 기술지도자 초빙사업'을 시작해 '민족클럽'을 설치했다. 현재 루트가 다양해지고 있는 현장에 대응하기 위해 호칭이 '국제 클럽'으로 변경되었다.[39]

명칭의 차이는 있지만 총칭으로서의 '민족학급'은 2023년 기준 오사카시립초중학교의 약 3분의 1이 넘는 28개교에 설치되어 있으며, 오사카부에는 100개교가 넘는 상황이다. 이러한 역사를 바탕으로 최근에는 인클루시브Inclusive 교육이나 다문화 공생 교육의 선진 예로 다카야 사치高谷幸 등의 연구,[40] 야마모토 고스케山本晃輔와 에노이 유카리榎井緑 등의 연구성과[41]가 간행되고 있다. 이것들은 지역 아이들의 뿌리가 다양화된 현재, 학교 현장에서 과제를 수용하면서 '아래로부터'의 공생을 만들어내는 실천적 범례로서 오사카의 활동을 평가하는 것이다. 이러한 일본형 다문화 공생론을 비판적으로 검토하는 논고도 있다. 손 가타다 아키孫片田晶는 재일조선인 자녀들에 의한 '차별을 없애달라'는 문제의식을 들은 일본인 교사가 일본 사회의 차별시정과 마주하는 것이 아닌 자녀들 '스스로의 민족성 = 인간성의 회복', 즉 차별과 싸우는 주체 형성을 이끌어낸 결과

---

39 山本晃輔, 「インクルーシブな教育と葛藤-大阪の民族学級の事例から」, 『未来共創』 7号, 2020, pp.135~151.

40 高谷幸 外, 『多文化共生の実験室大阪から考える』, 青弓社, 2022.

41 山本晃輔·榎井緑, 『外国人生徒と共に歩む大阪の高校-学校文化の変容と卒業生のライフコース』, 明石書店, 2023.

사례에 주목했다.[42] 이 실천에는 '있어야 할' 조선인 주체의 '획득'을 일본인 측이 승인한다는 모략이 숨어 있다. 역사 기술의 무게감은 이와 같은 다각적이고 정밀한 관점에 의해 만들어진다고 할 수 있다. 재일조선인의 교육사에 관해 기술할 경우 민족 교육을 다룰 뿐 아니라 서아귀의 정리[43]처럼 야간중학이나 자발적인 문해학급識字学級의 존재도 염두에 둘 필요가 있다.

4. '주민사'라는 시점

1) 『일본 이카이노 이야기ニッポン猪飼野ものがたり』의 도전

일본인이 형성한 일본 사회라는 관점이 아닌 형태로 지역사 기술을 모색할 경우, 과제가 되는 것은 주체를 어떻게 설정할까이다. 이 질문의 탐구를 위해서는 지역 주민으로서 상황에 대처하면서 어떠한 생활 공간을 창출해 왔는지의 관점에서 파악하려는 시도가 필요하다. 이 점에 대해서는 오카자키 세이로岡崎精郎의 조선데라朝鮮寺에 대한 논문[44]이 선구적 참조 예가 된다. 오카자키는 오사카와 조선의 관계를 고대사부터 쓰기 시작해, 일제강점기에 들어선 이후의 재판조선인사를 개관했으며 재

---

42 孫片田晶, 「「差別」に挑む子ども, 「同化」を問題にする教師」, 『フォーラム現代社会学』 17, 2018.

43 徐阿貴, 『在日朝鮮人女性による「下位の対抗的な公共圏」の形成－大阪の夜間中学を核とした運動』, 御茶の水書房, 2012.

44 岡崎精郎, 「大阪と朝鮮－在阪朝鮮人と朝鮮寺の問題を中心として」, 宮本又次 編, 『大阪の研究』 第一巻, 清文堂出版, 1967, pp.453~493.

판조선인 중에서도 가장 수가 많았던 제주도 출신자에게 주목했다. 특히 제주도 출신자들의 종교 문제를 거론하며 이코마生駒산지에 산재한 '조선데라' 조사를 실시했다. '조선데라'란 '한국 불교와 무속, 일본의 수험도修験道가 혼합된 것'[45]을 말한다. 오카자키는 조선사에서 필드워크를 실시해 제사의 참여 관찰이나 현지 인터뷰로 한반도와는 다른 제주도의 문화적 특징을 파악하고, 일본에 정착해 독자적인 스타일이 형성되는 과정을 상세히 설명했다.

오카자키가 제시한 역사 기술의 시도를 폭넓게 담은 것으로 2011년 지역사의 주체를 주민으로 한 종합서가 간행되었다. 이는 우에다 마사아키上田正昭 감수·이카이노의 역사와 문화를 생각하는 모임猪飼野の歴史と文化を考える会의 『일본 이카이노 이야기』이다. 오사카의 이카이노라는 지명과 관련된 이카이노쓰猪甘津는 항구이며 백제 등에서 도래한 사람들이 거처를 마련했던 지역이다. 2009년 10월, 이 지역에 있는 미유키모리덴진구御幸森天神宮 경내에 백제에서 도래한 왕인박사가 닌토쿠 천황仁徳天皇의 즉위를 축하했다는 노래가 만요가나万葉仮名·일문·한글로 새겨진 비가 건립되었다. '나니와주니 사구야고노하나 후유고모리 이마오하루베토 사구야코노하나なにわづ-오사카의 겨울이 지나고 봄이 되어 매화꽃이 피었습니다, なにはづにさくやこのはな冬ごもりいまははるべとさくやこの花'라고 읊은 이 노래는 〈나니와즈의 노래難波津の歌〉로 불리고 있다. 전쟁 전부터 '오사카시가大阪市歌'의 가사 한 구절이 되어, '사쿠야코노하나관咲くやこの花館', '사쿠야코노하나상咲くやこの花賞', '고

45   飯田剛史, 「朝鮮寺」, 国際高麗学会日本支部, 『在日コリアン辞典』編集委員会, 『在日コリアン辞典』, 明石書店, 2012.

노하나구此花区', '사키시마咲州' 등 오사카에서 새롭게 태어난 사물 명칭은
이 노래를 근거로 하고 있다.[46] 이카이노지역 북쪽 끝에 위치한 미유키
모리덴진구와 신히라노강新平野川의 미유키바시御幸橋를 연결하는 미유키
모리상점가御幸森商店街의 중심부는 과거 '조선시장'으로 불렸으나 1993년
이후 '백제문百濟門' 등이 쓰여진 게이트가 들어서고 도로도 정비되면서
코리아타운이라는 명칭으로 바뀌었다. 이후, 한류 붐이 일어나면서 생활
시장으로서의 위상이 시대마다 변화했다. 이러한 가운데 지역 주민 중에
이카이노를 중심으로 해서, 백제와 인연이 있고, 현재도 재판조선인이
다수 거주하고 있으며 이쿠노구 내 닌토쿠 천황이 모셔져 있는 미유키모
리덴진구 경내에 '나니와즈의 노래'비를 세우려는 사람들이 있었다. 결
국, 이카이노탐방회猪飼野探訪会 · 미유키모리거리에 있는 3개의 상점가현 오
사카코리아타운 · 이쿠노코리아타운구락부生野コリアタウン倶楽部의 5개 단체가 합
동으로 가비歌碑 건립위원회를 결성해 노래비가 건립되었다.

『일본 이카이노 이야기』의 「총론 1 － 이카이노란 : 본서의 의도」에는
다음과 같은 목적이 기록되어 있다.

　　재일조선인이 집주하기 이전, 면면히 이어지는 태고부터의 역사가 이카
　이노에는 새겨져 있다. 이 역사를 계승해 온 사람들이 '이카이노'의 전통을
　형성한다. 그리고 대도시 오사카에 인접한 이 지역에는 오사카의 발전과 함
　께 그것을 담당하기 위한 역할이 부여된다. 히라노강의 개수와 농지를 택지

46　足代健二郎, 「王仁博士『難波津の歌』歌碑建立と猪飼野」, 上田正昭 監修 · 猪飼野の歴史と文化を考え
　　る会, 『ニッポン猪飼野ものがたり』, 批評社, 2011, p.130.

40　제1부_ 교착하는 동아시아의 경계와 수맥

로 전환하는 사업의 실시는 이 땅의 역사를 갱신한 것이다. 농지가 비교적 저소득자의 거주지로 전환되고, 나아가 제주도를 중심으로 하는 '식민지'에서 유입된 사람들이 이 땅에 모인다. 이것이 현재의 '이카이노'의 직접적인 출발이 된다.

근대 '이카이노'가 도달한 개성적인 역사는 이카이노에 사는 사람들, 외부에서 이카이노를 보는 사람들, 나아가 그 각각의 개인사와 이카이노와의 관계 속에서 다양한 '이카이노'상을 만들어냈다. 여기에 이카이노 역사의 무게, 역사와 문화의 다양성, 나아가 그 '풍요'의 근원이 있다. 또한 거기에는 '일본' 자체를 거꾸로 비춰내는 힘이 있다. 이러한 이카이노의 극히 일부라도 표현할 수 있으면 하는 것이 이 책의 의도이다.[47]

이 책은 고대부터 현대까지 이르는 이카이노의 모습을 향토사가·역사학이나 고고학 전문가·문학자·저널리스트·사회운동이나 문화활동에 종사하는 사람들·이카이노에서 사업을 영위하는 사람들이 역사·사회·산업·문화·문학·종교·교육 등의 분야에서 다면적으로 그려내는 획기적인 지역사 서적으로 엮어냈다. 공통된 시좌는 주민이 본 지역상, 주민에게 있어서의 지역상이며, 지역사 기술의 새로운 스타일에 대한 도전이라고 할 수 있다.

---

47   小林義孝·足代健二郎,「猪飼野とは－本書の目論見」, Ibid., pp.64~65.

2) 오사카코리아타운역사자료관의 시도

2023년 4월, 오사카시 이쿠노구구 이카이노지역에 위치한 오사카코리아타운 인근에 오사카코리아타운역사자료관大阪コリアタウン歴史資料館이 개관했다. 필자는 개관의 구상·전시 내용 기획과 구성 및 작성·운영에 관여했다. 이 자료관에서는 『일본 이노카이노 이야기』를 통한 지역사 기술에 관한 도전을 참조하면서 지역 주민의 시각에서 본 코리아타운사 전시를 시도하고 있다. 관내에서는 터치패널로 전시 내용에서 재판조선인의 집주지역 형성과 활동가 김문준의 사례로 '주민사'로서 지역사 기술의 시도를 검토하고자 한다.

(1) 재판조선인의 집주지 형성의 변천

20세기 이후 오사카 거주 조선인 인구 추이가 제1차 세계대전기부터 증가한 것이 확인되었지만, 그 이전은 그다지 검토되어 있지 않다.

일반 노동자로서의 도항은 19세기 말부터 시작되었는데, 지리적인 근접성과 1906년 시모노세키下関 부산항로釜山航路 개설 이후 후쿠오카福岡·야마구치山口·나가사키長崎 각 현県을 중심으로 일본 방문이 많았다고 한다.[48] 이 점에 관해 다수 인용된 문헌인 『오사카시시회부조사과』[1928]에는 다음과 같은 기술이 있다.

다마쓰쿠리玉造의 발전은 점차 남부에 영향을 미쳐 1901년메이지 34년에는 오늘날 다마쓰쿠리 신사이바시玉造心斎橋거리에 해당하는 쓰루하시코노쵸鶴橋木野町 38번지인 조토선城東線 건널목 경보 옆에 요시노유吉野湯라는 목욕탕이 생겼

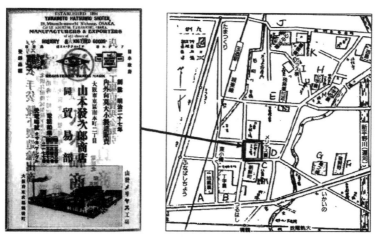

<그림 1> 야마하쓰 메리야스 공장(山発メリヤス工場)의 위치
출처 : (좌) 農商務省商工局工務課編, 『工場通覧大正7年10月』, 日本工業倶楽部, 1918.
　　　(우) 大阪市社会部調査課, 『鶴橋中本方面に於ける居住者の生活状況』, 1928.

다. 이어서 1904년^{메이지 37년}에는 히가시오바세쵸^{東小橋町} 177번지에 사카모토^阪本 의사의 가옥이 건설되었고, 1906년^{메이지 39년}에는 요시노유에서 남동쪽에 마을의 약 반 정도의 주택이 세워졌다. 1907년^{메이지 40년}에는 조센마치^{朝鮮町}가 건설되며 점차 야마하쓰 메리야스 공장 주변부터 발전했다.^{서력연대는 필자가 추가함}[48]

　여기에 기재된 야마하쓰 메리야스 공장은 1968년 2월 오사카부 히가시나리군^{東成郡} 쓰루하시무라^{鶴橋村} 오아자^{大字} 히가시오바세 58번지에 개설되었다. 1894년 오사카부 히가시구^{東区}, 현 주오구^{中央区} 미나미혼마치^{南本町} 2초메에서 창업한 야마모토 하쓰지로^{山本発次郎} 상점에 의해 직조, 염색, 정리, 봉제, 마무리에 이르는 일관생산공장으로 설치되었다. 메리

48　大阪市社会部労働課 編, 『社会部報告第八四輯鶴橋中本方面に於ける居住者の生活状況』, 大阪市社会部労働課, 1928.

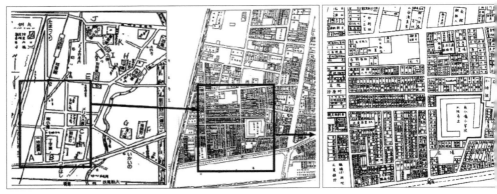

〈그림 2〉 A '지조우라(地藏裏)', B '테이지우라(丁字裏)', C '조센마치', D '메리야스우라(メリヤス
裏)지역의 1956년 당시 주택 지도
출처 : 『大阪市全住宅案内図帳 最新版 東成区』, 住宅協会, 1956.

야스는 당시 한자로 '莫大小'라고 써 니트를 의미했다. 야마하쓰 메리야
스 공장의 당시 경영자 야마모토 하쓰지로 상점은 현재 '앵글アングル'이
라는 의류회사로 존재하며, 홈페이지에는 같은 기업사가 게재되어 있다.
오사카의 공장에 관한 전쟁 전 간행서에는 야마하쓰 메리야스 공장에 관
한 기술이 많았지만, 공장별 조선인 노동자 수는 기재되지 않았고 '앵글'
홈페이지에도 없다.

다만 야마하쓰 메리야스 공장과 '조센마치'와의 위치관계는 이전부
터 상당수 인용된 '쓰루하시 나카모토 방면에서의 거주자 생활 상황'에
게재된 지도에서 확인할 수 있다. 여기에는 해독하기 어려운 문자이지만
야마하쓰 메리야스 공장이 기재되어 있고, 그 남쪽에 '조센마치'라는 명
칭이 기재되어 있다.〈그림2〉 참조 그러면 현재의 센니치마에도오리千日前通 이
북 및 현·JR 순환선의 다마쓰쿠리 역과 쓰루하시역의 동쪽, 현·히가시
오바세공원東小橋公園, 1900.4~1970.9, 쓰루하시 가노초 근처에 조선인의 집주 시작 시

기가 조선병합 이전임을 짐작할 수 있다. '조센마치'란 오사카시 사회부 조사과가 '편의상'[49] 지은 명칭인데, 부근에는 '데이지우라丁字裏' '지조우라地藏裏'라는 이름이 붙은 집주지구가 있다. 모든 집주集住지구는 조선인만의 거주지가 아닌 일본인과의 혼주混住지구이다. 오사카코리아타운역사자료관에서는 이 조사결과를 바탕으로 이 지점의 거주상황을 1956년 주거 지도[50]에서 보려고 시도했고, 이 지역에 조선인의 이름으로 판별할 수 있는 가옥이 집주했음을 확인할 수 있었다.〈그림2〉참조 1945년을 기점으로 전쟁 전과 전쟁 이후 시대 구분은 가능하지만, 이처럼 이어진 집주 상황에 관한 연구는 필자가 아는 한 아직 없다. 전쟁 전부터 정착한 사람들의 일시적인 관련 조사 연구는 다양한 관점에서 다수 간행되었지만, 대상자의 루트와 별도로 지역 주민으로서 지낸 시간을 파악한 연구가 향후 과제라 할 수 있을 것이다.

(2) 재판조선인과 신문 미디어

1935년 이카이노 최초의 조선어 신문인 『민중시보民衆時報』를 창간한 김문준1894~1936은 제주도 신좌면현 제주시 조천읍 조천리에서 출생했다. 1912년에는 제주공립농림학교를 졸업하고 경기도 수원에 있는 조선총독부 권업모범장부속농림학교현 서울대학교 농과대학에 진학했다. 이후, 학교 교원을 거쳐 1927년 7월에 오사카로 건너가 일본조선노동총동맹 산하 오사카조선노동조합 집행위원다음 해 집행위원장, 같은 해 신간회오사카지회 결성을

49   Ibid., p.22.
50   『大阪市全住宅案内図帳最新版東成区』, 住宅協会, 1956.

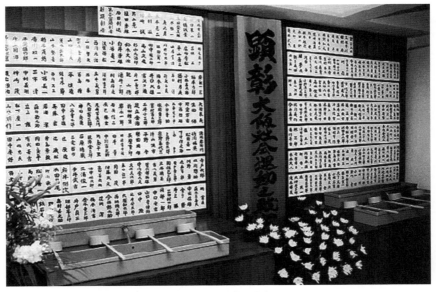

〈사진 1〉 오사카사회운동현창탑 내부(조몽구의 명판이 보인다)
제공 : エル・ライブラリー

주도했다. 1929년에는 오사카조선소년동맹, 히가시라리구의 조선인 고무 노동자 중심의 오사카고무공조합을 결성했다. 1930년에는 조선노총의 일본노동조합전국평의회^{전협}에 합류해 민족적 입장에서 반대해 비판을 받았으나, 오사카고무공조합은 전협일본화학산업노동조합 오사카지부로 개편되었다. 오사카 · 제주도간의 항로 운영을 둘러싸고, 제주도민 및 도항자에게 과도한 부담을 강요하는 관제 단체인 제주공제조합^{훗날 제주공제회}의 철폐나 고액 운임 인하를 요구했다.[51]

1930년에 치안유지법 위반으로 체포돼 징역 2년 6개월의 판결을 받았고, 1934년 초에 출옥했다. 이듬해 창간한 『민중시보』의 '발행 취지 및

---

51 鄭雅英, 「金文準」, 國際高麗学会日本支部 『在日コリアン辞典』編集委員会, 『在日コリアン辞典』, 明石書店, 2012.

강령'에서는 일본 내 거주 조선인 민중의 생활 진상과 여론 보도, 생활 개선과 문화적 향상, 생활권 확립과 옹호 신장을 기할 것을 내걸었다. 지면에서는 재일조선인의 생활 상황과 생활권 옹호, 차별 문제 외에도 봉건적 인습철폐, '내선內鮮' 유화단체 비판, 한반도 상황 그리고 반파시즘운동 동향과 같은 세계정세 등도 전했다. 당초 월 2회 간행되었지만 이후 순간旬刊이 되었다. 배포 부수는 약 2,500부였으며 게이한신京阪神 일대에 지국이나 판매소가 있었다. 그러나 관헌의 탄압 대상이 되어, 1936년 9월 21일자 제27호로 끊겼다. 김문준은 그해 5월 25일 지병으로 사망했다.

김문준의 장례식은 오사카에서 일본 좌익단체와 합동 '노동장勞動葬'으로 치러졌다. 시신은 화장되어 제주도로 옮겨졌고, 출생지인 조천리 사람들에 의해 1937년 3월 25일 장례식이 거행되어 조천공동묘지에 안장되었다. 묘비의 석주는 '오사카전기노조'가 기증해 유골과 함께 오사카에서 운반되었다고 알려져 있다. 또한 구오사카사회운동현창탑 내부에 설치된 '오사카 사회운동지전사' 방명판에도 김문준의 이름이 조몽구趙夢九와 함께 걸려 있다.〈사진1·2〉참조[52] 김문준과 조몽구의 이름이 왜 이 명판에 추가되었는지 현재까지는 밝혀지지 않고 있다.

『민중시보』는 전쟁 전의 것이지만, 전쟁 직후에도 조선인에 의해 이카이노에서 발간된 신문이 있다. 김문준과 마찬가지로 제주도 출신인 송성철이 1945년 11월 『대중신문大衆新聞』을 이카이노에서 창간, 1946년 8월 15일 『민중신문』과 『대중신문』이 통합되어 『우리신문ウリ新聞』이 되었

---

52 藤永壮, 「金文準」(大阪コリアタウン歴史資料館展示), 2023.

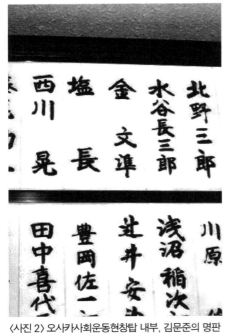

〈사진 2〉 오사카사회운동현창탑 내부, 김문준의 명판
제공 : 藤永壯

다. 구『민중신문』은 도쿄가 본사가 되었고, 구『대중신문』은『우리신문』의 오사카 지사가 되었고, 같은 해『우리신문』에서『해방신문解放新聞』으로 바뀌었다. 1957년에는『해방신문』이『조선민보朝鮮民報』로, 1961년『조선민보』에서『조선신보朝鮮新報』로 바뀌며 현재까지 발간되고 있다. 또한 전쟁 전부터 고무업계의 유력자였던 유수현이 1945년 이 지역에서『조선신문朝鮮新聞』을 창간했고, 물자 부족으로『조선건국신문朝鮮建国新聞』오사카시,『공화신문共和新聞』오쓰시 = 大津市,『조선민보』교토시 = 京都市 3사 합동으로 1946년『조선신보』를 발족했다. 창간 이후 한동안은 일본어로 발행했지만, 일제강점기 경성제국대학 교수이며, 패전 이후 덴리대학天理大学 교수가 된 다카하시 도오루高橋享의 도움으로 조선어판과 일본어 신문『신세계신문新世界新聞』도 함께 발행했다. 1949년에『신세계신문』조선어판 발행과 동시에『조선신보』는 소멸되었다. 이『신세계신문』에 얽힌 흥미로운 에피소드가 있다. 작가 시바 료타로司馬遼太郎의 신문기자 경력이 조선인이 창간한 신문사에서 시작되었다는 이야기이다. 실제로 재직했던 것은 본인의 인터뷰를 통해 검증되었으며, 상세한 경위 등은 현시점에는 불분명하다.53

이같이 다채로운 인간상이 교차하는 모습은 오사카의 지역사에서 기재 대상이 되지 못했다. 예를 들어 『민중시보』에는 당시 게이한신에서 다종다양하게 자영업을 창출한 조선인의 광고도 게재되어 있어 (1)의 집주지역 형성과 함께 당시 지역상을 재검토함으로써 보다 많은 내용을 얻을 가능성이 있다. 전쟁 전후를 통해 다양한 존재를 통해 구축된 지역의 역사 기술을 주민 시점에서 다시 파악함으로써 이전과 다른 새로운 모습이 보일 가능성이 있는 것이다.

5. 마치며

이 글에서는 오사카의 지역사를 재일조선인과의 관계를 중심으로 되돌아 보면서, 현시점에 찾아낼 수 있는 과제를 다루었다. 그 안에서 보인 시점은 '주민사'의 가능성이다.

오사카코리아타운역사자료관 전시패널에 1933년 『아사히그래프』에 실린 조선시장 사진이 있다. 그 한 장에 갓포기割烹着, 일본식 앞치마를 입은 여성과 한복을 입은 여성이 찍혀있다.(사진 3) 60년이 지나며 시장의 위치는 거리 하나만 옮긴 큰길로 바뀌었고, 명칭이 코리아타운으로 변경되었다. 그로부터 얼마 지나지 않아 지역 주민의 뜻으로 '나니와즈의 가비難波津の歌碑'가 서기 406년에 열린 신사神社에 건립되었다. 이러한 것들을 지

---

53   小林聡明, 『在日朝鮮人のメディア空間ーGHQ占領期における新聞発行とそのダイナミズム』, 風響社, 2007, pp.33~34.

〈사진 3〉『아사히그래프(アサヒグラフ)』, 1933

역사라는 선으로 이어감에 있어 지역 주민을 역사의 주체로 다시 파악함
으로써 오사카의 역사 기술에 새로운 전개 가능성을 창출할 수 있지 않
을까.

이 글은 일본어로 작성되었으며 정성희(鄭聖希 / Chung Sung-hee, 동국대학교 일본학연구소 전문연
구원, 문화콘텐츠)가 번역했다.

초출
「大阪地域史研究と在日朝鮮人―「在阪朝鮮人史」を「住民史」に接続する」, 『ヒストリア』
300, 大阪歴史学会, 2023.10.

참고문헌

단행본

飯田剛史,「朝鮮寺」, 国際高麗学会日本支部, 『在日コリアン辞典』編集委員会, 『在日コリアン辞典』, 明石書店, 2012.

伊地知紀子, 『生活世界の創造と実践ー韓国・済州島の生活誌から』, 御茶の水書房, 2000.

_____, 『消されたマッコリ。ー朝鮮・家醸酒文化を今に受け継ぐ』, 社会評論社, 2015.

_____・村上尚子, 「「解放直後・済州島の人びとの移動と生活史ー在日済州島出身者の語りから」, 蘭信三 編, 『日本帝国をめぐる人口移動の国際社会学』, 不二出版, 2008.

井上薫 編, 『大阪の歴史』, 創元社, 1979.

上田正昭 監修・猪飼野の歴史と文化を考える会, 『ニッポン猪飼野ものがたり』, 批評社, 2011.

大阪市社会部労働課 編, 『社会部報告第八四輯鶴橋中本方面に於ける居住者の生活状況』, 大阪市社会部労働課, 1928.

_____, 『社会部報告第八五輯本市に於ける朝鮮人の生活概況』, 大阪市社会部労働課, 1929.

金賛汀, 『朝鮮人女工のうたー1930年・岸和田紡績争議』, 岩波新書, 1983.

_____, 『異邦人は君ヶ代丸に乗ってー朝鮮人街猪飼野形成史』, 岩波新書, 1985.

高鮮徽, 『20世紀の滞日済州島人ーその生活過程と意識』, 明石書店, 1998.

小林聡明, 『在日朝鮮人のメディア空間ーGHQ占領期における新聞発行とそのダイナミズム』, 風響社, 2007.

小山仁志・芝村篤樹 編, 『大阪府の百年』, 山川出版社, 1991.

庄谷怜子・中山徹, 『高齢在日韓国・朝鮮人ー大阪における「在日」の生活構造と高齢福祉の課題』, 御茶の水書房, 1997.

杉原達, 『越境する民ー近代大阪の朝鮮人史研究』, 新幹社, 1998.

徐阿貴, 『在日朝鮮人女性による「下位の対抗的な公共圏」の形成ー大阪の夜間中学を核とした運動』, 御茶の水書房, 2012.

高谷幸 外, 『多文化共生の実験室大阪から考える』, 青弓社, 2022.

谷富夫, 『民族関係の都市社会学ー大阪猪飼野のフィールドワーク』, ミネルヴァ書房, 2015.

玉井金五・杉原薫 編, 『大阪・大正・スラムーもうひとつの日本近代史』, 新評論, 1986.

朝鮮史研究会 編, 『朝鮮史研究入門』, 名古屋大学出版会, 2011.

鄭雅英, 「金文準」, 国際高麗学会日本支部, 『在日コリアン辞典』編集委員会, 『在日コリアン辞典』, 明石書店, 2012.

鄭富京 外編, 『玄海灘を渡った女性信徒たちの物語岸和田紡績・朝鮮人女工・春木樽井教会』, かんよう出版, 2015.

塚崎昌之 編, 『大阪空襲と朝鮮人そして強制連行』, ハンマウム出版, 2022.

朴沙羅, 『家(チベ)の歴史を書く』, 筑摩書房, 2018.

原尻英樹, 『日本定住コリアンの日常と生活ー文化人類学的アプローチ』, 明石書店, 1997.

福本拓, 『大阪のエスニック・バイタリティー近現代・在日朝鮮人の社会地理』, 京都大学学術出版会, 2022.

水野直樹・文京洙, 『在日朝鮮人ー歴史と現在』, 岩波新書, 2015.

山本晃輔・榎井緑, 『外国人生徒と共に歩む大阪の高校ー学校文化の変容と卒業生のライフコース』, 明石書店, 2023.

よこやま横山篤夫, 『戦時下の社会ー大阪の一隅から』, 岩田書院, 2001.

논문

伊地知紀子, 「定住と非定住の位相ー済州島からの移動/済州島への移動とともに」, 『市大社会学』, 第8号, 2007.

岩佐和幸, 「世界都市大阪の歴史的形成ー戦間期における朝鮮人移民の流入過程を中心に」, 『調査と研究ー経済論叢別冊』 16, 1998.

岡崎精郎, 「大阪と朝鮮ー在阪朝鮮人と朝鮮寺の問題を中心として」, 宮本又次 編, 『大阪の研究』 第一巻, 清文堂出版, 1967.

梶村秀樹, 「定住外国人としての在日朝鮮人」, 『思想』 739, 1985.

岸田由美, 「教育分野における在日韓国・朝鮮人の呼称」, 『比較・国際教育』 6, 1998.

北崎豊二, 「昭和の大阪と在阪朝鮮人ー戦前期を中心に」, 『経済史研究』 3号, 2010.

北村毅, 「序(特集オートエスノグラフィで拓く感情と歴史)」, 『文化人類学』 87(2), 2022.

金耿昊, 「地域から考える在日朝鮮人史と教会史ー関東大震災から100年をおぼえて (1)」, 『福音と世界』 4月号, 2023.

孫片田晶, 「「差別」に挑む子ども、「同化」を問題にする教師」, 『フォーラム現代社会学』 17, 2018.

鄭栄鎭, 「自らの民族性をとりもどす闘いー反差別闘争と「民族性」の堅持」, 『在日朝鮮人アイデンティティの変容と揺らぎー「民族」の想像/創造』, 2018.

塚崎昌之, 「1920年代の在阪朝鮮人「融和」教育の見直しー済美第四小学校夜間特別学級第二部の事例を通して」, 『在日朝鮮人史研究』 35号, 2005.

＿＿＿＿, 「水平社・衡平社との交流を進めた在阪朝鮮人ーアナ系の人々の活動を中心に」, 『水平社博物館研究紀要』 9号, 2007.

寺出浩司, 「大正期生活調査の一齣ー大阪市労働調査報告をめぐって」, 『三田学会雑誌』 78(6), 1986.

外村大, 「近年の在日朝鮮人史研究の動向をめぐって」, 『在日朝鮮人史研究』 29号, 2000.

中塚明, 「在阪朝鮮人ーその歴史的形成」, 『統一評論』, 1977.

玄武岩, 「密航・大村収容所・済州島ー大阪と済州島を結ぶ「密航」のネットワーク」, 『現代思想』 35(7), 2007.

藤永壮 外, 「解放直後・在日済州島出身者の生活史調査」 1-16, 『大阪産業大学論集』, 2000-2016.

堀内稔,「新聞記事に見る在阪朝鮮人の初期形成」,『在日朝鮮人史研究』第30号, 2000.

蒔田直子,「猪飼野の生活史・序章」,『民衆の喚声・民衆の絶叫』4号, 1982.

宮内洋,「私はあなた方のことをどのように呼べば良いのだろうか? 在日韓国・朝鮮人? 在日朝鮮人? 在日
　　　コリアン? それとも?ー日本のエスニシティ研究における 〈呼称〉 をめぐるアポリア」,『コリア
　　　ン・マイノリティ研究』3号, 新幹社, 1999.

山本晃輔,「インクルーシブな教育と葛藤ー大阪の民族学級の事例から」,『未来共創』7号, 2020.

기타자료

大阪府朝鮮人強制連行真相調査団岬町地元まとめの会,『泉南における朝鮮人強制連行と強制労働ー多奈
　　　川・川崎重工業と佐野飛行場の場合中間報告』, 1991.

金廣烈,「韓国の強制動員被害真相糾明運動と日本の戦後補償運動」, 東京大学韓国学研究センター研究会報
　　　告レジュメ, 2021.

藤永壮,「解放後・在日済州島出身者の生活史」, 朝鮮史研究会第48回大会資料, 2011.

_____,「金文準」(大阪コリアタウン歴史資料館展示), 2023.

『大阪市全住宅案内図帳最新版東成区』, 住宅協会, 1956.

『大阪毎日新聞』, 1930.3.22.

アングル, https://www.angle-fujibo.net

大阪市, https://www.city.osaka.lg.jp/shimin/page/0000006893.html

교차하는 수맥

이민진 『파친코』에서 김시종 「헌시」까지

사카사이 아키토

1. 들어가며

이른바 '전후'라 불린 대부분 시기에 미국에서 오는 문화 생산물이 일본 사회에 패권적헤게모니이었음에 이견이 없을 것이다. 물론 냉전기 일본에서는 소련이나 중국과 같은일본의 지리적으로 말한다면 실제로는 서쪽이지만 '동쪽'의 영향이 예상외로 강했던 것은 최근 많은 문화 연구의 성과에서 나타나는 바이기도 하다.[1] 그럼에도 '전후'를 누릴 수 있었던 일본 본토 사람들 다수가 미국을 통해 세계를 보았던 것은 부정할 수 없을 것이다. 냉전기, 포스트 냉전기 일본에서 미국은 압도적인 존재감을 가지고 있었고, 그것은

---

[1]   宇野田尚哉·川口隆行·坂口博·鳥羽耕史·中谷いずみ·道場親信 編, 『『サークルの時代』を読む 戦後文化運動研究への招待』, 影書房, 2016; 鳥羽耕史·山本直樹 編著, 『転形期のメディオロジー―一九五〇年代日本の芸術とメディアの再編成』, 森話社, 2019; 丸川哲史, 『冷戦文化論―私たちの「内なる冷戦」を見つめ直す』, 論創社, 2020; 宇野田尚哉·坪井秀人編著, 『対抗文化史―冷戦期日本の表現と運動』大阪大学出版会, 2021.

2024년 현시점에서도 정치외교면에서는 변함없는 듯하다.

　그러나 문화적인 측면에서는 어떨까? 최근 10년간 일본에서 미국의 문화적 존재감은 약해지고 있으며, 특히 젊은 세대를 중심으로 해외로부터의 문화수용 경로나 형태가 다극화·다양화되고 있는 것은 이미 공통적인 인식이 되었다. 특히 K-POP과 한류 드라마부터 시작해 패션과 식문화, 유아·아동 교육에 이르기까지 한국으로부터의 문화적 영향력 증가는 놀라울 정도이다. 2023년 10월 21일, 『니혼케이자이신문日本経済新聞』석간호에서는 일본에서 실시되고 있는 외국어능력시험 중 한국어능력시험TOPIK의 응시자가 중국어능력검정시험HSK을 제치고 영어 다음으로 2위를 차지했다는 점, 또한 대학에서의 한국어 교육 강화를 보도했다.[2] 팬데믹의 영향으로 머나먼 구미권으로의 도항이 꺼려지게 된 것도 이유가 되어, 일본의 젊은 세대가 가지고 있는 '세계'의 이미지는 '미국의 세기世紀'를 살았던 세대의 그것과는 크게 달라지고 있다.

　이러한 문화환경의 변화 속에서 이전까지 '코리안'[3]을 둘러싼 담론 또한 크게 변하고 있는 듯하다. 결론을 조금 앞서 말하자면, 그것은 반드시 일본 식민지배의 죄와 책임을 마주한다는 의미에서 환영할 만한 변화

2　「「推しのため」韓国語磨く 受検最多, 中国語も抜く K-POP·韓ドラ 好きが原動力」, 『日本経済新聞 夕刊』, 2023.10.23.

3　이 글에서는 '코리안'이라는 용어를 일본제국주의부터의 해방 이후, 일본에 거주하고 있는 한반도에 뿌리를 둔 사람들을 지칭하는 말로 사용하고, '조선인'이라는 용어는 일제강점기를 살았던 사람들에게 사용한다고 우선 정해둔다. 다만, 어느 쪽의 단어도 입장이나 상황에 따라 불쾌한 울림을 가질 가능성이 있고, 또한 많은 사람이 콜로니얼／포스트콜로니얼의 양 시대를 살았기 때문에 이 구분이 엄격한 정의에 근거하고 있는 것이 않다는 것도 적어 둔다.

는 아니다. 다만 이 변화는 일본 젊은이들의 문화 조류라는 한정적인 이야기가 아닌 더 큰 맥락, 환태평양지역의 문화권력의 균형 변화와 대응하고 있는 것처럼 보인다.

이러한 문화환경의 변용을 총괄적으로 논의하기 위해서는 사회학적인 접근이나 데이터 분석이 필요하겠지만, 필자는 그러한 논의를 위한 재료나 방법은 가지고 있지 않다. 따라서 이 글에서는 필자의 전문분야인 일본근현대문학, 특히 재일코리안문학 연구의 관점에서 고찰하고자 한다. 연구대상으로 특히 주목하는 것은 재일코리안문학의 새로운 수맥이 되는 이민진 『파친코』2017와 기성 재일코리안문학의 대표라 할 수 있는 시인 김시종의 최신작 「헌시獻詩」2022를 양극에 두고 일본에서 '코리안'을 둘러싼 문학 상황에 대해 논의한다. 다만, 여기서는 각 작품의 문맥을 파악하는 논의의 성질상, 텍스트의 정독이나 검증 중심보다는 연구 전망의 양상을 본다는 점에 유의하길 바란다.

2. 이민진 『파친코』의 충격

먼저 한국계 미국인 작가 이민진의 『파친코』에 대해 생각해보자. 이 소설을 다루는 이유는 이 소설이 재일조선인 / 코리안 가족을 4세대에 걸쳐 다룬 장편소설이고, 무엇보다도 영어로 된 최초의 '재일' 관련 소설이기 때문이다. 이 소설은 2017년 2월 출간 이후 영어권에서 폭발적인 인기를 얻었다. 같은 해에는 전미도서상National Book Awards 후보에 오른 것을 비롯해 다양한 상을 수상했으며, 2018년 3월에는 한국어 번역을 시작으로 현재까지 30개 이상의 언어로 번역되었다. 이 작품은 출판 당시부터 영어권의 일본문학 연구자들 사이에서 주목받은 소설이며, '일본에서 언제 번역될지, 혹시 번역되지 않는 것은 아닐까?'와 같은 내용들이 한동안 관련 연구자들이 서로 얼굴을 마주할 때마다 한동안 화제가 되었다.

2020년 9월 잡지『현대사상現代思想』에 '코로나시대를 살기 위한 60권 コロナ時代を生きるための60冊'이라는 특집이 있었고, 필자도 거기에『파친코』의 서평을 썼다. 기고 당시에는 문예춘추文藝春秋에서 이케다 마키코池田真紀子 번역의 일본어판의 출판 직전이었기 때문에 아직 일본어판『파친코』에 대한 일본 내 반응은 알 수 없는 상태였다. 그래서 이 소설이 과연 일본에서 받아들여질까? 예를 들어 '반일 / 혐한'의 대립구도에 빠져 인터넷상에서 악플이 쇄도하는 일이 일어날 수도 있지 않을까 하고 걱정하며 집필했었다.

『파친코』는 1910년부터 1989년까지 약 80년간 한 조선인 집안에 일어난 다양한 일들을 그린 소설이다. 이 시기는 제국 일본의 한반도 식민지 지배부터 3·1독립운동, 아시아·태평양전쟁을 거친 '해방', 미군점령기와 남북분단 그리고 한국전쟁과 냉전하 경제발전 등 일본과 한반도 간 격동의 역사가 전개된 시기이다. 정치운동에 적극적으로 관여하지 않더라도 그 시대의 삶은 하루하루 벌어지는 불합리한 사건들에게 농락당한다. 독립운동가에 대한 격렬한 탄압이나 종군'위안부'와 강제노동 같은 문제가 이 소설에 그려진 것은 물론이고, 무엇보다 일제강점기부터 현대에 이르는 일본 사회에 스며 있는 재일코리안에 대한 조직적이고 구조적인 차별이 이야기 속 주인공들의 삶을 촘촘히 얽어낸다. 이 소설에서는 딸, 아내, 남편, 어머니, 아버지, 아들 그리고 할머니와 같이 각자의 입장에서 타향에서 살아가는 또 다른 세대의 괴로움과 마주한 모습이 정중히 그려진다.

이민진이 이 소설을 통해 등장인물 한 사람 한 사람의 삶을 사랑하듯 섬세하게 그려낸 것은 그녀들 그리고 그들이 겪은 구체적인 사건들이 국가나 민족 같은 큰 틀로만 정리되는 단순한 일이 아니기 때문이다. 차별이라는 것은 '조선인'으로서 혹은 '재일'로서 편견과 함께 일괄적으로 당하는 것이며, 주인공들은 그런 시선에 항상 노출되어 있다. 그러나 그녀들은 자신들을 그리고 일본인들을 함께 다루며 이해하는 것에서 열심히 거리를 둔다. 그렇기 때문에 이 이야기가 일본과 재일코리안 커뮤니티를 혹은 일본과 한국을 대립적으로 두지 않는다. 이민진은 대립을 부추기는 것이 약한 입장의 사람들을 더욱 궁지에 몰아넣는 것임을 잘 이해하고 있다. 이 소설을 솔직하게 읽을 수 있는 독자라면 이 작가의 메시지는 그대로 전달될 것이다. 그럼에도 불구하고 일본어판 출시 전 우려했던 것은 역시 '반일'이라는 꼬리표가 붙을 수 있다는 점이었다.

그러나 막상 『파친코』의 일본어판이 출간되고 보니 일본에서 화제가 되지는 않았다. 물론 몇몇 신문이나 잡지 지면에서의 서평은 있었지만,[4]

---

4 逆井聡人,「ミンジン・リー『パチンコ』(原著)—構造的差別との闘いと翻訳の時差について—在日・コロナ・#BLM」,『現代思想』, 2020.9; 池澤夏樹,「「在日」四代 努力と浮沈と信仰の物語」,『毎日新聞』, 2020.9.19; 中村和恵,「隣人とわたし『パチンコ』とジュリー・オオツカ,移民たちの物語」,『群像』, 2020.11; 斎藤美奈子,「世の中ラボ(128)新世代の在日文学を読んでみた[ミン・ジン・リー『パチンコ』他]」,『ちくま』, 2020.12; 浮葉正親,「ミン・ジン・リー『パチンコ(上)・(下)』に見る「在

메이저한 담론공간에서 화제가 되는 일은 거의 없었다고 해도 무방할 것이다. 결국 일부 문학 연구자나 비평가 그것도 영어권에서 이 소설의 인기를 본 영미문학 연구자들과 원래부터 재일코리안문학이나 역사에 관심있던 사람들 사이에서 주목받았을 뿐, 결과적으로는 다른 수많은 영미문학의 번역서 중 하나로 취급되었을 뿐이었다.

일본 밖으로 눈을 돌리면 〈파친코〉는 2022년 3월 애플TV+에서 드라마가 방영되었고, 시즌2 방영이 결정되는 등 세계적인 인기를 더욱 공고히 하고 있다. 주인공 선자의 노년기를 연기한 것은 한국의 명배우 윤여정이며 추후에도 언급하겠지만 2020년 개봉한 미국 영화 〈미나리〉로 아시아인으로서 63년 만에 아카데미 여우조연상을 수상했다. 선자의 연인인 한수를 연기한 것은 인기 있는 한국 배우 이민호이며, 분명 영어권뿐 아니라 한국을 중심으로 한 아시아권에서의 인기도 겨냥한 캐스팅이었다고 할 수 있다. 실제로 이 드라마는 이미 수많은 수상을 거듭했고 아시아권에서 한국은 물론 동남아시아에서도 순조롭게 인기를 끌었다.

연구에서도 『파친코』는 이미 논의의 대상이다. 이 소설을 '디아스포라 소설'로 평가한 이영호는 한국에서 2023년 6월 기준으로 이미 17건의 연구논문이 발표되었다고 했다.[5] 북미의 예를 들면 크리스티나 이Christina Yi가 'Intersecting Korean Diasporas'라는 장章을 영어권 내 한국문학 연구 가이드인 *The Routledge Companion to Korean Literature*에 기고했으

日」の世界」, 『抗路』, 2021.3.

5   이영호, 「확장되는 민족 역사와 코리안 디아스포라 문학 – 이민진의 「파친코 (Pachinko)」를 중심으로」, 『일본학보』 136집, 한국일본학회, 2023.

며, 그 중『파친코』를 대상으로 설정했다.[6] 이제『파친코』는 글로벌적인 인기를 자랑하는 소설이라 불러도 될 것이다. 단, 일본을 제외하고라는 한정이 필요하겠지만 말이다.

3. 일본의『파친코』수용

"왜 일본에서 히트하지 못했을까?" 당연히 그런 의문이 든다. 그리고 이 의문은 이미 여러 곳에서 제기되고 있다. 예를 들어 영국의 더 가디언은 2022년 4월 21일에 「어려울 때ー왜 인기 TV시리즈 '파친코'는 일본에서 묵살되는가」라는 기사[7]를 웹상에서 공개했다. 뉴욕타임스도 「한일의 복잡한 관계를 마주하는 소설가」라는 기사를[8] 소설 출간 직후인 2017년 11월 6일에 게재했다. 이들 기사에서는 재일코리안을 그리는 작품이 일본 제국주의 비판으로 받아들여져, 일본 보수 우파의 반감을 사기 때문에 일본에서 거론되지 않고, 또 인기가 없는 것이라고 그 이유를 설명했다. 이런 이유는 많은 연구자, 비평가들이 일본어판『파친코』의 출

---

6   이 외에도 최근 연구서적으로 David S. Roh, Minor Transpacific Triangulating American, Japanese, and Korean Fictions(Stanford University Press, 2021)는 제5장에서 이미진의『파친코』를 김마스미(金真須美)의 「불타는 초가(燃える草家)」와 비교·논의했다.

7   Justin McCurry "'A difficult time': why popular TV series Pachinko was met with silence in Japan", *The Guardian*, 2022.4.21. https://www.theguardian.com/world/2022/apr/21/pachinko-tv-series-korea-japan-min-jin-lee, accessed January 31, 2024.

8   Jonathan Soble, 'A Novelist Confronts the Complex Relationship Between Japan and Korea', *The New York Times*, 2017.11.6. https://www.nytimes.com/2017/11/06/books/book-pachinko-min-jin-lee-japan-korea.html, accessed January 31, 2024.

간 전에 품었던 불안과 같다. 이러한 이해가 가장 알기 쉬운 사고방식일 것이다. 그러나 과연 정말 그것이 이유일까? 일본어판 출간 이후 최근 몇 년간 일본에서 『파친코』가 처한 상황을 생각해보면, 이러한 이유 부여는 현실과는 맞지 않는 것 같다. 이해의 프레임이 한 세대 더 오래된 것처럼 느껴지는 것이다.

이민진의 『파친코』와 드라마에 대한 일본의 반응 중 특징적인 것은 반발이 아닌 반응이 없다는 점이다. 만약 『파친코』의 내용이 우파의 반발을 불러일으켰다면 '악플이 쇄도하는' 형태로 무언가 눈에 보이는 형태적 반응이 있었을 것이다. 『더 가디언』의 기사를 예로 들자면 미키 데자키Miki Dezaki의 종군'위안부' 문제를 다룬 2019년 다큐멘터리 영화 〈주전장主戦場〉의 경우 아주 작은 제작사, 배급사를 통해 방영되었음에도 불구하고 큰 화제가 되었고, 보수파의 반감을 사 결국 법정 문제로 발전했다. 한일 정치·외교의 대립구도를 알기 쉽게 제시한 것도 논란의 불씨를 지피는 데 일조했다고 볼 수 있다. 그 밖에도 2019년 '아이치 트리엔날레あいちトリエンナーレ'에서 〈표현의 부자유전·그 후〉에서는 '평화의 소녀상이른바 '위안부'상'이 전시되었을 때에도, 개최 3일만에 항의가 쇄도해 중지되었다. 그 외에도 이런 사례는 다수 존재한다. 최근에도 아티스트 이야마 유키飯山由貴의 다큐멘터리 영화 〈In-Mates〉에 등장하는 도노무라 마사루外村大 도쿄대 교수의 관동대지진 이후 조선인학살에 관한 발언이 문제시되어 상영이 금지되는 사건이 일어났다. 이 사건에 관해서는 잡지 『현대사상』 2023년 9월 증간호, 「총 특집 = 관동대지진 100년」의 서두에서 다루어졌다.

만약 『파친코』에 보수파의 반발이 있었다면 이 소설을 둘러싼 언론의 평온상태는 다른 경우와 정합성이 떨어진다. 더 가디언의 기사에서는 TV드라마를 일본에서 적극적으로 홍보하지 않았다고 했지만, 그것은 애플TV+라는 플랫폼이 일본에 뿌리내리지 않았을 뿐, 필자가 아는 범위에서 홍보는 충분히 행해지고 있었다. 만약 홍보량이 다른 작품에 비해 적다 해도 앞서 제시한 예처럼 일본 우파는 눈 깜짝할 사이 발견해 소란을 피우는 경향이 있다. 이로 인해 반응이 없다는 것은 이 흐름에서 보면 이례적인 일처럼 보인다. 즉, 『파친코』를 둘러싼 반응의 희미함은 다른 문맥에서 생각해 볼 필요가 있는 것이다.

사실 보수층이 무반응이었을 뿐만 아니라 리버럴층의 반응도 신통치 않았다. 그 이유 중 하나는 『파친코』라는 소설 제목으로 재일코리안을 다루는 것은 재일코리안의 존재를 모르는 영어권에서는 신기성新奇性이 있었을지 몰라도, 일본에서는 너무나 전형적인 이미지였다는 점도 있었을 것이다. 주지하듯 일본의 도박 산업 중 최대 점유율을 자랑하는 '파친코'는 실태가 어떻든 간에 재일코리안과 관련되어 인식되었다. 재일코리안을 직설적으로 '파친코' 업계와 연결시켜 버리는 이 소설의 제목은 '재일'을 둘러싼 편견을 강화할 가능성도 있고, 재일코리안의 역사나 현주소를 깊이 이해하지 못하는 사람들에게는 쉽게 접할 수 없는 작품이 되었다.

재일조선인문학을 연구하는 관점에서는 그러한 전형성의 답습이라는 문제뿐만 아니라 이 소설에 대한 아쉬움을 느끼지 않을 수 없다. 문제는 무엇보다 일본 제국주의로부터의 해방에서부터 현재에 이르기까지 피나는 노력을 거듭해 온 재일조선인운동에 대한 언급이 누락된 점이다.

이 이야기 속에서는 교육으로의 접근이 하나의 중요한 테마임에도 불구하고, 해방 직후부터 실시된 조련재일본조선인연맹의 조선어 교육이나 민족교육 그리고 조선학교 등의 이야기가 등장하지 않는다. 또한 주인공 중 한 명인 백노아가 와세다대학早稲田大学에서 문학을 전공했음에도 불구하고 같은 시기 와세다대 문학부에 재적해 유학생운동에 관여했던 이회성李成成, 1971년 재일조선인 문학자 최초로 아쿠타가와상 수상을 비롯한 재일문학에 관한 언급도 없다. 더불어 북한이 위험한 장소로만 위치지어지며 한국전쟁 정전 이후 1970년대까지 재일코리안 커뮤니티에서 '낙원'으로 인식되었던 것을 언급하지 않았다. 아마 선자노아의 어머니를 지원하는 한수노아의 친부가 정치운동을 싫어하기 때문에 조련 / 총련재일본조선인총연합회과 거리를 두고 있다는 이면설정이 있겠지만, 그럼에도 백가의 남자들—이삭노아의 양아버지이나 요셉이삭의 형이 평양 출신이고, 게다가 이카이노猪飼野에 거주하고 있다는 것만 보더라도 조선인 단체와의 관계가 희박하다고는 생각되지 않는다. 만약 조련 / 총련을 냉전 구도를 답습해 단순한 공산주의적 정치단체로 간주한 채, 동포들의 상조조직이라는 본래 성격을 무시했을 때 과연 이 작품이 문제로 삼고 있는 구조적 차별을 근본적으로 사고하는 것이 가능할지 의구심이 든다.

그러나 이 같은 소설의 내재적 문제점을 들 수 있긴 하지만, 이『파친코』라는 소설이 현재까지 이어지는 재일조선인의 고난의 역사를 제3자의 입장에서 마주한 대작임은 틀림없다. 본래 국외사정에 민감한 일본의 리버럴층이라면 좀 더 반응이 있었어도 되지 않았을까 하는 생각도 든다. 본래 현대 일본이 '내향'적이며, 국내만을 바라보고 있다는 지적도 오랫동안 있어왔는데, 그러면 그 영향으로 국외소설을 읽지 않게 되었냐고 한다면 그렇지도 않다. 가장 두드러진 예로 최근 한국 현대문학, 예를 들어 2018년 일본어 번역본이 나온 『82년생 김지영』을 비롯한 페미니즘문학의 일본 내 유행을 생각하면 해외문학 번역과 수용문화의 쇠퇴를 이유로 꼽기는 힘들다. 오히려 일본의 대표적인 문예잡지 『문예文藝』의 2019년 가을호는 '한국·페미니즘·일본'이라는 특집으로 큰 매출을 올려 1933년 창간호 이후 86년 만에 처음이자 이례적으로 3쇄를 찍은 것으로 화제가 되었다. 2011년에 일본어로 번역된 한강의 소설 『채식주의자』를 필두로 시작된 한국문학 번역 러시가 10년 넘게 이어지고 있다. 또한 류츠신劉慈欣의 『삼체』 시리즈를 대표하는 중국 SF문학이 압도적인 인기를 자랑하는 것을 생각해보면 오히려 해외문학, 특히 아시아계의 『파친코』가 읽히는 훈풍이 불 것 같은 상황이 느껴진다. 그럼에도 『파친코』는 화제가 되지 않았다. 왜 그런 것일까?

4. 아시아계 이민 이야기라는 조류

아마도 다른 관점이 필요할 것이다. 이 문제에 대한 하나의 접근방법으로 이 『파친코』가 세상에 제출되었을 때, 북미를 중심으로 영어권에서 어떠한 문맥이 있었는지 확인해 보자. 그것은 아시아계 이민문학 / 디아스포라문학이라고 하는 '글로벌'한 조류이다. 즉, 이 소설이 특히 북미의 맥락에서는 소수자minority 가족의 경험을 역사화하고 서사화하는 일련의 흐름 속에 자리 잡게 되는 것이다. 이 이야기를 조금 더 전개해 보자.

　예를 들어 싱가포르에서 미국으로 이민을 간 케빈 콴^{Kevin Kwan}의 2013년 소설 『크레이지 리치 아시안^{Crazy Rich Asians}』은 2018년에 영화화되어 국제적인 성공을 거두었다. 미국 ABC방송국에서 방영된 시트콤 〈프레시 오프 더 보트^{Fresh Off the Boat}〉2015~2020는 타이완계 미국인으로 스테이크하우스를 운영하는 호안 가문의 역사를 회상했으며, 아시아계 래퍼 아콰피나^{Awkwafina}가 주연한 2019년 영화 〈페어웰^{The Farewell}〉에서는 가족의 죽음을 둘러싼 이민 2세 주인공과 다른 가족 간의 인식 차이가 주제가 된다. 아콰피나는 이 연기로 제77회 골든글로브상^{Golden Globe Awards} 여우주연상을 수상했다. 또한 앞서 언급한 한국계 이민자 가족을 그린 〈미나리〉의 성공도 기억이 생생하다. 그리고 재작년 아카데미상^{Academy Award}을 석권한 〈에브리씽 에브리웨어 올 앳 원스^{Everything, Everywhere, All at Once}〉 역시 아시아계 이민 이야기다. 대중문화에 그치지 않고 최근 미국문학 무대에서도 아시아계 미국인 작가들이 다양한 상의 최종후보에 이름을 올렸다. 예를 들어 수잔 최^{Susan Choi}는 현대 미국문학에서 중요한 작가로 손꼽힌다. 그녀는 일제강점기의 유명 비평가 최재서의 손녀이다. 더불어 이민진도 최근 힘을 갖기 시작한 아시아계 작가 중 한 명이라 할 수 있다.

　이처럼 북미의 맥락에서는 아시아인 이민 이야기라는 큰 흐름이 있었으며, 일종의 정치적 올바름^{political correctness}이 부수적 트렌드라 해도 무방할 것이다. 물론, 이 흐름에도 큰 문제가 지적된다. 아시아계가 주목을 받더라도 엄밀히 말하면 동북아시아인에 한정되어 있고, 아시아지역 내에서도 표상의 격차가 발생하고 있어 "White Asians"라고 야유하는 문구까지 등장했다.

어쨌든 한국 팝 문화의 서구권 유입도 이 큰 맥락과의 합류는 아니지만 흐름에 따라서는 유입되었다고 할 수 있다. BTS가 2022년 5월에 바이든 행정부에 의해 백악관에 초청된 것이 화제가 되었는데, 이 사건이 이러한 사상을 여실히 보여준다. 한국에서 국내 아티스트로 시작한 BTS는 미국 내 아시아계 혹은 이동하는 아시아인의 대표로 백악관에 초청되었다. 영화 〈기생충〉의 성공 또한 결코 이 '아시아계'의 맥락과 무관하지 않다.

이러한 맥락을 염두에 두고 『파친코』의 세계적 전개와 성공을 보는 한편, 이 아시아계 이민 이야기라고 하는 조류는 일본의 국내지향적인 문화 공간에는 전혀 흘러들지 않았다는 것도 동시에 확인할 필요가 있다. 예를 들어 앞서 언급한 영화 〈크레이지 리치 아시안〉가 세계적으로 성공했다고 했지만, 일본에서는 전혀 화제가 되지 않았다. 이 이야기의 핵심은 글로벌 자본주의 사회에서 이뤄진 아시아계의 백인을 향한 복수극^{復讐劇}이라고 할 수 있다. 그럼에도 불구하고 일본에서는 제목에서 '아시안'이 배제돼 〈크레이지 리치〉라는 제목이 되어 버렸다. 이 이야기의 가장 중요한 '아시아계'라는 맥락이 표백되어 버리면 단순한 '크레이지한 부자'의 이야기로 받아들여진다. 영화 〈미나리〉 역시 화제가 되지 않았다. 한국 배우가 출연하는 국제적으로 평가받은 영화라는 의미에서는 〈기생충〉과 같았고, 미국이나 한국에서는 〈미나리〉의 성공을 〈기생충〉을 이은 것으로 평가했다. 그러나 일본에서 아시아계 이민을 그린 〈미나리〉는 화제가 되지 않았고 오직 〈기생충〉만이 화제가 되었다. 더구나 〈기생충〉을 둘러싼 담론의 핵심은 과거 세계적으로 인정받던 일본 영화가 한국 영화에 추월당했다는 점이었다. 일본 영화계 참패의 증거로 〈기생충〉이 거론되고, 그와 나란히 놓인 영화는 고레에다 히로카즈是枝裕和가 한국에서 제작한 〈브로커〉2022였다. 이 역시 한일 영화계 비교가 화제의 초점이 될 뿐이었다. 이에 따라『파친코』의 일본 내 불발은 이것들과 동질한 것으로 볼 수 있을 것이다. 일본의 식민지주의를 그려서 외면받는 것이 아니라, 아시아계 이민 이야기라는 맥락이 일본에서는 공감을 불러일으키지 못하는 것이다.

현 상황에서 21세기 일본의 내향적 문화 공간에 돌파구를 마련한 것은 K-POP / 한류라고 많은 사람들이 생각할 것이다. 1절에서 언급했듯 그것들이 오랜 시간에 걸쳐 일본의 문화 공간을 변질시키고 있는 것은 말할 필요도 없을 것이다. 한편, 이 글이 지적하고 싶은 것은 북미적 글로벌 문맥에서의 Asians, 특히『파친코』에서의 Koreans와 지금 일본에서 유행하고 있는 '코리안'은 같은 질감이 아니라는 것이다. 일본에서 세계의 이미지는 과거의 미국색이 급속히 퇴색되면서 점점 한국을 통해 상상되고 있다. 그래서 이민진의『파친코』가 제시하는 디아스포라로서의 '코리안'과 일본에서의 대중적인 '코리안' 이미지는 교차하지 않고 엇갈리는 것처럼 보인다.

5. 김시종의 「헌시」와 교차하는 수맥

이렇게 보면 '재일조선인'이라는 호칭의 존재가 다시 중요한 의미를 갖는 것 같다. 이 글에서는 마지막으로 시인 김시종이 2022년 발표한 「헌시」에서 착안해 논의를 마무리하고자 한다.

김시종은 1948년 제주도에서 발발한 4·3사건을 계기로 일본에 망명한 인물로, 1950년대 재일코리안의 시 잡지 『진달래ﾁﾝﾀﾞﾚ』, 『가리온ｶﾘｵﾝ』의 중심 시인으로 현재까지 활발히 활동하고 있는 대표적인 재일코리안 문학가이다. 그 김시종의 최신작으로 「헌시」라는 작품이 있다. 이 시는 4연 42행으로 구성돼 2023년 4월 개관한 '오사카코리아타운역사자료관' 앞에 건립된 '공생의 비共生の碑'에 새겨져 있다.

헌시

사람이 정착한 당초부터 / 이카이노는 있는 그대로 미로였다. / 거품을 건너 다리가 뻗어 / 건너편 강가를 내려다보며 거리가 갈라져 있었다. / 거기서는 그 땅의 풍습조차도 / 가지고 온 나라의 유습에 쫓겨나 / 일본어라고도 할 수 없는 일본어가 목청껏 활개 쳐서 / 거리에까지 이상한 악취를 풍기고 / 정체를 알 수 없는 음식이 / 공공연히 뿌려져서 활기차다.

풍문도 뒤틀리지 않고 게도 기어가지 않고 / 막혀도 운하는 하수를 모아 강이요 / 타향에서 생기가 사라져가는 / 오래된 집고향의 실재였다. / 어디서 어떻게 하구가 만나는 바다인지는 아무도 모르고 / 열심히 취락이 수로변에서 북적거리고 있었던 것이다.

　　문화란 원래 독자적인 것이다. / 세 번의 밥도 빼놓을 수 없는 오신코^{おしん}^こ도 / 심지어 제사의 관례까지도 / 재소^{在所}에서 익숙해진 풍속이 그대로 / 먼 일본에서의 흔들리지 않은 기준이 되어 / 사는 연고의 의지와 같이 / 선대의 재일은 고집스럽게 살았다. / 그 완고한 집착이 / 말할 수 없는 생리의 언어가 되어 이어져 / 세대를 이은 차세대들의 / 마음속 깊은 이야기가 되어 지금에 이르렀다. / 고집스러운 재일의 전승이 있었기에 / 야키니쿠^{焼肉}도 김치도 누구나 좋아하는 / 일본의 풍부한 음식이 되기도 했다.

　　주위는 모두가 모두 / 무뚝뚝한 조센진. / 그 안에서 그냥 가게를 차리고 / 함께 견디며 삶을 나누어 / 드디어 코리아타운의 일본인이 된 / 사랑스러운 '이웃사촌'들. / 역시 흐름은 펼쳐진 바다에 이르는 것이다. / 일본의 끝 코리안 마을에 / 줄을 지어 찾아오는 일본의 젊은이들이 있다. / 작은 흐름도 합쳐지면 본류지. / 문화를 가지고 오는 사람들의 길이 / 곧 크게 개척될 것이다.

2022년 4월 9일

(노생) 풍인 김시종

　　오카자키 료코^{岡崎享子}는 이 시에 등장하는 '생리의 언어^{生理の言語}'와 '재소^{在所}'라는 두 단어에 착안해 그 말들이 지금까지 김시종의 시편이나 윤동주의 시 번역에서 어떻게 사용되었는지 정리한 다음, 최신작 「헌시」에서 그 의미를 밝혔다. 오카자키는 "김시종이 '생리의 언어'나 '재소'라는 개념을 만드는 과정에는 일방적으로 정해진 언어 또는 고향에서 벗어나 일탈을 시도하려는 의도를 짐작할 수 있다"고 했다.[9]

　확실히 이 시의 전반 3분의 2 부분은 지금까지의 김시종 시에 나타난 이카이노의 이미지가 응축되어 있다고 할 수 있다. 일본이라는 타향에서 '조선인'들이 정착한 이카이노는 '미로迷路'[1행]이며 하수의 이취異臭가 마을에 체류한다. 일본어와 조선어가 섞인 말이 골목을 오가고, '집 고향家郷'[14행]부터 몸담아 온 오래된 전통과 음식이 '사는 연고의 의지生きるよすがの意地'[22행]로 고집된다. 1978년 출간된 김시종의 대표적인 시집인 『이카이노시집猪飼野詩集』에서 그려진 '이카이노'가 다시 이곳에 재구축된다. '거품あぶく'[2행]을 발생시키는 녹은 물은 취락을 둘러싸, 하구가 어디서 바다를 만나는지 아무도 모르고[15~16행], 폐색감만 나날이 겹쳐 간다. 1945년 '해방' 후에도 타향 사회에서 배제되고 억압된 '이카이노'의 시공간이 1978년에 시 「보이지 않는 동네見えない町」의 복원에 의해 응축되어 나타난다.

　그러나 앞의 3분의 2 중에서도 단순히 과거의 시 「보이지 않는 동네」의 복제가 아닌 것이 있다. 그것은 '일본어라고도 할 수 없는 일본어日本語ともつかぬ日本語'[7행]나 '정체를 알 수 없는 음식得体のしれない食べ物'[8행], 김치라고 쓰지 않고 '오신코おしんこ'[18행]라고 쓰는 부분[후반 29행에는 따로 '김치'가 등장한다] 등에서 짐작되는 '헤메는 사람迷い人'의 시점이다. 이카이노에 살고, 그 마을에서 다수파가 된 '조선인'의 시선이 아닌 아마도 외부에서 이카이노로

9　岡﨑享子, 「金時鐘の「生理の言語」と「在所」―『猪飼野詩集』(1978)から「献詩」(2022)へ」, 『立命館言語文化研究』, 34巻, 2022.

헤매며 온 누군가의 시점이 이 전반 3분의 2의 시행에 포함되어 있다. 이 것은 1978년의 「보이지 않는 동네」에는 없던 것이다. 「보이지 않는 동네」에는 이런 구절이 있다.

> 어때, 와보지 않을래?
> 당연히 표지판이라는 것은 없지.
> 찾고 오는 것이 것이 조건이다.[10]

이 2022년에 만들어진 「헌시」 전반에 존재하는 '헤매는 사람'은 1978년에 나온 시의 부름에 호응한 존재일 것이다. 그 '헤매는 사람'이 남은 3분의 1의 주역이 된다.

이 시의 나머지 3분의 1은 전반부의 답답한 폐색감과는 달리, 뚫리는 것 같은 개방감이 있어 시에서 명확한 대비를 만들어 낸다. 그러나 그 전 반의 '고집스러운 재일의 전승이 있었기에意固地なまでの在日の伝承があったればこそ'28행이 변화가 의미를 가진다. '야키니쿠焼肉도 김치도 누구나 좋아하는 / 일본의 풍부한 음식이 되기도 했다焼き肉もキムチも誰もが好む / 日本じゅうの豊かな食べ物に成りもした'29~30행 여기서 '김치キムチ'의 '무ム'가 작게 표기된 것은 조선어의 종성 받침을 표현하기 위해서이다. 예전에는 '오신코'18행라고 부르던 '헤매는 사람'도 혹은 '일본 전체'의 사람들도 '김치'의 진짜 발음을 알게 되었을 것이라는 시인의 기대가 나타나 있다고 할 수 있을 것이다.

---

10   金時鐘, 『猪飼野詩集』, 岩波現代文庫版, 2013, p.6.

31행에서 시작되는 4연에서는 '무뚝뚝한 조센진'의 '그 안에서 그냥 가게를 차리고 / 함께 견디며 삶을 나누어 / 드디어 코리아타운의 일본인이 된 / 사랑스러운 '이웃사촌'들ただ中で店を張り / 共に耐えて暮らしを分かち / いよいよコリアタウンの日本人とはなった / いとしい「隣の従兄弟」たち'32~36번째 줄이 앞의 '헤메는 사람 = 이웃사촌들'이 이번에는 바라볼 수 있는 존재로 초점화된다. 그리고 그 다음 행에서 웅크리고 있던 물이 흐름을 만들어 '바다에 이른다.' 이러한 '작은 흐름小さい流れ'이 합류하는 마을로서 '일본의 끝 코리안 마을日本のはてのコリアンの町'이 형성된다. 또한 여기서 역시 주목하고 싶은 것은 '조센진チョウセンジン, 조선인'이라는 말과 '코리아 / 코리안'이라는 말이 이 연에 이르러 양쪽 모두 나온다는 것이다. 1978년에 『이카이노 시집』에서 '머나먼 일본의 / 조전의 동네'보이지 않는 동네'11로 불리던 이카이노가 이 「헌시」에서는 '코리안의 마을'로 변화한 것이다.

이 '코리안'은 어떤 의미를 갖는가. 앞서 소개한 오카자키 료코의 논문에서의 논의에 의하면 그것은 '재소在所'로서의 '코리안의 마을'이다. '일본'이나 '한국'이라고 하는 국가의 틀에 들어가지 않는 '북'인지 '남'인지 분류할 수 없는 '문화를 가지고 오는 사람들의 길'이 '합쳐서' '본류'가 되는 그러한 '재소'로서의 '코리안의 마을'이다. 그러한 의미에서 이민진의 『파친코』를 비롯한 아시아계 이민자 디아스포라의 이야기와도 이 '코리안'은 통할 수 있을 것이다. 그러나 잊어서는 안 되는 것은 '고집스러운 재일의 전승이 있었기에' 본류가 되는 것이다. 시인은 제대로 이 마을의

---

11   Ibid., p.12.

변화를 보고 거기에 기대를 담아내면서도 이 땅에 퇴적된 모든 층을 기록하고 있다. 이「헌시」는 이렇게 읽을 수 있다.

6. 마치며

이 글에서는 이민진의『파친코』를 예로 글로벌문학으로서 아시안 디아스포라 이야기가 북미를 중심으로 이루어졌으나, 일본에서는 받아들여지지 않고 있음을 확인했다. 그 이유로 아시아를 향한 가해나 식민지 지배의 책임을 회피하는 일본 보수파의 존재를 원인으로 하는 종래의 논의보다는 구미권, 특히 미국의 문화 조류에 둔감해지고 있는 일본 내 현상에 있다고 지적했다. 한편, 팝 음악이나 드라마 작품 같은 'K문화'의 일본 내 유행은 미국 중심이었던 전후 일본의 문화 상황을 크게 변용시키고 있다. 그러나 이러한 현대 한국 문화의 수용은 일본과 한국이라는 국가적 인식을 강화시키고, 두 나라 사이의 우열과 득실 같은 역사적으로나 공간적으로 시야 협착狹窄 상황을 만들어내고 있다. 이에 따라 재일코리안이나 이민과 같은 국민국가의 틀에 포함되지 않은 사람들에게 관심을 가지지 않는 위험한 상황에 있다고 할 수 있다.

이런 상황에서 김시종의 시「헌시」는 이카이노라는 땅을 둘러싸고 쓰여진 과거의 자작「보이지 않는 동네」를 재구축하는 동시에 수십 년간 땅의 변화와 사람들과의 교제를 포함하고 있다. 사람들의 움직임을 물의 흐름으로 바라보고 세계적 규모의 '바다'로 통하는 무수한 수맥이 만나

는 장소로 이카이노의 땅을 자리매김한다. 한편, 이 교제의 장소가 타향에서 생활한 '재일 선대들'의 '고집意地'과 '까다로움こだわり'과 '집착執着'이 있었기에 완성된 '재소'임을 강하게 인상에 남긴다.

글로벌문학으로 이민진이 그려낸 Koreans의 이야기와 일본의 젊은 세대가 젖어든 'K'의 물결, 그러나 그것들을 끌어안는 '조센죠센'의 재소, 어느 하나만이 아닌 각각의 흐름으로 가면서, 한층 더 합류되는 사회 본연의 자세를 목표로 하는 것이 지금 필요한 일일 것이다.

이 글은 일본어로 작성되었으며 이영호(李栄鎬 / Lee Young-ho, 동국대학교 일본학연구소 전임연구원, 재일코리안 문학전공)가 번역했다.

초출
이 글의 일부는 필자의「ミンジン・リー『パチンコ』(原著)－構造的差別との闘いと翻訳の時差について－在日・コロナ・#BLM」로 2020년 9월 발행된 잡지『現代思想』에 실린 글을 가필 수정한 것이다.

참고문헌

단행본

宇野田尚哉・川口隆行・坂口博・鳥羽耕史・中谷いずみ・道場親信 編, 『「サークルの時代」を読む 戦後文化
　　運動研究への招待』, 影書房, 2016.

_____・坪井秀人 編著, 『対抗文化史 一冷戦期日本の表現と運動』, 大阪大学出版会, 2021.

金時鐘, 『猪飼野詩集』, 岩波現代文庫, 2013.

鳥羽耕史・山本直樹 編著, 『転形期のメディオロジー一一九五〇年代日本の芸術とメディアの再編成』, 森
　　話社, 2019.

丸川哲史, 『冷戦文化論一私たちの「内なる冷戦」を見つめ直す』, 論創社, 2020.

David S. Roh, *Minor Transpacific Triangulating American, Japanese, and Korean Fictions*,
　　Stanford University Press, 2021.

논문

浮葉正親, 「ミン・ジン・リー『パチンコ(上)・(下)』に見る「在日」の世界」, 『抗路』, 2021.3.

岡﨑享子, 「金時鐘の「生理の言語」と「在所」一『猪飼野詩集』(1978)から「献詩」(2022)へ」, 『立命館言語
　　文化研究』, 2022.

斎藤美奈子, 「世の中ラボ(128)新世代の在日文学を読んでみた[ミン・ジン・リー『パチンコ』他]」, 『ちく
　　ま』, 2020.12.

逆井聡人, 「ミンジン・リー『パチンコ』(原著)一構造的差別との闘いと翻訳の時差について：在日・コロ
　　ナ・#BLM」, 『現代思想』, 2020.9.

中村和恵, 「隣人とわたし一『パチンコ』とジュリー・オオツカ, 移民たちの物語」, 『群像』, 2020.11.

이영호, 「확장되는 민족 역사와 코리안 디아스포라문학-이민진의 『파친코(Pachinko)』를
　　중심으로」, 『일본학보』, 한국일본학회, 2023.

Christina Yi, "Intersecting Korean Diasporas", edited by Heekyoung Cho, *The Routledge Com-
　　panion to Korean Literature*, Routledge, 2022.

기타자료

池澤夏樹, 「「在日」四代 努力と浮沈と信仰の物語」, 『毎日新聞』, 2020.9.19.

日本経済新聞社, 「「推しのため」韓国語磨く 受検最多, 中国語も抜くK-POP・韓ドラ 好きが原動力」, 『日
　　本経済新聞 夕刊』, 2023.10.23.

McCurry, Justin, "A difficult time：why popular TV series Pachinko was met with silence in Ja-
　　pan", *The Guardian*, April 21, 2022.

Soble, Jonathan, "A Novelist Confronts the Complex Relationship Between Japan and Korea",

The New York Times, November 6, 2017.

https://www.theguardian.com/world/2022/apr/21/pachinko-tv-series-korea-japan-min-jin-lee(accessed January 31, 2024)

https://www.nytimes.com/2017/11/06/books/book-pachinko-min-jin-lee-japan-korea.html, (accessed January 31, 2024)

제2부

제국-포스트제국의 문화권력, 구조화와 명암

폭력의 기억과 빙의하는 유산

나카무라 고쿄와 아쿠타가와 류노스케의
'식민지적 섬뜩함'을 둘러싸고

호리이 가즈마

1. 들어가며

2017년, 도쿄도립 요코아미초橫網町공원의 관동대지진 조선인 희생자 위령비 앞에서 매년 9월 1일 개최하는 조선인 추도식전에 고이케 유리코 小池百合子 도지사가 추도사를 보내지 않기로 결정해서 파문을 일으켰다. 고이케 지사의 추도사 발송 중단은 가해의 역사를 은폐하고 정당화한다 는 비판을 받았지만[1] 이 조치는 지진 발생 백 년을 맞이한 2023년 현재 까지 이어지고 있다. 권력자가 학살에 희생된 사람들의 애도를 거부하는 광경은 기시감이 든다. 백 년 전, 국가는 대량학살을 일으킨 책임을 은폐

---

[1] 고이케 도지사의 추도사 발송 취소의 문제점은 加藤直樹, 「小池都知事「朝鮮人虐殺」追悼文 中止はなぜ深刻か」, 『社会民主』, 2017.11; 田中正敬, 「小池都知事の追悼文送付取消とは何か―関 東大震災朝鮮人虐殺をめぐって」, 『歴史学研究』, 2018.3 참조.

력의 기억과 빙의하는 유산 | 호리이 가즈마　　**81**

하고 조선인의 추도·항의를 탄압했기 때문이다.

학살된 조선인에 대한 추도의 거부, 대량학살 희생자에 대한 가해자의 슬퍼하는 능력 결여 — 이를 알렉산더 미처리히와 마가렛 미처리히를 따라 '애도의 불능'으로 부르자면[2] 관동대지진 후의 애도의 불능은 지금도 일본 사회를 뒤덮고 있는 것은 아닐까. 그렇다면 지진 후의 애도의 불능은 개인 혹은 다음 세대의 사회에 어떤 영향을 미칠까.

이하, 조선인에 대한 애도의 불능과 그것이 초래하는 문제를 가해자 측에서 그린 두 텍스트, 나카무라 고쿄中村古峽의 「이중인격 소년二重人格の少年」『変態心理』, 1917.10·11, 아쿠타가와 류노스케芥川龍之介의 유고 「꿈夢」, 「사람을 죽였나?人を殺したかしら?」를 통해 고찰하고자 한다. 해리성 인격장애의 첫 사례 연구인 나카무라 고쿄의 「이중인격 소년」과 아쿠타가와 류노스케의 유고 「사람을 죽였나?」는 성격도 발표 시기도 다른 텍스트지만 둘다 '식민지적 섬뜩함', 즉 식민지 폭력에 의해 살해된 조선인의 망령적 회귀를 그리고 있으며 그 회귀가 애도의 문제와 불가분의 관계임을 드러낸다. 먼저 나카무라 고쿄의 「이중인격 소년」을 통해 식민지 폭력과 애도의 불능이 소년의 교대인격을 형성하는 메커니즘을 분석한다. 이어서 아쿠타가와의 유고와 관련이 깊은 「대지진 전후大震前後」『女性』, 1923.10, 「어떤 자경단의 말或自警団の言葉」, 「주유의 말侏儒の言葉」『文藝春秋』, 1923.12을 검토하여 아쿠타가와가 자경단을 어떻게 인식하는지를 밝힌다. 이를 바탕으로 아

---

2   A. ミッチャーリッヒ·M. ミッチャーリッヒ, 林俊一郎·馬場健一訳, 『喪われた悲哀ーファシズムの精神構造』, 河出書房新社, 1972. 독일어 trauern에 일본어 '비애'가 번역어로 채용되었지만 현재는 '애도'로 번역하는 것이 일반적이기 때문에 이를 따랐다.

쿠타가와의 유고 「꿈」, 「사람을 죽였나?」를 진재 후 문학으로 독해하여 애도의 불능이 어떻게 묘사되어 있는지를 검토하겠다.

2. 나카무라 고쿄 「이중인격 소년」의 '식민지적 섬뜩함'과 '애도의 불능'에 대하여

도쿄제국대학에서 영문학을 전공한 나카무라 고쿄는 나쓰메 소세키의 문하생으로 친동생의 정신병 발병으로 인한 가족의 고뇌와 형제 간의 갈등을 그린 『껍질殻』『東京朝日新聞』, 1912.7.26~12.5을 발표하여 호평을 받았다. 이후 작가에서 전향하여 동생의 정신병과 자신의 신경쇠약의 경험을 바탕으로 정신의학을 독학하여 일본정신의학회를 설립, 기관지『변태심리変態心理』를 창간하기에 이른다.

「이중인격 소년」과 그 속편 「다시 이중인격 소년에 대해서再び二重人格の少年について」는 「불량소년과 이중인격不良少年と二重人格」『変態心理』, 1917.5, 「이중인격 소년」『変態心理』, 1917.10·11으로 발표되었고 이후 『변태심리 연구変態心理の研究』大同館書店, 1918에 수록되었다. 개요는 다음과 같다.

고쿄는 중학교 학생주임으로부터 야마다 다쓰오가명라는 중학생의 도벽을 최면술로 교정해 달라는 의뢰를 받고 치료를 시작한다. 치료 과정에서 소년의 도벽이 그의 제2인격에 의해 일어난 것으로 밝혀지고, 고쿄는 '악심悪心'이라 불리는 제2인격에게 암시를 통한 고문을 가하여 추방한다. 하지만 얼마 지나지 않아 소년은 도벽이 재발한다. 그 원인이 소년 어머니의 아들에 대한 과잉 애정에 있다고 판단한 고쿄는 소년의 치료를 포기한다.「이중인격 소년」

몇 달 후에 소년 어머니의 간청으로 고쿄는 소년의 치료를 재개한다. 여기서 고쿄는 치료 방침을 바꿔서 설득을 통해 야마다의 '악심'을 분리시키기로 결심한다. '악심' 설득은 성공했지만 곧 '악심'의 형제를 자처하는 제3인격이 등장해 도벽이 부활한다. 이 제3인격에 의하면, 그들의 형제인격이 무수히 존재하기 때문에 야마다의 도벽을 영구히 방지하기 위해서는 '부모' 인격을 설득하는 수밖에 없다고 한다. 이에 고쿄는 '버드나무 아래의 부모'라고 스스로를 일컫는 인격을 불러내어 '부모' 인격과의 협상을 통해 소년의 다중인격 봉인에 성공한다. 고쿄는 도벽의 원인을 찾는 과정에서 야마다가 조선에 살던 어린시절, 버드나무 아래의 조선 마적 시체를 본 사건을 이야기하는 사태에 주목한다. 고쿄는 그 끔찍한 경험이 소년 안에 '버드나무 아래의 부모' 인격이라는 교대인격을 탄생시켜버린 것이 아닌가 추측한다.「다시 이중인격 소년에 대해서」

다중인격은 오늘날 '해리성 인격장애'로 알려져 있는 해리의 병태 중하나로, 어린 시절의 정신적 외상이나 압도적 스트레스가 원인으로 알려져 있다.「이중인격 소년」은 일본에서 해리성 인격장애가 최초로 보고된 사례이며, 소년의 다중인격의 원인을 외상경험에서 찾는 고쿄의 추측도 오늘날의 해리 이론과 일맥상통한다고 말할 수 있다. 고쿄는 최면요법으로 야마다 소년의 치료를 시도하여 도벽을 완화시키는 데 성공은 하지만, 소년이 치료를 받으러 오지 않아서 그가 완치되었는지는 알 수 없다.

그러나 이 글의 관점에서 흥미로운 부분은 소년의 다중인격이 식민지 조선에서의 외상경험에서 비롯되었다는 사실이다. 이제부터는 식민지 조선이라는 컨텍스트에 주목하며 야마다의 다중인격과 '애도'의 관계를 추적하겠다.

먼저 최면상태에서 회상되는 소년의 외상경험을 살펴보자. '여덟아홉살' 때, 부모님과 함께 조선 신의주에 살았던 야마다가 문방구 가는 길에 경찰서 문 앞 버드나무 아래에 거적에 덮인 '조선인 시체'를 본다.

특히 거적 속 한 사람은 창백한 입술에 진홍색 혈흔이 묻어 있어 그를 더욱 전율케 했다. 순간 그는 그날 아침에 들은, 이 마을에서 그리 멀지 않은 시골 어느 마을에서 십여 명의 조선인 마적들을 우리 경비대가 죽였다는 이야기를 떠올렸다.

그는 뜻하지 않게 이 끔찍하고 잔혹한 광경을 목격하고 온몸이 화석처럼 굳었고 방향을 돌릴 용기가 나지 않아 한동안 그 자리에 선 채 이 불쌍한 마적의 시체가 쌓여 있는 광경을 넋을 잃고 바라보고 있었다고 한다.

야마다가 악을 동정하는 마음 — 야마다를 유혹하는 환영의 버드나무 — 야마다의 최면상태 중에 등장한 '버드나무 아래의 부모' 인격 — 이와 같은 잠재관념은 어쩌면, 그 끔찍한 사건 때문에 아직 지극히 어린 그의 마음 속에 서서히 뿌리를 깊게 내린 것은 아닐까.[245~246][3]

3　「이중인격 소년」 및 「다시 이중인격 소년에 대해서」의 인용은 中村古峽, 『変態心理の研究』, 大同館書店, 1919에 의한다. 이 글에서는 서술의 편의상 두 텍스트를 「이중인격 소년」으로 통칭한다. 「이중인격 소년」 인용 시 쪽수만 표기한다.

고쿄의 해석에 따르면 야마다의 교대인격인 '버드나무 아래 부모'는 경찰에 의해 사살된 조선 마적이 소년의 '악을 동정하는 마음' 때문에 그의 마음에 뿌리를 내린 것이다. 최면 치료 후의 "야마다는 물건이라도 잃어버린 것 같은 표정을 짓고 있었다"는 서술을 뒤집어 생각하면, 외상경험을 계기로 야마다 소년에 빙의한 조선 마적의 망령이 소년의 교대인격이 되어 도벽을 유발하고 있는 것이다. 이러한 심적 해리는 어떤 메커니즘에 의해 발생할까?

프로이트의 늑대인간 사례를 재조명한 니콜라 아브라함과 마리아 트로크에 의하면, 대상의 상실 — 특히 사랑의 대상으로서의 타자의 죽음 — 을 겪을 때 두 가지 다른 반응이 있을 수 있다고 한다.[4] 보통 주체는 상실한 타자를 애도하면서도 그 타자를 자아 안에 포섭함으로써 그 죽음을 받아들이고 점차 일상으로 복귀한다. '포섭'이란 잃어버린 대상을 자아의 정신 구조에 통합하는 작용으로 프로이트가 말하는 '애도 작업'에 해당한다.

그러나 주체가 대상 상실을 받아들이지 못하고 애도가 실패로 끝날 경우 주체는 무의식적으로 타자를 '매장실'이라고 불리는 자기 내부에 '체내화體內化'하여 대상을 간직하려고 한다. '매장실'은 이야기할 수 없는 사건이나 견딜 수 없는 상실을 매장하는 정신의 묘지로, 상실된 타자는 매장실 안에 계속 살지만 결국에는 망령이 되어 회귀한다. 모리 시게유키가 지적했듯 아브라함 트로크의 '체내화' 이론은 오늘날의 해리성 장

---

4   '체내화' 이론에 관해서는 ニコラ・アブラハム・マリア・トローク, 港道隆ほか 訳, 『狼男の言語標本－埋葬語法の精神分析 / 付・デリダ序文「Fors」』, 法政大学出版局, 1996 참조.

애 메커니즘과 친화적이다.[5] 외상경험에 의해 해리가 발생하고 교대인격이 탄생하는 해리성 인격장애는 아브라함 트로크의 용어를 빌리면, 매장실에서 회귀한 망자에 자아가 빙의된 상태로 이해할 수 있기 때문이다. 체내화된 '살아있는 망자'는 자아의 정신 구조에 통합되어 있지 않기에 주체가 통제 불가능한 별개의 인격으로 회귀하는 것이다. 이처럼 교대인격이란 매장실에 체내화된 '살아있는 망자'가 회귀하여 주체에 빙의한 것이다.

「이중인격 소년」의 야마다 소년은 버드나무 아래 마적 시체를 봤을 때 '화석처럼 굳었고' 그 자리에서 움직일 수 없었다. 신체 경직은 전형적인 트라우마 반응이며, 이 '끔찍하고 잔혹한 광경', 즉 외상 경험을 계기로 해리가 발생하여 교대인격이 탄생했다고 생각할 수 있다. 아브라함 트로크의 논의를 원용하면, 소년은 이야기할 수 없는 것으로서의 이 외상 경험을 마음의 매장실 속에 넣어 둔 것이 된다. 그렇다면 왜 야마다 소년은 이처럼 조선 마적을 체내화하게 되었을까?

고쿄는 '악을 동정하는 마음'으로 추측하는데 이는 '애도의 불능'이라는 관점에서 이해 가능할 것이다. 애도의 불능이란 홀로코스트에 대한 전후 독일인의 태도를 두고 알렉산더 미처리히와 마가렛 미처리히가 이론화한 개념이다. 둘에 의하면 독일인들은 죄와 수치심, 불안에 대한 강한 방어가 작동하기 때문에 히틀러의 상을 치를 수가 없다. 그 결과, 집단적 죄악감은 사회적 무의식 속에 봉인되어 강제수용소에서 살해된 유대

---

5   森茂起, 「『狼男の言語標本』解説」, Ibid., p.267.

인은 물론 자기자신의 상실 ─ 가족이나 이상의 상실 ─ 조차도 추도할 수가 없게 된다.[6]

당시 야마다는 우체국에 근무하던 아버지의 근무지인 조선 신의주에 살고 있었다. 텍스트 속 연대기를 정리하면, 야마다가 마적의 시체를 본 시기는 1908~1909년 무렵, 즉 '한일합방' 직전으로 추정할 수 있다. 중국 국경과 가까운 신의주는 러일전쟁 이후 일본제국이 조선 식민지화를 추진하는 과정에서 항일 빨치산의 거점 중 하나였다. 따라서 야마다 소년이 본 조선 마적은 단순한 도적이 아니라 의적이었을 가능성도 있으나 단정을 지을 수는 없다.

어쨌든 경찰이 살해한 조선 마적이 일본의 식민지 지배를 따르지 않는 자들인 이상, 식민자 중 한 명인 야마다 소년은 그 죽음을 애도할 수 없다. 살해된 마적은 문화적, 의례적 애도 작업인 장례식이나 매장도 이루어지지 않은 채, 그저 거적 밑에 방치되어 있고 은폐되어 있다. 조선인에 대한 애도가 불가능한 상황에서 살해된 조선 마적은 야마다 소년에 체내화되어, 아유화我有化되지 않는 타자로서 망령적으로 회귀하는 것이다.

애도의 무능은 대체로 외상 기억과 조금이라도 연결되어 있는 것 또는 그 기억을 상기시키는 것에 대한 부정이나 침묵, 비밀, 소원疏遠, 회피의 형태를 취한다.[7] 또한 애도의 무능이 행동화로 이어져 주체가 자신도 모르게 외상을 반복해 버리는 경우도 있다.

6 A. ミッチャーリッヒ・M. ミッチャーリッヒ, op. cit., p.34.

7 David C. Stahl, *Trauma, Dissociation and Re-enactment in Japanese Literature and Film*, London and New York : Routledge, 2017, p.20.

야마다 소년이 도둑질을 하게 하는 교대인격의 행위는 후자의 관점, 즉 트라우마의 행동화로 이해할 수 있다. 소년은 1차 최면치료에서 어머니의 돈을 훔쳐 요코하마에 간 후 아사쿠사에서 활동사진과 료운카쿠凌雲閣를 구경가고 여관에 투숙했다가 경찰의 보호를 받아 경찰서에 구금되었다고 고백한다.

> 그날 밤 야마다는 공포에 떨며 당직 경찰관의 방에서 밤을 지샜다. 도저히 잠을 잘 수 없었다. 오히려 한밤중에 순경이 "배고프지?"라며 따뜻한 우동을 가져다 주었지만 그것조차도 너무 무서워서 목구멍으로 넘어가지 않았다고 한다.[187]

이 시점에서 고쿄는 아직 야마다의 다중인격을 알지 못했지만, 소년이 자신을 다정하게 보살펴주는 경찰을 지나치게 두려워하는 상태는 이때의 야마다가 교대인격, 즉 스스로를 '악심'으로 부르는 조선 마적에게 지배당하고 있음을 말해준다. 소년이 경찰을 지나치게 무서워하는 것은 이때 그에게 빙의된 조선 마적의 트라우마 증후인 것이다. 조선 마적은 일본 경찰에 의해 무참히 살해당했기 때문에 그가 트라우마의 가해자인 경찰을 두려워하는 것은 당연하다.

이는 또한 야마다의 도벽이 마적의 트라우마의 반복강박임을 말해준다. 반복강박이란 주체가 과거의 외상적 경험을, 그것이 불쾌한 것임에도 불구하고 강박적으로 반복하는 현상을 말한다. 불쾌한 경험을 강박적으로 반복하는 이유는 주체가 그 트라우마를 극복하기 위해 무의식적으로 외상적 상황을 스스로 유발하기 때문이다. 다시 말해 트라우마라는 압도적인 자극에 대해 '과거에는 하지 못했던 자극 제압을 사후事後적으로 재시도하는' 반응이 바로 반복강박이다.[8] 때문에 주체는 자신도 모르게 고통스러운 경험이나 인간관계를 반복하는 것이다.

야마다의 제2인격 = '악심'은 도둑질을 하고 경찰에 구금되는 행동의 사이클을 반복하고 있다. 사후적 자극제압이라는 관점에서 보건대 야마다의 교대인격은 도둑질을 반복하는 행위를 통해 과거에 자신을 체포하고 살해한 경찰로부터 이번에야말로 완전히 도망치려고 하고 있는 것이다.

필자는 '아직 식민지화되지 않은, 식민지화가 실패로 끝난, 탈식민지화를 지향하는 무언가'가 억압의 틈새로부터 회귀하는 것을 '식민지적 섬뜩함'으로 개념화하여, 그로부터 식민지주의에 대한 저항의 계기를 읽어내려 시도한 적이 있다.[9] 과거의 식민지로부터 소생하여 현재의 내지에서 도둑질을 행하는 조선 마적의 섬뜩한 망령은, 말하자면 조선을 훔친 일본으로부터 조선을 다시 훔치려는 것이다. 따라서 아무리 무력하고 무의식적인 저항이라고 해도 소년의 반복강박은 제국주의 일본이 죽인 조선인들의 복수를 대행하는 행위로 읽을 수도 있을 것이다.

그러나 나카무라 고쿄의 최면치료는 야마다 소년을 괴롭히는 조선인의 망령을 폭력적으로 퇴마하려고 한다. 어머니의 과잉 애정이 '악습의

---

8   立木康介, 「トラウマと精神分析ーフロイトにみる「外傷」概念の分裂」, 田中雅一・松島健 編, 『トラウマを生きる』, 京都大学学術出版会, 2018, p.57.

9   堀井一馬, 「怪異と迷信のフォークロアー佐藤春夫「魔鳥」「女誡扇綺譚」における〈植民地的不気味なもの〉」, 茂木健之介・小松史生子・副田賢二・松下浩幸 編著, 『〈怪異〉とナショナリズム』, 青弓社, 2021, p.127.

근원'이라고 생각한 고쿄는 부성원리를 도입해 야마다 소년을 '교정'하려 한다. 실제로 고쿄는 최면 중에 죽은 '아버지의 망령'을 등장시켜 '가혹한 채찍질을 가했고', "야마다 소년은 공포에 온몸을 덜덜 떨며 시종일관 비명을 질렀다"고 되어 있다. 식민지 조선에서 헌병경찰제도가 시행되고 헌병에 의한 태형이 일상적으로 집행되었다는 사실을 감안하면, 고쿄의 치료는 식민지 폭력의 반복과 다를 바가 없다. 고쿄가 소환한 '아버지의 망령'은 '악심'에게 있어서 조선인을 괴롭히는 식민자로서 등장하는 셈이다. 또한 고쿄는 야마다와의 이별에 응하지 않는 '악심'에게 "폭력으로 쫓아내 주겠다"고 선언하며 책형磔刑에 의한 고문 ─ "악심을 즉시 옆 벽에 고정시키고 엄청난 고문을 가했다" ─ 을 행하여, 악심을 쫓아내기 위한 뇌수술의 환각을 경험하게 한다. 즉 치료 현장임에도 불구하고 트라우마가 교대인격 = 조선 마적에 더 부여되고 있는 것이다. 이러면 트라우마가 누적되기에 치료는 달성되지 못하고 오히려 외상의 반복강박을 부추기게 될 것이다.

이처럼 고쿄의 치료는 일본 헌병이 조선 마적에게 가한 폭력을 내지에서 반복하는 행위와 다를 바가 없다. 소년이 체내화한 조선 마적에 '치료'라는 명목의 외상이 가해진 이상, '악심'은 죽어서도 식민지 폭력이 몸에 각인되는 셈이다. 이러한 치료에 문제가 있음은 더 말할 것도 없다. 폭력적 교정은 일시적으로 제2인격을 쫓아낼 수 있겠으나 고쿄의 무자비한 치료가 식민지 폭력을 반복하는 이상 망령은 재림할 것이다. 실제로 야마다의 도벽은 최면 치료 후 완화되기는 하지만 곧바로 재발한다.

그래서 고쿄는 치료 방침을 바꿔 "끈질긴 설득을 통해 야마다로부터 악심을 떨어뜨리기로 결심했다.” 말하자면 교대인격인 조선인에 대한 '무단통치'에서 '문화통치'로 치료 방침을 전환한 것이다. 치료 과정에서 고쿄는 야마다의 교대인격을 통괄하는 '버드나무 아래 부모' 인격을 소환하여 담판을 짓고 소년의 다중 인격을 억제하는 데 성공한다. 그러나 이후 소년은 고쿄를 찾아오지 않는다.

과연 야마다에 빙의된 교대인격 = 조선 마적의 망령은 퇴마되었을까? 치료 과정에서 소년이 고쿄를 찾지 않는 상황은 언제나 도벽 부활의 징조였다. 그렇다고 하면 퇴마되었다고 여겨졌던 조선 마적의 망령이 다시 회귀하고 있다고 예상할 수도 있다.

지금까지 검토한 바와 같이 조선 마적의 빙의체내화의 원인이 애도의 불능에 있다면, 이중인격 치료에 필요했던 영위는 살해된 마적의 진혼이 아니었을까. 나카무라 고쿄의 야마다 소년 치료 실패는 식민지 폭력에 의해 살해된 자들에 대한 애도의 작업이 지속되지 않는 한, 조선의 망자들이 제국에 계속 빙의할 것임을 암시한다.

3. 아쿠타가와 류노스케의 자경단 인식
「대지진 전후」, 「어떤 자경단의 말」

「이중인격 소년」과 마찬가지로 식민지 폭력에 살해된 조선인의 망령적 회귀를 쓴 텍스트로 아쿠타가와 류노스케의 유고 「사람을 죽였나?」가 있다. 이 텍스트를 검토하기 전의 예비적 고찰로서 여기서는 관동대지진 이후 아쿠타가와가 발표한 텍스트를 바탕으로 아쿠타가와의 자경단 인식을 밝히고자 한다. 관동대지진 당시 자경단에 참여한 아쿠타가와 류노스케는 여러 텍스트에서 자경단을 언급한다. 그중에서도 자경단에 참여한 자신을 희화화하여 조선인 폭동의 유언비어에 현혹되지 않았던 기쿠치 간菊池寛을 역설적으로 칭송한 글로 알려져 있는[10] 「대지진 잡기大震雑記」『中央公論』, 1923.10가 유명하지만, 여기서는 지진 직후인 1923년 10월 『여성女性』에 발표한 「대지진 전후」에 주목하고 싶다. 지진 발생 이튿날 열이 높은 아쿠타가와를 대신해 제자인 와타나베 구라스케渡辺庫輔가 자경단에 참가하게 된다. 이때 자경단원들의 모습을 아쿠타가와는 다음과 같이 스케치한다.

> 밤이 되니 열이 39도. 때마침 ○○○○○○○○(불령한 선인의 폭동不逞な鮮人の暴動)이 있었다. 나는 머리가 무거워 몸을 가눌 수 없었다. 원월당円月堂, 나 대신 철야경계 임무를 맡는다. 옆구리에 칼을 차고 목검을 들고 있는 그의 모습, 그 자신이 완연한 ○○○○(불령선인不逞鮮人)이다.[11]

여기서 아쿠타가와는 '철야경계 임무'를 맡는 원월당와타나베 구라스케의 무장한 모습이 마치 '불령선인'과 같다고 말하며 자경단을 비꼬고 있다. 피해망상적 유언비어 안에서 형성된 '불령선인'에 자경단이 스스로를 동일화시키고 있는 상황을 야유하고 있는 것이다. 이 짧은 서술에서 상상

---

10   加藤直樹, 『九月,東京の路上で 1923年関東大震災ジェノサイドの残響』, ころから, 2014, p.158.
11   『芥川龍之介全集 第四巻 』, 筑摩書房, 1958, p.193. 인용문 중 소괄호 안은 전집 주에 의한다.

속 공격자에 대한 동일화 메커니즘을 아쿠타가와가 읽어내고 있음을 알 수 있다.

'공격자에 대한 동일화'란 '타자의 공격을 받았을 때 공격자와 동일한 속성을 내면화하여 전체적, 부분적 차이는 있으나 동일한 성질을 장착하는' 기제[12]이다. 피해자는 자신이 내면화한 공격성을 반복함으로써 박해자가 되고 트라우마는 연쇄적으로 발생한다. 모리 시게키에 의하면, 트라우마의 피해자에게 생명의 위기에 대한 공포가 고조되면 본래 자아의 무력화가 발생한다. 그 결과 무력화된 주체의 관심은 공격자로 향하고, 공격자를 자기 안에 포섭함으로써 고통을 회피하고 경감시키려 한다.[13] 피학대자가 장기적으로 학대자가 되는 것이 전형적인 예이다. 단 여기서 말하는 공격자에는 물리적·신체적 공격을 가하는 대상뿐만이 아니라 주체의 욕동 만족에 금지를 부여하는 현실의 대상이나 주체 자신의 공격성이 투영되어 생성되는 상상의 대상도 포함된다.[14]

관동대지진 조선인학살의 경우 자경단이 물론 피해자는 아니지만 "조선인이 우물에 독을 풀었다", "방화·약탈했다", "일본인 여성을 능욕했다" 등의 유언비어 속에서 가해 / 피해의 관계성은 역전된다. 이러한 피해망상 안에서 형성된 가상의 적, 즉 일본인을 습격하는 '불령선인'이라는 '공격자'에 대한 동일화가 작동한 결과, 상상의 피해자인 일본인은

---

12   森茂起,「攻撃者への同一化とトラウマの連鎖」, 森茂起 編,『埋葬と亡霊－トラウマ概念の再吟味』, 人文書院, 2005, p.217.

13   Ibid., p.219.

14   橋本元秀,「攻撃者との同一化」, 小此木啓吾 ほか編,『精神分析事典』, 岩崎学術出版社, 2002, p.127.

현실의 가해자로 역전된다. 아쿠타가와가 지적하듯 자경단은 공상 속 '불령선인'을 두려워한 나머지 스스로가 '불령선인'과 다를 바 없는 섬뜩한 괴물이 된 것이다. 그런 의미에서 '불령선인'은 자경단의 추악한 자화상과도 같다. 이처럼 아쿠타가와는 지진 직후의 신변잡기 안에 자경단에 대한 통찰을 삽입했다.

아쿠타가와는『문예춘추文藝春秋』1923년 12월호에 발표한「주유侏儒의 말」에서도 자경단의 조선인학살을 염두에 두면서 다음과 같이 썼다. "우리는 서로를 가엾이 여겨야 한다. 더군다나 살육을 즐기는 것은 — 상대를 목 졸라 죽이는 것은 논쟁에서 이기는 것보다 쉽다."[15] '어떤 자경단의 말'라는 제목이 붙은 한 절節에서 아쿠타가와는 자경단의 폭력을 '살육을 즐기는' 쾌락으로 인식하여 이를 교살 이미지에 접속시킴으로써 그 그로테스크함을 강조하고 있다. 이 텍스트는 세키구치 야스요시가 "아쿠타가와는 자경단원으로서 조선인 박해 현장을 종종 목격했을 것이다. (…중략…) '상대를 목 졸라 죽이는 것은 논쟁에서 이기는 것보다 쉽다'는 말은 현장을 보았거나 또는 이야기를 전해 들은 사람의 말이라고 할 수 있다. 그와 같은 행위에 대해 그는 말할 수 없는 분노를 느끼고 있다"[16]라고 지적하듯, 자경단 폭력에 대한 아쿠타가와의 고발로 자주 인용된다.

그러나 '현장을 보았거나 또는 이야기를 전해 들은' 것으로 추정되는 아쿠타가와가 자경단의 수법으로 '목 졸라 죽이는 것'을 썼다면 이는 다

---

15   『芥川龍之介全集 第十三巻 』, 岩波書店, 1996, p.46.
16   関口安義,「関東大震災と芥川龍之介」,『国文学論考』, 1994.3, p.55.

소 의아하게 느껴질 법도 하다. 그도 그럴 것이 강덕상이 지적했듯 자경단의 수법은 곡괭이 등 무기를 사용한 집단 처형이 일반적이었기 때문이다.

> 가장 보편적으로 볼 수 있는 것은 집단 처형 풍경이다. 이 경우 누군가가 곡괭이와 같은 무언가를 휘두르면 그것을 계기로 모두가 달려드는 군중심리가 작용했다. 충동적인 부화뇌동이라고나 할까, 죽창, 일본도, 곡괭이 등 제각각의 무기가 피해자의 머리를 내리치고 귀를 자르고 눈을 찌르고, 각자가 조금씩 살해를 분담했다.
>
> (…중략…)
>
> 조선인을 전봇대 등에 철사로 묶고 '불령선인'이니까 주먹으로 패든 발로 차든 마음대로 하라는 팻말을 달고, 몽둥이를 준비하여 행인에게 구타를 종용한 것 등이 그러한 예일 것이다.[17]

그러나 관동대지진 이후 아쿠타가와가 쓴 텍스트를 참조하면, 거기에는 식민지 폭력과 '살육을 즐기는' 쾌락으로서의 교살이 연결되어 있음을 확인할 수 있다. 대지진 이듬해 『선데이마이니치サンデー每日』1924년 7월 1일 여름 특별호에 발표한 소설 「모모타로桃太郎」를 보면 식민지 획득을 위한 침략전쟁이 모모타로의 오니가시마 원정으로 알레고리화되어 있는데, 거기서 식민지전쟁에 수반되는 성폭력이 원숭이를 빌려 다음

---

17   姜德相, 『新裝版 関東大震災』, 新幹社, 2020, p.117.

과 같이 묘사된다. "원숭이도-원숭이는 우리 인간과 친족 동지 관계인만큼 도깨비 딸을 목 졸라 죽이기 전에 반드시 마음대로 능욕했다."[18] 여기서 도깨비 = 원주민 여성을 목 졸라 죽이는 것이 강간과 병치되어 있다는 점에 주목할 필요가 있다. 즉 「모모타로」에서 교살은 전시 성폭력으로서의 강간살인인 것이다.

완성본 「모모타로」에서 오니가시마에는 남양南洋 이미지가 부여되어 있어서 거기서 남진하는 제국주의의 우의를 읽을 수 있지만, 초고의 오니가시마는 '무단주의'에 의해 통치되는 식민지로 묘사되어 있다. 이는 조선을 염두에 두고 썼음을 추측할 수 있는 대목이다.

> 모모타로가 본국으로 돌아간 후, 오니가시마의 지사가 된 것은 무단주의자 개였다. 개는 취임과 동시에 앞으로 뿔이 난 도깨비는 사형에 처한다는 선언을 내렸다.
>
> (…중략…)
>
> 개는 선포 후 엄격하게 단속을 실시했다. 어떤 때는 뿔 달린 도깨비 오백마리 목을 한꺼번에 베기도 했다.[19]

개에 의한 '무단주의' 통치에서 초대 조선총독 데라우치 마사타케寺內正毅가 실시한 무단통치와 3·1독립운동의 폭력적 진압이 어렵지 않게 떠

---

18   芥川龍之介, 「桃太郎」, 『芥川龍之介全集 第十一卷』, 岩波書店, 1996, p.164(초판 : 『サンデー毎日』, 1924.7.1).

19   芥川龍之介, 「「桃太郎」草稿」, 『芥川龍之介全集 第二十一卷』, 岩波書店, 1996, p.406.

오를 것이다.[20] 따라서 「모모타로」의 오니가시마는 다이쇼시대에 남방으로 확장된 식민지를 의미할 뿐만 아니라, 한국 병합 이후 무력통치가 실시된 식민지 조선의 이미지를 내포하고 있었다.

이처럼 관동대지진 이후 아쿠타가와가 쓴 두 텍스트에는 조선인에 대한 식민지 폭력이 '살육을 즐기는' 쾌락으로서의 교살 이미지로 그려진다. 따라서 「어떤 자경단의 말」의 교살은 「모모타로」 속 원숭이의 강간살인과 중첩되어 자경단에 의한 강간살인을 암시하는 말이 아닌가 하는 추측이 성립할 수 있는 것이다.

실제로 관동대지진 당시에 조선인 여성에 대한 성폭력이 자행되었음은 사건을 목도한 민중들에 의해 보고되어 있다. 일례로 "마차업에 고용된 내가 아는 조선인 부부의 부인이 근처 잡목숲에서 능욕당하고 학살당했다",[21] "(요쓰기다리 제방 아래에서 기관총으로 살해된 조선인) 중에는 여자도 두어 명 있었다. 여자는……. 끔찍하다. 말로 표현할 수가 없다. 옷을 다 벗기고는, 희롱을 하고 있었다"[22]는 증언이 있다. 나아가 여성 시신에 대한 능욕도 보고되어 있다.[23]

김부자는 '조선인 남성이 일본 여성을 강간했다는 허위 정보'를 '강간범 신화'로 명명하며 다음과 같이 지적한다.

20 黃曉波, 「隱蔽されたストーリー―芥川「桃太郎」の生成について」, 『文学研究論集』, 2007.3, p.165.

21 西崎雅夫 編著, 『〈普及版〉関東大震災朝鮮人虐殺の記録―東京地区別1100の証言』, 現代書館, 2020, pp.420~421.

22 Ibid., p.246.

23 예를 들어 "연꽃밭에서 죽창으로 여성의 급소를 찔러 죽이는 걸 봤다"(Ibid., p.211), "배가 갈라져 6~7개월 정도로 보이는 태아가 내장 속을 굴러다니고 임산부의 음부에 죽창이 꽂혀 있었다"(Ibid., p.95) 등의 증언이 있다.

지진 후 자경단 재판에서도 자경단이 실제로 "무경계 상태를 틈타 가장 잔인한 살인, 또는 약탈과 부녀자 폭행을 저질렀다"고 보도되어 있다. 이는 실제로 일본인이 조선인에게 저지른 강간을 포함한 잔혹한 학살 행위이지만, 유언비어에서는 역으로 조선인이 일본인에게 저지른 행위가 되었다.[24]

즉 "조선인이 일본인을 강간한다"라는 유언비어 = 피해망상의 내용을 실제로 실행한 것은 일본인인 것이다. 또한 김부자는 일본인 남성에 의한 조선인학살은 '상상 속 "조선인 강간범"으로부터 일본인 여성을 보호하기 위한 일본인 남성의 "남성성" 발휘'였다고 지적한다.[25] 아쿠타가와가 「대지진 전후」에 썼듯 '불령선인'이나 '조선인 강간범'이라는 상상의 공격자와 동일화하여 '칼'이나 '목검'과 같은 남근男根적인 무기 및 남근 그 자체를 휘두른 자경단이야말로 '완연한 불령선인'이었던 것이다.

이상과 같이 관동대지진 이후 쓴 텍스트에서 아쿠타가와는 첫째로 자경단이 망상 속에서 만들어낸 무서운 '불령선인' 이미지에 자경단 그들 자신이 동일화하고 있다는 인식을 드러냈고, 둘째로 그 폭력을 '살육을 즐기는' 쾌락, 특히 교살 = 강간살인으로 묘사했다. 그러나 지진 직후의 언론 통제를 염두에 둔 것일까, 아쿠타가와 텍스트에서 학살 사실을 직접적으로 언급하는 단어는 과묵해 보일 정도로 보이지 않고 감추는 듯한 표현이 사용되어 있다. 그렇기 때문에 「어떤 자경단의 말」 속 강간의

---

24 金富子, 「関東大震災時の「レイピスト神話」と朝鮮人虐殺－官憲史料と新聞報道を中心に」, 『大原社会問題研究所雑誌』, 2014.7, pp.5~6.

25 Ibid., p.11.

요소는 봉인되고 교살 이미지만 모호하게 남았다고 생각한다. 「어떤 자경단의 말」의 '상대를 목 졸라 죽이는 것'이라는 표현은 이야기할 수 없는 무언가를 암시하면서 동시에 은폐하는 '매장 언어'로 기능하고 있다고 말할 수 있다. 그리고 이 교살＝강간살인 모티브는 아쿠타가와의 유고 「꿈」, 「사람을 죽였나?」로 이어진다.

4. 아쿠타가와 류노스케 「사람을 죽였나?」의 '식민지적 섬뜩함'과 '애도의 불능'

「사람을 죽였나?」는 '각판 전집에 「꿈」으로 발표된 작품의 증보 개정판'[26] 으로서 『아쿠타가와 류노스케 미정고집芥川龍之介未定稿集』에 게재된 텍스트로 1927년 집필로 추정된다. 「꿈」, 「사람을 죽였나?」는 초고들을 재구성하여 전집에 게재된 작품으로 문제가 있는 텍스트로 지적된다. 야마나시현립문학관이 소장 중인 원고를 조사한 고타니 에이스케에 따르면, 이 유고는 '원고관리자였던 가쓰마키 요시토시葛卷義敏의 되돌릴 수 없는 "편집" 작업 때문에 원형을 알 수 없는 상태'이며, "심한 부분은 줄 단위, 글자 단위로 파편화된 복수의 유고나 내용이 누락된 원고용지 전체의 테두리 부분 등을 맞춰서 다른 종이로 뒤를 덧대어 붙이는 등의 형태로 물리적으로 이어져 있으며, 때로는 가쓰마키의 필적에 의해 아쿠타가

---

26 葛卷義敏 編, 『芥川龍之介未稿集』, 岩波書店, 1968, p.1. 「사람을 죽였나?」의 인용은 이 문헌에 의한다.

와의 글자가 수정되어 다른 글자로 대체된 부분도 있다."[27] 이렇게 「사람을 죽였나?」는 가쓰마키의 편집에 의해 재구성된 원고로 이를 아쿠타가와 류노스케의 초안으로 취급하기에는 주의가 필요하다.

그러나 이치야나기 히로타카가 지적하듯 '이들 초안들은 비록 비정형적이지만 후에 한 텍스트로 수렴될 가능성을 가진 하위텍스트의 집적'이므로, "설령 스토리의 순서, 세부 묘사 등에 문제가 있더라도 이들 하위텍스트군의 분석을 통해 텍스트의 핵심이었을 부분 (…중략…) 을 추출하는 것은 가능하다."[28] 이 글에서도 이러한 이치야나기의 방침에 따라 '텍스트의 핵심'을 이루는 에피소드를 중심으로 검토하겠다.

먼저 핵심 부분의 개요를 소개한다. 화가인 '나'는 인물화를 그리기 위해 모델을 고용한다. 얼굴은 그다지 아름답지 않지만 신체 특히 가슴이 훌륭했다. 야성적인 몸매를 드러낸 채 무표정하게 포즈를 취하는 모델로부터 '나'는 점점 '묘한 압박'을 느끼기 시작한다. 일을 마치고 '나'는 시골 마을을 산책하다 전봇대에 묶여 있는 '조선 소' 한 마리를 발견한다. '나'는 '조용히 싸움을 걸고 있는' 소의 표정을 보고 불안감에 휩싸인다. 2~3일 후 캔버스 앞의 '나'는 모델 안에 '무언가 거친 표현을 원하는 것'과 같은 느낌이 있음을 감지하지만 그림으로 그것을 표현하지는 못한다. 이튿날 밤 '나'는 모델을 목 졸라 죽이는 꿈을 꾼다. 그 이후 모델은 오지 않게 되고 집으로 찾아가지만 그저께부터 행방을 알 수 없다고 한다. 만약 꿈속이 아니라 현실에서 죽인 것이라면? 이라고 생각하는 '나'는 꿈과

---

27   小谷瑛輔, 「芥川龍之介の遺稿「人を殺したかしら?」の諸問題」, 『敍説3』, 2022.10, p.117.

28   一柳廣孝, 『無意識という物語』, 名古屋大学出版会, 2014, p.171.

현실의 구분을 상실한다.

이 소설에 대해 이치야나기 히로타카는 '나'의 내면이 풍경에 투영됨으로써 현실이 '나'의 내적 풍경이 될 뿐만 아니라, 모델 교살의 꿈으로 성취된 무의식적 욕망이 현실로 역류하는 위기를 그린 아쿠타가와의 마지막 '꿈 소설'이라고 논한다.[29] 이치야나기의 지적처럼 '텍스트를 구성하는 현실 자체가 사실은 전복된 꿈'[30]이라면, 거기에는 무의식적 욕망의 침식뿐만이 아니라 검열, 전치, 압축과 같은 프로이트적 꿈의 작업이 작동하고 있을 것이다. 우리는 이 텍스트에 실현된 상징적 표현 읽기를 요청받고 있다.

텍스트 속 상징성의 중심에 있는 것이 바로 꿈인데, 이와 밀접하게 연관된 모티브가 소설의 '현실'에 등장한다. 고타니 에이스케는 「사람을 죽였나?」 속 아쿠타가와의 시가 나오야志賀直哉 오마주를 꼼꼼히 검토하여 '그냥 소로 등장시켜도 충분할 부분에 굳이 '조선 소'라고 쓰는 것의 기능'적 문제를 논한다. 고타니에 따르면 이처럼 '잠재적으로 조선을 섬뜩한 것으로 표상하는' 것은 '관동대지진을 계기로 시작된 수법'이며, '가해자로서의 죄책감이 악의가 자신에게 향할 수 있다는 공포를 낳고, 그것이 가해의 욕망을 제어불능으로 확대시키는' 메커니즘이 이 장면의 공포를 지탱하고 있다고 지적한다.[31] 그러나 관동대지진, 특히 조선인학살과 「사람을 죽였나?」와의 관계는 아직 구체적으로 검토되지 않은 채로 남

29　Ibid., p.177.

30　Ibid., p.175.

31　小谷瑛輔, 「芥川龍之介の文学と「世紀末的な不安ー地震・帝国・怪異」」, 一柳廣孝 監修, 茂木謙之介 編著, 『怪異とは誰か』, 青弓社, 2016, p.127.

아 있다. 여기서는 고타니의 시사를 참고하면서, 「사람을 죽였나?」를 관동대지진 이후의 사회적 불안이 언어화된 지진 후 문학으로 간주하여 조선인학살 사건과의 연관성을 추적해 보고자 한다.

먼저 '조선'이라는 단어가 등장하는 '조선 소' 에피소드부터 살펴보자.

길가 전봇대에 조선 소 한 마리가 묶여 있었다. 조선 소는 고개를 숙인 채 묘하게 여성스러운 눈망울로 나를 바라보고 있었다. 그것은 마치 내가 오기를 기다리고 있는 듯한 표정이었다. 나는 그 조선 소의 표정(?)에서 조용히 싸움을 걸고 있음을 느꼈다. "저 녀석은 도살자한테도 틀림없이 저런 표정을 지을 거야." — 그런 생각도 나를 불안하게 했다. 나는 점점 우울해져서 결국 그곳을 지나치지 않고 다른 동네로 돌아갔다.[15][32]

여기서 '조용히 싸움을 걸고 있는' 것처럼 느껴지는 '조선 소'는 '도살자'를 바라보는 시선으로 '나'를 응시하고 있다. '도살자'로 규정되어 발생하는 '불안'과 '우울'은 '나'의 무의식 속에 잠재된, 말할 수 없는 비밀로서의 가해성을 암시한다. 그런데 그것은 어떤 가해성일까?

고타니의 지적처럼 '잠재적으로 조선을 섬뜩한 것으로 표상하는' 기법이 관동대지진 이래의 것이라면 화자에게 잠재된 죄악감은 지진 당시의 학살에서 비롯된 것이라 말할 수 있을 것이다. 실제로 전봇대에 묶인 '조선 소'의 이미지는 관동대지진 당시 폭행을 당한 조선인을 상기시키

---

32 「사람을 죽였나?」의 인용은 葛卷義敏 編, 『芥川龍之介未稿集』, 岩波書店, 1968에 의한다. 「사람을 죽였나?」 인용 시 쪽수만 표기한다.

는 표상이다. 왜냐하면 "전봇대에 철사로 묶어놓고 조선인을 죽였다"[33]
는 사례가 목격자들에 의해 많이 보고된 바와 같이 전봇대에 묶거나 손
을 뒤로 묶고 폭행을 가하는 것은 자경단의 전형적인 수법이었기 때문이
다. 특히 아래에 인용하는 목격담은 「사람을 죽였나?」의 '조선 소' 에피
소드와 일치해서 흥미롭다.

연약한 목소리의 주인이 누구인지 금방 알 수 있었다. 한 남자가 해안가
전봇대에 굵은 철사로 묶여 있다. 가까이 다가가자 건장한 체격의 젊은 남자
로 실오라기 하나 걸치지 않은 알몸에 온몸이 잔인하게 피투성이였다. "도와
주세요"라는 목소리가, 그 남자가 숨을 헐떡이며 내게 하는 말임을 깨달았다.
전봇대에 붙은 종이에는 "이 남자는 나쁜 놈, 돌로 한 대씩 치고 가시오"
라고 적혀 있었다. 나는 눈을 질끈 감고 단숨에 도망쳤다.[34]

묶여 있던 남자의 한 곳을 응시하는 눈을 잊을 수가 없다. 엄청난 힘을 지
닌 인간도 절대 움직일 수 없을 정도로 꽉 묶여 있다, 라는 생각조차 폭발시
켜 버릴 듯한 꽉 찬 눈이었다. 분노, 억울함, 굴욕감, 그런 것들이 극한의 슬픔
으로 응어리진 눈, 시선을 받는 자의 몸을 움직일 수 없는 눈의 응시였다.
움직임이 없는 눈동자 속에 담긴 그 힘이 나를 찌른다는 사실, 있을 수 없
는 그 사실을 직접 봤다는 감각을 가지고 지금 반추한다.[35]

---

33   西崎雅夫 編著, op. cit., p.308.
34   山本早苗, 『漫画映画と共に－故山本早苗氏自筆自伝より』, 私家版(宮本一子), 1982, pp.97~98.
35   木下順二, 『本郷』, 講談社, 1983, p.52.

후자 기노시타 준지의 증언에 등장하는 조선인의 '눈'은 전봇대에 묶인 채 '도살자'에게 '조용히 싸움을 거는' '조선 소'의 눈을 연상시킨다. 이처럼 관동대지진 당시의 컨텍스트를 참조하면 '조선 소'가 학살당한 조선인의 대리표상임을 알 수 있다. '조선 소'의 눈빛은 '나'의 마음속에 잠재된 가해성을 불러일으키기 때문에 그는 정면에서 응시하지 못하고 그 자리를 뜨는 것이다.

다음으로 이 '조선 소' 이미지가 모델 여성과 중첩된다는 점에 주목하고 싶다. 일단 "인간보다 동물을 닮았다"고 하는 모델의 야성적인 신체는 '야만적인 힘'과 '흑색인종 피부의 냄새'를 느끼게 하며 '나'에게 '고갱'의 '타히티' 여인을 연상시킨다. 즉 모델은 동물적인 신체를 가진 식민지 여성 이미지에 접속된다. 또한 그녀는 무표정한 얼굴로 '나'에게 '묘한 압박'을 주며 불안감을 불러일으킨다는 점도 '조선 소'와 공통된다. 즉 그녀의 표정과 신체는 '여성스러운 눈망울'로 '조용히 싸움을 거는' '조선 소'와 중첩되어 '나'를 위협한다. 이처럼 '조선 소'와 모델은 동물성, 식민지, 여성성, '나'에게 주는 위협이라는 점에서 오버랩된다.

'나'의 의식 속에 '조선 소'와 모델 여성이 중층화되어 있다면, 그녀로부터 느끼는 '묘한 압박'도 조선을 둘러싼 내면의 죄악감과 관련이 있을 것이다. 그녀가 '나'에게 거는 불온한 대화도 조선인학살의 컨텍스트를 참조할 때 비로소 이해될 수 있다. 예를 들어 그녀는 갑자기 '포의총胞衣塚'이나 강에 흐르는 변사체의 에피소드를 꺼낸다. 아무런 맥락도 없이 삽입된 이 무의미해 보이는 에피소드도 관동대지진의 외상 기억을 환기시키는 것은 아닐까. 대지진 직후 도쿄의 강에는 버려진 조선인의 변사체

― 여기에는 임산부와 영아의 시체도 포함되어 있었다 ― 가 다수 떠내려왔기 때문이다.

> 에도가와^{江戸川}에는 매일 3, 4명의 시체가 8번선철사 8개가 1인치 굵기 으로 줄줄이 묶인 채로 떠내려왔다. 모두 살해당한 조선인이었다.[36]

> 아기가 곧 태어날 정도로 배가 커다란 사람이 자기 배가 묶인 채로 물에 던져졌는데 그대로 아기가 태어났어요. 아기가 탯줄로 이어져 있었죠. 그리고 엄마가 하늘 보고 물에 떠 있고 아기도 둥둥 떠 있고.[37]

이처럼 모델 여성이 발화하는 불온한 대화는 조선인학살의 트라우마적 기억과 연결된다. 그렇기에 그녀의 말은 '나'의 무의식 속에 봉인된 가해성을 불러일으키고 그를 불안하게 만든다. 그런 의미에서 '나'를 위협하는 '조선 소'와 모델은 조선인학살을 둘러싼 기억의 무덤에서 망령적으로 회귀하여 가해자의 죄를 묻는 '식민지적 섬뜩함'으로서 등장하고 있는 것이다.

> 나는 항상 그녀 안에서 무언가 거친 표현을 원하는 것을 느꼈다. 하지만 이 무언가를 내 역량으로는 표현할 수 없었다. 뿐만 아니라 표현을 피하고 싶은 마음도 작용하고 있었다. 그것은 어쩌면 유화 도구나 붓을 사용하여 표현하

---

36   西崎雅夫 編著, op. cit., p.42.
37   Ibid., p.222.

는 것을 피하고픈 마음일지도 모른다. 그렇다면 무엇을 사용할 것인가 하면, —나는 붓을 움직이면서 가끔 어디 박물관에 있던 돌막대나 돌칼을 떠올리기도 했다.[17]

'나'는 모델로부터 '무언가 거친 표현을 원하는 것'을 느끼지만 그림으로는 그것을 표현할 수 없고 표현하고 싶지 않다. 이 '거친 표현'이 꿈 속에서 교살로 실현됨은 더 말할 것도 없는데 그 내용이 무엇일까. '나'는 모델에게 '묘한 압박'을 느끼는 한편으로 "그녀의 젖꼭지에 — 그 기괴한 아름다움에 묘하게 집착하지 않을 수 없었다"고 말하며, 그녀의 신체의 성적인 부위를 형성하는 것 집착하고 있다. '거친 표현'을 원하는 주체는 모델이 아니라 '나'이며 화가의 욕망이 모델에 투영되어 있는 것이다. 그리고 '돌막대나 돌칼'이 조몬 중기에서 후기에 걸쳐 만들어진 남성 성기를 형상화한 석기인 이상, '돌막대나 돌칼'을 사용한 '거친 표현'은 모델에게 남근을 휘두르는 것과 다르지 않다. 즉 여기에는 모델을 향한 '나'의 성폭력, 강간을 향한 욕망이 상징적으로 표현되어 있는 것이다.

이 '거친 표현'이 실현된 것이 바로 모델 교살의 꿈이다.

나는 이 방 한가운데 서서 (모델의) 목을 졸라 죽이려고 했다. (게다가 그것이 꿈 이라는 사실은 나 자신도 잘 알고 있었다) 그녀는 약간 얼굴을 뒤로 젖히고 역시나 아무런 표정 없이 천천히 눈을 감았다. 동시에 그녀의 젖꼭지는 점점 탐스럽 게 부풀어 올랐다. 그것은 희미하게 정맥이 비치는, 옅게 빛나는 유방이었다. 나는 그녀를 목 졸라 죽이는 일에 아무런 거부감도 느끼지 않았다. 아니, 오히려 해야 하는 당연한 일을 해내는 쾌감 비슷한 것을 느꼈다. 그녀는 마침내 눈을 감은 채 아주 조용히 죽어갔다.[18]

「사람을 죽였나?」에서 모델 = '조선 소'가 관동대지진 때 학살된 조선인의 대리표상이고 꿈속에서 실현되는 '거친 표현'이 강간에 대한 욕망을 나타낸다면, 이는 「어떤 자경단의 말」속 교살로 연계된다. 「어떤 자경단의 말」에서의 '상대를 목 졸라 죽이는 것'은 관동대지진 당시 조선인 여성 강간 살인을 암시하면서도 그것을 은폐하는 매장 어법이었다. 그렇다면 이와 유사한 기제가 모델 교살 꿈에도 작용하고 있는 것은 아닐까. 즉, 꿈의 잠재적 내용은 강간살인의 욕망을 나타내지만, 그것이 꿈의 검열에 의해 — 그리고 현실의 언론통제법규로서의 검열을 상정하여 — 교살이라는 명시적 내용으로 전치된 것이라고 생각한다. 꿈속에서 화자가 모델 살해를 '당연한 일'로 여기는 것도 그녀가 '불령선인'의 대리표상이기 때문임이 분명하다. 피해망상에 사로잡힌 자경단에게 있어서 우물에 독을 넣고 일본 여성을 능욕했다고 하는 '불령선인'을 살해하는 것은 '당연한 일'이었기 때문이다. 조선인학살은 '세상 당연한 살인' — 공인된 정당방위 — 로 인식되어 있었다.[38] '나'는 나의 가해성을 직시하는 그녀의 무언가 말하는 듯한 '눈'을 침묵시키고, 그가 집착한 '보기 좋게 부풀어' 오르는 유방의 '거친 표현'을 꿈의 캔버스 위에서 완성시키는 것이다.

이처럼 「사람을 죽였나?」라는 텍스트를 지진 후 아쿠타가와문학의

---

38 藤野裕子, 『民衆暴力――揆·暴動·虐殺の日本近代 』, 中央公論新社, 2020, p.178.

조선 표상과 연결할 경우, 거기서 드러나는 것은 '나'의 무의식 속에 매장된 외상적 가해의 기억이다. 물론 텍스트에 제시된 근거를 토대로 '나' 자신이 과거에 가해 행위를 했는지 여부를 확정할 수는 없다. 그러나 그가 무고한 조선인을 학살한 가해자 측의 일원이었고, 따라서 가해에 대한 죄악감을 가지고 있었다는 것을 '조선 소' 에피소드가 알기 쉽게 이야기해 준다. 그리고 꿈속 모델 교살은 자경단에 의한 가해의 반복인 동시에 '나'에게 외상기억을 불러일으키는 모델을 다시금 침묵시킴을 의미한다. 요컨대, 꿈의 내용은 학살이라는 죄와 수치심으로 가득 찬 가해자의 트라우마의 재연임과 동시에 가해의 기억을 은폐하는 프로세스를 상징적으로 이야기해 주고 있는 것이다.

또한 이는 조선인학살을 둘러싼 '애도의 불능'을 증후적으로 보여준다. 이미 확인했듯이 애도의 불능은 외상 기억의 부인否認이나 침묵, 혹은 행동화로 드러난다. 도미니크 라카프라에 의하면 행동화는 트라우마의 반복뿐만 아니라 반복강박으로 드러난다. 애도를 거부하는 사람은 외상적인 '과거를 다시 사는 경향, 즉 망령에 사로잡혀 마치 과거에서 벗어나지 않은 채 완전히 과거 속에 존재하는 것처럼 현재를 사는 경향'이 있다.[39] 행동화에 있어서 과거와 현재의 구분은 무너지고 과거가 현재에 침입하는 것이다.

따라서 '나'가 가해의 기억을 불러내는 모델을 꿈속에서 살해하고 그녀를 침묵시키는 행위 또한 애도 불능의 증상이다. 동시에 이 행위 자체

---

39 Dominick LaCapra, *Writing History, Writing Trauma*, second edn, Baltimore : Johns Hopkins University Press, 2014, p.142.

는 자경단에 의한 교살 = 강간살인의 반복과 다르지 않다. 그런 의미에서 '나'는 학살이라는 외상 기억의 망령에 빙의되어 있는 것이다.

이후 모델이 아틀리에에 나타나지 않아 불안해진 '나'는 어린 시절의 에피소드를 떠올린다. 어느 해질 무렵 그는 집 툇마루 끝에 걸터앉아 향모양 불꽃놀이에 불을 붙이고 있었다. 그런데 누가 불러 정신을 차려보니 "집 뒤쪽 파밭 앞에 쪼그려 앉아 파에 열심히 불을 붙이고 있었다." 이처럼 자신의 경험을 망각하는 건망증은 해리 증상 중 하나이다. '내 생활 어딘가에 나 자신도 모르는 시간'이 존재한다는 생각에 이르렀을 때, '나의 의식 밖'으로 해리된 다른 자아, 즉 '나'의 교대인격이 모델을 죽였나? 하는 섬뜩함을 느낀다. 이렇게 꿈과 현실이 연계되어 현실의 자명성이 무너지는데 이는 라카프라가 지적했듯 외상적인 과거가 현재로 침입하는 사태이기도 하다.

모델의 행방을 알 수 없는 이상 현실적으로 '나'가 모델을 살해하고 은폐했을 가능성은 부정되지 못한다. 그러나 동시에 범죄의 증거가 되는 시체도 사라졌기 때문에 '나'는 '죄'와 똑바로 마주할 수도 없다.

이러한 상황은 애도가 불가능한 지진 후의 상황과 부합한다. 지진 당시 살해된 조선인 시신은 자경단이 흙에 묻거나 강물에 떠내려 보내 가해 증거는 은폐되었다. 또한 야마다 쇼지에 의하면 관동대지진 이후 유언비어를 사실로 인정하고 '불령선인'에 대한 경계를 촉구한 국가의 책임을 은폐하기 위해 정부는 자경단에 책임을 전가하는 식으로 국제적 체면 상 학살죄를 심판하는 것처럼 꾸몄다고 한다. 실제로 조선인을 학살한 피고인 대부분은 집행유예를 받았고 실형을 선고받은 피고인은 극소수에 불과했다.[40] 물론 그 이면에는 재판에 회부되지 않은 민중에 의한 수많은 학살 사건이 존재한다. 뿐만 아니라 국가는 조선인에 의한 추모와 항의를 계속해서 엄격히 탄압했기 때문에 추모비가 세워져도 그 추모 내용에서도 학살의 사실은 모호하다.[41] 이렇게 조선인에 대한 애도가 금지된 결과, 가해자의 죄책감은 갈 곳을 잃고 사회적 무의식 속에 봉인된다. 범죄는 최대한 과소평가되고 본래 국가의 책임인 진상규명은 소홀해졌고, 무엇보다 조선인의 생명이 경시되었다. 그 때문에 현재까지도 관동대지진 때 사망한 수많은 희생자들의 이름도 알 수 없고 유족들에게 유골조차 돌아오지 않은 채다.

「사람을 죽였나?」에서도 현실에서 모델을 죽였을지도 모르지만 그 가해가 은폐된 이상, '나'는 그녀의 '죽음'을 애도할 수도 없고 자신의 죄를 받아들이고 책임을 질 수도 없다. 이와 같은 모델에 대한 애도의 불능을 쓴 이 소설은 조선인학살죄가 사회적으로 은폐되어 있는 상황에서, 내가 "사람을 죽였나?"라는 불안에 휩싸인 지진 이후의 상황을 상징적으로 이야기하고 있는 것이다

---

40   山田昭次, 『関東大震災時の朝鮮人虐殺とその後－虐殺の国家責任と民衆責任』, 創史社, 2011,
     p.96.
41   Ibid., p.217.

5. 맺음말 폭력의 기억과 빙의하는 유산

이 글에서는 나카무라 고쿄의 사례보고 「이중인격 소년」과 아쿠타가와 류노스케의 소설 「사람을 죽였나?」를 중심으로, 조선인학살을 둘러싼 '애도의 불능'이라는 관점에서 고찰했다. 고쿄의 텍스트에는 조선인에 대한 애도가 불가능한 식민지적 상황에서 조선 마적 학살이라는 트라우마를 소년이 체내화하여 외상을 반복강박하는 모습이 기록되어 있다. 소년에게 빙의하여 도둑질을 일삼는 조선 마적의 망령 = 다른 인격은 조선을 훔친 일본으로부터 조선을 되찾으려 한다는 점에서 제국일본에 대한 저항을 드러낸다. 고쿄는 최면치료로 망령의 퇴마를 시도하지만 애도 작업이 완수되지 않은 이상 조선인 망령은 재림할 것이다. 아쿠타가와 류노스케는 관동대지진 이후 집필한 텍스트에서 '불령선인'은 다름 아닌 자경단의 섬뜩한 거울상像이라는 인식을 제시하며 그 폭력을 '살육을 즐기는' 쾌락, 특히 교살 = 강간살인으로서 썼다. 아쿠타가와의 유고 「사람을 죽였나?」는 학살당한 조선인의 망령을 두려워하는 주체를 그린다. 지진 이후 애도의 무능이 모델 교살이라는 형태로 가해의 반복을 낳고 그 폭력이 다시금 은폐되어 가는 가운데, 죄를 두려워하는 지진 후 사회의 불안이 기록되어 있다. 두 텍스트 다 조선인학살이라는 가해자의 트라우마가 망령적으로 회귀하여 주체를 괴롭히는 양상이 묘사되어 있는데, 그 배경에는 학살을 부인하고 추모를 거부하는 가해자의 애도의 무능이 있다.

조선인에 대한 애도의 불능이 문제인 이유는 그것이 '빙의하는 유산'

으로서 후대에도 빙의되기 때문이다. 가브리엘레 슈바브는 세대를 초월한 트라우마의 전달을 이론화한 니콜라 아브라함과 마리아 트로크를 언급하며 다음과 같이 말한다.

그 / 녀들의 기본 전제는 트라우마가 철저하게 조작되고 통합되지 않는 한 다음 세대로 계승된다는 점이다. 만약 이런 일이 발생하면 다음 세대 사람들은 이전 세대의 심리적 유산을 물려받아 개인의 경험이 아닌 부모나 친척, 혹은 사회의 심적 갈등이나 외상이나 비밀에 기인한 증후를 보일 것이다. 이 과정은 마치 개인이 이전 세대의 망령, 즉 미해결된 문제에 사로잡혀 있는 것처럼 경험된다. 사람들은 폭력적이고 수치스러운 역사를 감추려는 경향이 있다. 이를 자신과 분리하여 봉인하기 위해 마음의 매장실, 즉 과거의 망령이 깃든 정신의 무덤을 만든다. 이 매장실은 침묵을 만든다. 그러나 이야기되지 않거나 이야기할 수 없는 비밀, 느껴지지 않거나 부인된 아픔, 비밀에 부쳐진 수치심, 은폐된 범죄, 폭력의 역사는 그와 관련된 당사자뿐만 아니라 많은 경우 그 후손들의 삶에도 영향을 끼치고 혼란에 빠뜨린다.[42]

관동대지진 이후 정부는 조선인학살 사실을 은폐하고 추모 시도를 방해했다. 이러한 동시대 애도의 불능은 '빙의된 유산'이 되어 후대에 전승된다. 코리아타운 거리에서 재일조선인에 대한 혐오발언과 증오범죄를 저지르는 인종차별주의자들, 학살을 부정하는 역사수정주의자들, 조

---

42 Gabriele Schwab, *Haunting legacies : Violent Histories and Transgenerational Trauma*, New York : Columbia University Press, 2010, p.49.

선인학살에 대한 추모를 거부하는 정치인들은 이 '빙의된 유산'에 사로잡힌 후손들이다. 백 년 전 9월 대지진 후의 도쿄에서, 아니 전국 각지에서, 우리 조상들은 내가 '사람을 죽였나?'라는 불안에 휩싸여 두려워했다. 그렇기 때문에 역사적 사실을 부정하고 가해의 트라우마를 반복강박한다. 또는, 자민족의 끔찍한 역사를 지식으로 알고는 있지만 그 지식으로부터 감정을 해리시켜 무관심이나 무감동으로 일관하는 사람들에게도 지진 후의 망령은 빙의되어 있을지도 모른다.

이 같은 폭력의 반복을 저지하기 위해서 애도의 작업이 요청된다. 폭력의 희생자 조선인들을 애도하기, 그것은 마주하고 직시하지 못하는 자민족에 의한 폭력의 역사를 고개를 돌리지 않고 똑바로 바라보는 일과 다르지 않다. 가해자의 사회가 이러한 작업을 수행하는 데는 고통이 따를 것이다. 그러나 그렇게 상처를 입지 않는 한 역사의 외상은 치유될 수 없다. 애도는 고통과 분리될 수 없다.

이 글은 일본어로 작성되었으며 이승준(李承俊 / Lee Seung-jun, 세종대학교 국제학부 일어일문학 전공 조교수, 일본근현대문학 전공)이 번역했다.

초출
이 글의 제2, 3절은 堀井一摩, 「「朝鮮人虐殺と喪の不能－芥川龍之介「人を殺したかしら?」」(『社会文学』, 2024년 3월)를 가필·수정한 것이다.

참고문헌

단행본

一柳廣孝, 『無意識という物語』, 名古屋大学出版会, 2014.

姜德相, 『新装版 関東大震災』, 新幹社, 2020.

小谷瑛輔, 「芥川龍之介の文学と「世紀末的な不安-地震・帝国・怪異」」, 一柳廣孝監修・茂木謙之介 編著, 『怪異とは誰か』, 青弓社, 2016.

ニコラ・アブラハム・マリア・トローク, 港道隆ほか訳, 『狼男の言語標本-埋葬語法の精神分析/付・デリダ序文「Fors」』, 法政大学出版局, 2006.

西崎雅夫 編著, 『〈普及版〉関東大震災朝鮮人虐殺の記録-東京地区別1100の証言』, 現代書館, 2020.

森茂起 編, 『埋葬と亡霊-トラウマ概念の再吟味』, 人文書院, 2005.

山田昭次, 『関東大震災時の朝鮮人虐殺とその後-虐殺の国家責任と民衆責任』, 創史社, 2011.

A. ミッチャーリッヒ・M. ミッチャーリッヒ, 林俊一郎・馬場謙一訳, 『喪われた悲哀-ファシズムの精神構造』, 河出書房新社, 1972.

Dominick LaCapra, *Writing History, Writing Trauma*, second edn, Baltimore : Johns Hopkins University Press, 2014.

Gabriele Schwab, *Haunting legacies : Violent Histories and Transgenerational Trauma*, New York : Columbia University Press, 2010.

'메이지의 밝음'과 전후 후기의
대중 내셔널리즘

'시바 료타로시대'와 '쇼와시대 어둠'의 후경화

후쿠마 요시아키

1. 들어가며 '전국시대' '메이지시대' 속의 '어두운 쇼와'

작년 2023년은 작가 시바 료타로[1923~1996]가 태어난 지 100년이 되는 해였다. 시바는 전후를 대표하는 역사소설가로 『료마가 간다』, 『언덕 위의 구름』, 『나는 듯이』, 『항우와 유방』 등 여전히 많은 작품이 사랑을 받고 있다. 장편소설은 40여 작품에 이르며, 이 밖에도 단편소설, 강연록, 대담록, 기행문, 에세이, 역사론·문명비평 등을 합치면 저서는 200권을 웃돈다. 역사소설 『올빼미의 성』[1960]으로 나오키상을 수상했고, 이 밖에도 기쿠치간상[『나라 훔친 이야기』, 『료마가 간다』, 1966], 아사히상[1982], 문화공로자[1991], 문화훈장[1993]을 수상하는 등 높은 평가를 받아 왔다. 베스트셀러가 된 작품도 많아서, 300만 부 이상을 기록한 작품만 15편에 이른다. 그중에서도 『언덕 위의 구름』은 누계 발행 부수가 약 2,000만 부에 달하고, 『료마가 간다』는 2,500만 부나 된다.2022년 6월 기준 전후 일본에서 시바만큼 많은 독자를 획득한 역사소설가는 없다. 시바가 국민 작가라고 불리는 이유이다.

시바의 역사소설을 보고 있으면 아시아·태평양전쟁을 떠올리게 하는 서술을 다수 발견하게 된다. 예를 들어 러일전쟁을 다룬『언덕 위의 구름』에서는 애초 '산 중턱에 산병호散兵壕만 있을 정도로 방어가 빈약했던 203고지를 노기 마레스케乃木希典가 이끄는 제3군이 '얼마 되지 않는 병력으로 공격하는 시늉'만 하고 끝내는 바람에 러시아의 요새화를 촉진하는 계기만을 제공했다고 지적했고, 이후 거듭된 제3군의 병력 소모를 언급하면서 '노기부대가 러시아에 어중간한 자극을 주는 바람에 러시아의 요새화를 독촉하는 꼴이 되었다. 노기 군사령부가 범한 무수한 실패 가운데 가장 뼈아픈 것이었다'라고 적고 있다.[1] 이 서술은 '병력의 순차적 투입'이 결과적으로 심각한 병력 소모를 불러, 막대한 군사적 손실을 초래했던 과달카날전투를 떠올리게 한다.

이 같은 서술은 메이지 근대를 다룬 작품에만 한정되지 않는다. 시바는『항우와 유방』에서 진나라가 초나라군대를 상대하면서 병력을 야금야금 투입하는 바람에 궤멸에 빠졌다고 지적하면서 '결과적으로 병력을 순차적으로 투입하는 꼴이 되고 말았다'라고 적고 있다.[2] 오사카전투를 그린『성채』에서는 사카이堺 방면의 파병을 앞두고 처음에 요구했던 병력의 절반밖에 내어주지 않는 오노 슈리大野修理에게 사나다 유키무라真田幸村가 '예로부터 병력을 인색하게 쓰는 사람치고 성공한 사람은 없다'라

1   司馬遼太郎,『坂の上の雲』第4巻, 文春文庫, 1978, p.360.
2   司馬遼太郎,『項羽と劉邦』上巻, 新潮文庫, 1980, p.361.

며 불만을 표출했다.[3]

쇼와 육군에 관한 언급도 적지 않다.『언덕 위의 구름』에서는 뤼순 요새 공방전에서 백병전을 반복하며 불필요하게 병력만 소모하는 노기 군을 언급하면서 '일본 육군은 전통적으로 기술을 경시하는 경향이 있었다. 적의 기술에 대해 용기와 육탄으로 맞서는 것이 자랑이기도 했다'라고 적고 있다.[4]

그렇다면 시바는 전국시대나 메이지시대, 또는 중국 고대를 그린 역사소설 속에 어째서, 그리고 어떤 '지난 전쟁'을 삽입한 것일까. 여기에는 시바의 어떤 전쟁 전후의 체험이 관련된 것일까. 어떤 이유로 시대 배경이 다른 작품 속에서 '지난 전쟁'을 이야기한 것일까.[5]

물론 작품 속에 삽입된 메이지나 전국시대의 묘사는 역사적 사실에

3　司馬遼太郎,『城塞』中巻, 新潮文庫, 1972(2002年 改版), p.292.

4　司馬遼太郎, op. cit., 1978, pp.176~177.

5　시바 료타로에 대해서는 그 사상이나 문학에 텍스트 내재적으로 접근하는 연구(대표적으로 松本健一,『增補 司馬遼太郎の「場所」』, ちくま文庫, 2007; 成田龍一,『司馬遼太郎の幕末・明治』, 朝日選書, 2003; 同『戦後思想家としての司馬遼太郎』, 筑摩書房, 2009; 半藤一利,『清張さんと司馬さん』, 文春文庫, 2005 등) 이외에 역사학 관점에서 근대사 이해의 오류를 짚는 연구도 적지 않다(中村政則,『『坂の上の雲』と司馬史観』, 岩波書店, 2009; 原田敬一,『『坂の上の雲』と日本近現代史』, 新日本出版社, 2011 등). '밝은 메이지'와 '어두운 쇼와'를 이항 대립적으로 그리는 (것처럼 보이는) 점에 대해서는 많은 비판이 있다. 하지만 시바는 에도막부 말기의 유신시대나 메이지시대뿐만 아니라 전국시대 등에 대해서도 많은 역사소설을 남겼다. 이 작품들을 폭넓게 살펴보고 '시바가 왜 다른 시대 배경으로 우회했고, 이를 통해 어떤 "지난 전쟁"을 그리려 했는지', '이 점이 사회에 (특히 주요 독자인 샐러리맨 층) 어떻게 받아들여졌는지'에 대해 주목한 연구는 이제까지 별로 없었다. 하지만 이 질문은 '역사소설이라는 대중문화 속에 어떻게 "지난 전쟁"이 녹아들었는지', '이 것이 독자에게 어떻게 수용되었는지'를 되짚는 과정으로 이어질 것이다. 참고로 시바의 생애과정과 전쟁 체험 및 시바 작품의 사회적 수용에 대해서는 福間良明,『司馬遼太郎の時代』(中公新書, 2022)를 참조.

비추어 볼 때 부정확한 부분도 적지 않다. 하지만 이는 결코 역사학 학술서가 아니라 어디까지나 역사를 배경으로 한 소설이다. 이런 묘사를 통해서 어떤 '지난 전쟁'이 재조명되었고, 사회에 어떻게 받아들여졌을까. 이 글에서는 시바 료타로의 작품을 다루면서 '대중문화로서의 역사소설'과 '전쟁'의 관계에 대해서 역사 사회학적인 관점에서 검토해 보고자 한다.

2. 역사소설 속의 '전쟁'

1) 기술과 합리성에 대한 관심

시바는 역사소설 속에서 군사 전략의 합리성 결여에 대해 종종 언급했다. 『언덕 위의 구름』에서는 병력과 물자 부족을 소수의 기습 공격에 의지하는 일본군의 악폐를 지적하면서 '오다 노부나가織田信長가 자신의 성공 경험인 오케하자마桶狭間전투를 자기 모방하지 않고 항상 적의 배에 달하는 병력을 집결시키고 충분한 보급을 한 점을 생각하면, 러일전쟁 이후 일본의 육군 수뇌부는 과연 전문가라는 고도의 호칭을 부여해도 될는지 의심스럽다'라고 적고 있다.[6] 군사적 합리성과 실현 가능성을 고려하지 않아 실패로 끝난 임팔전투를 떠오르게 하는 서술이다.

『신사태합기』에서는 미노美濃의 군전략가 다케나카 한베에竹中半兵衛가 주색에 빠진 어리석은 다이묘 사이토 다쓰오키斎藤竜興를 일깨우려고 철

---

6   司馬遼太郎, op. cit., 1978, p.247.

옹성으로 알려진 이나바稻葉 산성을 소수 인원으로 점령했다가 얼마 후 다시 다쓰오키에게 내어주고 자신은 오미近江로 물러난다. 이는 한베에를 얕보는 '패거리'다쓰오키의 추종자들에게 군사 전략에 대한 기량을 보여주려는 데에 주안점이 있었다. '기량을 보여주는 것이 이 남자의 욕망이었을 뿐 성이나 영토 그 자체를 원하지 않았다'는 것이 시바의 이해였다.[7] 군사적·전술적 합리성과 정밀도를 중시했던 시바의 태도를 엿볼 수 있는 대목이다.

이러한 문제의식은 필연적으로 '기술'을 중시하는 자세로 직결되었다. 시바는 『언덕 위의 구름』에서 봉천회전奉天會戰 당시 사용되었던 야전포1931년도식 속사 야전포의 낮은 기술 수준을 지적하면서 일본 육군의 오랜 전통이었던 기술력에 대한 정신적 도량의 협소함'을 읽어냈다. 여기서 말하는 '도량의 협소함'이란 "'일본은 이 정도면 된다"고 하는 기묘한 자기규정'을 가리킨다. 시바에 따르면 이러한 자기규정은 내란진압을 염두에 두고 창설된 일본 육군의 타고난 '전통적 성격'이었고, 이는 쇼와 육군이 소멸할 때까지 이어졌다. 그리고 이것은 '기술력 부족은 정신력으로 채운다는 일종의 화려하고 광적인 몽상 — 다도의 정신미에 필적하는 — 에 취한 괴이한 전통'의 기원을 이루었다.[8]

이러한 사고방식 아래에서 '산화'나 '죽음의 미학'을 거부하는 것은 당연했다. 오사카전투를 무대로 한 『성채』에서는 "무사는 당당함이 첫째이고, 승패는 제2, 제3의 일"이다. "당주아사노가의 당주·아사노 나가아키라(浅野長晟)였

---

7   司馬遼太郎, 『新史太閤記』上卷, 新潮文庫, 1973(2007年 改版), p.231.
8   司馬遼太郎, 『坂の上の雲』第7卷, 1978, p.67.

어도 싸우다 죽기를 각오했을 것이다"[9]라며 부하에게도 이를 강요하는 아사노가의 지휘대장 아사노 다다토모浅野忠知를 거론하면서, 군사 전략의 합리성이 '죽음의 미학'으로 인해 후경화하는 어리석음에 대해 이렇게 적고 있다.

전국시대의 전성기라고도 부를만한 겐키元亀·덴쇼天正 연간에는 장수가 함부로 이런 말을 입에 올리지 않았다. 싸우다 죽는다는 말은 패배를 의미한다. 전국시대에 전쟁은 이기기 위해 존재했고, 질게 뻔한 싸움은 피했다. 피하지 못하면 항복했다. 항복하지 않을 때는 악조건 속에서도 어떻게든 이기고자 지혜를 짜냈고, 불가능하다고 여기는 행동까지 마다하지 않았다.

죽음을 미美라고 생각하게 된 것은 에도 초기, 특히 중기 전후부터로 태평시대가 낳은 특이한 철학이었지만, 어찌 되었든 전국시대의 무사는 어디까지나 이겨야 했고 사람들은 승리만을 갈구했다. 설령 모든 계책이 다하여 일시적으로 항복한다고 할지라도 이는 훗날 이기기 위한 편법일 때가 많았다.[10]

'죽음'에서 장렬미를 찾으려는 태도가 군사 전략의 합리성을 깊이 고려하지 못하게 하고, 전투의 목적조차 돌아보지 못하게 만든다. 이에 대한 시바의 초조함이 드러나는 대목이다.

---

9   司馬遼太郎, 『城塞』下卷, 新潮文庫, 1972(2002年 改版), pp.265~266.
10   Ibid., pp.264~265.

2) 전차병 체험

이러한 문제의식의 배경에는 전차병으로 복무한 경험이 있었다. 1923년 8월에 오사카에서 태어난 시바는 1943년 10월에 오사카외국어학교를 조기 졸업하고 같은 해 12월에 전차 제19연대^{효고현 가코가와}에 입대했다. 신병 교육을 마치고 만주·시헤이^{四平}육군전차학교를 거쳐 수습 사관으로 전차 제1연대^{만주 무단장}에 배속되었다.

시바가 볼 때 일본군의 전차는 소련군 전차에 비해 장비가 열악했다. 89식 중전차나 97식 중전차는 강판의 두께나 포의 관통력 측면에서 '적의 전차에 맞설 방어력도 공격력도 없는 것이나 마찬가지'였다.[11] 이후 개발된 3식 중전차는 장갑의 두께가 증강되었고, 포탑 앞면의 두께도 97식의 두 배인 50mm가 되었다. 그러나 시바가 시험 삼아 포탑을 줄칼로 갈아 보니 하얗게 긁힌 자국이 생겼다. 고강도 특수강이 아니라 일반 철을 사용했기 때문이다.[12] 방어 성능, 나아가서는 기술 자체를 경시하는 쇼와 육군에 대해 시바는 다음과 같은 환멸을 품게 되었다.

전차는 군의 선봉을 담당하는 병종으로, 그 소란하고 거대하며 둔중한 물체가 일단 적의 시야에 들어가면 적은 일대의 화력을 전부 여기에 집중하여 먼저 이를 무너뜨리고자 전력을 쏟는다. 전차의 전술적 행동에는 비행기 같은 자유로움도 화려함도 없었다. 실로 음울한 탈 것이고, 또 전차병의 전사만큼 섬뜩한 상황도 없다. 예를 들면, 적의 철갑탄이 전차의 옆구리를 뚫고 들어와

---

11   司馬遼太郎, 『歷史と視点』, 新潮文庫, 1974(2009年 改版), p.45.

12   Ibid., p.67.

도 반대쪽 옆구리를 관통할 힘이 부족해서 전차 내부를 획획 믹서기처럼 선회하기 때문에 승무원의 살과 뼈는 갈가리 찢기고, 시신을 수습할 때는 한 조각씩 젓가락으로 집어서 밖으로 꺼내야 한다. 젊은 혈기에 죽음은 두렵지 않았으나 자신이 다진 고기가 된다는 상상은 유쾌하지 않았다.[13]

총기를 손에 들고 전장을 누비는 보병에 비하면 전차병은 중후한 장갑으로 덮여있기에 그 화력은 보병의 총에 비할 바가 아니었다. 그러나 전차는 군의 선봉에 서서 적의 공격을 한 몸에 받아내야 한다. 그런 만큼 전차의 성패는 장갑의 강도, 주파력, 속도, 포의 관통력 같은 '기술'에 달려있었다. 이런 의미에서 정신주의나 보병력에 무게를 두는 일본 육군 내에서는 이질적인 존재였고, 오히려 '기계'에 대한 의존도가 높은 해군과 통하는 면이 있었다.

장갑이 적 전차의 포격을 견딜 수 있다면 승무원의 안전성은 일정 정도 확보되지만 그렇지 않으면 민첩성이 떨어지는 전차 승무원들에게 도망칠 곳은 없다. 전차 안으로 포탄이 관통하면 파편이 내벽에 부딪혀 이리저리 튀면서 승무원의 사지를 순식간에 조각내버린다. 이는 '운과 용기와 용병의 기량에 따라 어떻게든 적에게 저항해 볼 여력이 있는' 보병에게는 존재하지 않는 공포였다.[14]

실제로 일본군 전차부대는 소련군이나 미군과의 교전 중에 종종 큰

13   Ibid., pp.31~32.
14   「足跡－司馬氏自身による自伝的斷章集成」,『文藝春秋』臨時增刊号(『司馬遼太郎の世界』), 1996.5, p.277.

타격을 입었다. 할힌골전투[1939]에서 전차 제3연대는 전차의 절반을 잃고 연대장이 전사했다.[15] 1945년 초에는 필리핀 전선에서 95식 경전차와 97식 중형전차가 미군과 대치했지만 75mm의 거포를 탑재한 M4 중형전차에 대적하지 못해서 전차부대의 궤멸이 잇따랐다.[16]

이런 측면에서 '자신이 다진 고기가 될지 모른다'는 공포에 시달렸던 시바가 훗날 종종 기술적 합리성에 중점을 둔 서술을 한 것은 어찌 보면 필연이었다. 다시 말해, 시바에게 정신주의나 '죽은 자의 미학'은 기술 합리성이나 군사 합리성으로부터 눈을 가리는 것들에 불과했다.

3) 엘리트 비판

이러한 문제의식은 전쟁을 주도한 군 엘리트에 대한 반감으로 이어졌다. 시바는 이후 할힌골전투에 대해 언급하면서 이렇게 적고 있다.

> 소련의 BT 전차도 대단한 전차는 아니긴 했지만, 다만 89식 일본 전차보다 장갑이 두껍고 포신이 길었다. 전차전에서 정신력은 아무런 도움도 되지 못한다. 전차 간의 전투는 장갑의 두께와 포의 크기만으로 승부가 나는 것이다.
>
> (…중략…)
>
> 할힌골에서 살아남은 일본군 전차 소대장, 중대장 몇 명이 발광해 폐인이 되었다는 이야기를 나는 전차학교 시절 듣고 전율한 적이 있다. 명중해도 뚫지 못하는 무기를 손에 쥔 채 전쟁터로 내몰리면 착실한 장교일수록 발광하

---

15 島田豊作ほか, 『戦車と戦車戦』, 光人社NF文庫, 2017, p.275.

16 Ibid., p.279·397.

는 것도 당연하다. 이것만 보아도 일본 육군 수뇌부에는 변변한 전쟁 지도 능력이 없었다고 할 수 있다.[17]

기술 문제를 중시하지 않고 걸핏하면 정신주의에 의존하는 군의 행태에서 시바는 전쟁 지도력의 결여를 읽어냈다. 이는 다름 아닌 전차부대의 시바와 전우들의 생사를 좌우하는 것이었다.

일본군의 전차 개발 배경에는 '가급적 가벼운 것이 필요하다. 전차의 전투력이 떨어지는 측면은 작은 크기나 수를 늘리는 방법으로 보충한다' 참모본부 작전 과장·시미즈 노리츠네 대령, 제14회 군수심의회, 1936.7.22와 같은 군 상층부의 '경전차론'이 있었다고 추정된다.[18] 이에 대해 과거 전차연대 중대장을 지낸 군역사학자 도몬 슈헤이土門周平는 '약한 전차가 10대 있어도 강한 전차가 한 대 있으면 모두 당한다는 전장의 실상에 눈을 감고 있다', '적의 전차와 대전하면서 필승 전략을 어디에 둘 것인지에 대한 발상은 거의 찾아볼 수 없다'고 잘라 말했다.[19]

이와 같은 조직풍토 아래에서 도착적인 논리가 탄생하게 된다. 전쟁 말기에 도치기栃木의 전차부대에서 본토 결전을 준비하던 시바가 참모에게 남하하는 전차 앞에 피난민이 쇄도하면 어떡해야 하는지 물었더니 참모가 '죽이고 가라'고 대답했다고 한다. 이 말을 들은 시바는 '적과의 전쟁에서는 지면서 자국민에게는 이긴다는 말인가. (…중략…) 이런 괴이

17   司馬遼太郎, 「軍神·西住戦車長」, 『オール読物』, 1962.6. 인용은 『司馬遼太郎全集』 第32卷, 1974, p.371.
18   土門周平, 『日本戦車開発物語』, 光人社NF文庫, 2003, p.250.
19   Ibid., p.149·251.

한 사회에 속해 있다'는 것에 '이루 표현할 수 없는 불쾌한' 마음을 느꼈다고 한다.[20]

우리 전차는 미국의 전차는 도저히 이길 수 없지만, 같은 일본인의 짐수레가 상대라면 이길 수 있다. 그러나 그 짐수레를 지키기 위해 군대가 있고 전쟁도 하는 것인데 전쟁 수행이라는 지상 목표, 혹은 드높은 사상이 전면에 나서게 되면 도리려 일본인을 죽이는 것이 논리적으로 옳은 일이 된다. 내가 사상이란 그것이 어떤 사상이라 할지라도 이와 비슷하다고 생각하게 된 것은 이때부터였다. 바꿔 말하면, 오키나와沖縄전투에서 주민들이 군대에 학살당한 사실도 널리 알려진 바대로 그것이 오키나와만의 특수 상황이었다고는 도저히 생각할 수 없다. 미군이 오키나와를 선택하지 않고 사가미만相模湾을 선택했다고 해도 분명 같은 상황이 벌어졌을 것이다.[21]

시바가 전쟁 말기의 체험을 통해 깨달은 사실은 군대가 국민을 지키지 않고 군대를 지키는 자체를 자기 목적화하는 도착이었다.

하지만 후대의 역사학자 중에는 이 에피소드에 의문을 품는 사람도 있다. 군역사학자인 하타 이쿠히코秦郁彦는 당시 본토 결전 작전 입안을 담당했던 참모본부 관계자와의 인터뷰를 통해서 시바의 부대가 있던 사노佐野에 가서 그런 발언을 한 참모가 있었다는 말은 믿기 어렵다고 지적했다. 당사자로 지목된 전 참모도 '본토 결전 준비에 정신이 없는 상황에

---

20 「インタビュー 司馬遼太郎氏に聞く」, 『早稲田文学』第8次, 1981.12, pp.20~21.
21 司馬遼太郎, 『歴史と視点』, 新潮文庫, 1974(2009年 改版), p.102.

서 사노까지 갈 시간이 있었겠는가'라며 부정했다고 한다.[22]

그러나 설사 그렇다손 치더라도 국민을 지키는 일을 외면하고 군 상황을 우선시하는 행태에 시바가 뿌리 깊은 반감을 품고 있었음은 부인할 수 없다. 실제로 오키나와전투에서는 일본군이 방공호에 숨은 주민들을 몰아내고 미군의 공격으로부터 목숨을 지키려 하는 일이 빈번히 발생했다. '철의 폭풍'이라고 형용될 정도로 포탄이 난무하는 상황이었던 만큼 방공호에서 쫓겨난다는 말은 바로 죽음을 의미했다. 시바가 환멸을 품은 것은 이러한 군의 논리였다.

4) 학교 엘리트에 대한 거리감

조직 병리와 도착을 낳은 엘리트에 대한 비판은 시바의 역사소설 곳곳에 등장한다. 『료마가 간다』에서는 가쓰 린타로勝麟太郎가 사카모토 료마坂本竜馬에게 '정치는 모두 문벌로 한다. 이는 다이묘들도 마찬가지다. 막부의 고관도 제후의 가신도 두뇌로 봐서는 반편이로 길가의 소방 인부가 더 낫다'[23] 라고 말하는 장면이 있다. 이 부분은 확실히 막부 정권의 '문벌'에 쇼와의 군 관료가 투영되어 있다. 『언덕 위의 구름』에서도 '미국과 전쟁을 하고 싶다는 육군의 강렬한 요구, 아니 협박에 모두가 몸을 사려 침묵했다. 육군 내부에서도 아주 소수의 냉정한 판단력이 있는 사람들은 모조리 좌천되었다'라고 적고 있다.[24] 이 역시 합리적인 판단을 저해하고 보신을

---

22   秦郁彦, 『昭和史の秘話を追う』, PHP研究所, 2012, p.116.

23   司馬遼太郎, 『竜馬がゆく』第3巻, 文春文庫(新装版), 1998, p.205.

24   司馬遼太郎, op. cit., 1978, p.316

강요하는 엘리트 관료에 대한 불쾌감을 드러내는 대목이다.

이는 교양 엘리트에 대한 위화감과도 연결된다. 『세키가하라』에서는 이시다 미쓰나리石田三成에 대해 '글자도 제대로 쓰지 못하는 다이묘도 많은 가운데, 논어 등을 거의 외울 정도로 알고 있었고 자신의 교양에 대한 교만함도 있어서 다른 동료들을 얕보았다'라고 쓰고 있다.[25] 이러한 면이 세키가하라전투에서 장수로서의 조화와 인망이 부족하여 진형에서 동군도쿠가와군보다 우위에 있으면서도 단시간에 패주하게 된 원인이 되었다고 지적한다. 시바가 '교양주의자'에게 느낀 것은 '교양이 없는 사람'에 대한 멸시와 교만이었다.

여기에는 전차병 체험만이 아니라 학교나 입시를 둘러싼 체험도 관련되어 있다. 특히 시바에게 컸던 부분은 구제고등학교旧制高等学校 입시 실패였다. 시바는 중학교 4년을 마치고 구제 오사카고등학교에 응시했지만 결과가 좋지 않았다. 수학이 '문제의 의미조차 이해하지 못할' 정도로 서툴렀기 때문이다. 이듬해에는 '도쿄나 오사카의 학교는 수재들이 가겠지'라는 생각에 지원하지 않고 구제 히로사키고등학교에 응시했지만 역시 불합격이었다.[26]

구제고등학교 입시 실패는 '(자신에게는) 아무것도 없다, 재능도 없다, 학문도 없다, 끈기도 없다, 수학이 서툴러 돈 계산도 못 한다'라는 자신감 상실을 시바에게 안겨 주었다.[27] 시간이 흐른 뒤에도 '지금도 여전히

25　司馬遼太郎, 『関ヶ原』 上巻, 新潮文庫, 1974(2003年 改版), p.264.

26　「年譜」, 『司馬遼太郎全集』 第32巻, 文藝春秋社, 1974, p.504; 司馬遼太郎, 「年少茫然の頃」, 『司馬遼太郎の世紀』, 朝日出版社, 1996, p.106.

27　司馬遼太郎, 『歴史の中の日本』, 中央公論社, 1976(1994年 改版), p.299.

그 시절 꿈을 꾸고, 내 또래의 사람 중에 고등학교에 합격한 사람을 만나면 공연히 비하감에 빠진다'라고 말했다.[28] 시바에게는 그만큼 큰 좌절이었다.

그래서 어쩔 수 없이 들어간 곳이 구제전문학교^{관립}였던 오사카외국어학교_{훗날의 오사카외국어대학, 현재의 오사카대학 외국어학부} 몽고어과였다. 관립 전문학교 입시에서도 대부분 수학 시험을 봤지만 오사카외국어학교는 예외적으로 수학 과목이 없었다_{도쿄외국어학교는 입시 과목에 수학이 포함되어 있었다}. 시바를 포함하여 당시의 수험생에게 오사카외국어학교는 '수학 혐오자 구제 학교'[29]였다.

당시 고등교육_{구제고등학교·전문학교 및 대학 등} 진학률은 대략 2, 3%에 불과했고, 오사카외국어학교 등의 구제전문학교 진학자는 명백히 학력 엘리트였다. 그러나 고등교육세계의 '적통'은 어디까지나 구제고등학교에서 (제국)대학으로 나아가는 루트였다. 전문학교_{원칙적으로 3년 과정}는 대학 진학을 전제로 하지 않았고, 졸업생 대부분은 기업·관청 등에 취직했다. 오사카외국어학교도 예외는 아니었다. 그런 의미에서 구제고등학교 입시의 성패는 상류 엘리트로서의 장래가 열릴지, 아니면 중류 엘리트 이하에 안주하게 될지를 가르는 분기점이었다.

무엇보다 문과 과목부터 이과 과목까지 골고루 고득점을 올리는 학생과는 다른 타입의 학생들이 모인 곳이 당시의 오사카외국어학교였다. 이 학교에서 시바의 한 학년 위였던 진슌신^{陳舜臣}은 '어차피 구제고등학교

---

28   司馬遼太郎, op. cit., 1996, p.106.

29   大阪外国語大学同窓会 編,『大阪外国語大学70年史資料集』, 大阪外国語大学同窓会, p.122.

에 떨어졌으니 수재 행세를 해 봐야 소용없다. — 그런 삐딱한 기풍이 이 학교에 있었던 것 같다'라고 회상했다.[30] 군 엘리트나 교양 엘리트에 대한 시바의 '삐딱한' 태도도 이러한 시바의 학교 체험이나 입시 경험과 겹치는 부분이 있었다.

나아가 전후의 신문기자 경험도 '엘리트'나 '일류'와의 거리감으로 연결되었다. 제대 후 시바는 신문기자 자리를 얻었지만, 첫 근무지는 '전후에 우후죽순 생겨난 거품처럼 불안정한 자본의 신문사'였다.[31] '아사히나 마이니치를 노려봤자 소용없다'라는 생각 때문이었다.[32] 그 후 근무하던 신문사의 도산 등으로 시바는 산업경제신문사로 자리를 옮기게 된다. 『산업경제신문』은 전쟁기에 간사이關西의 경제지 30여 개사가 통합되어 발족한 준대형 신문이었지만, 『아사히신문』이나 『마이니치신문』에 비하면 규모가 작았다. 또한, 저명한 언론인이 아니라 재계인마에다 히사키치, 미즈노 시게오이 경영 총수를 맡았던 점에서도 다소 이색적이었다. 더욱이 시바는 교토·오사카의 문화부나 '사찰 탐방'을 오래 담당해서 정치부나 사회부 같은 '인기' 부서와는 별로 인연이 없었다.[33]

시바가 근무했던 신흥 신문사든 『산업경제신문』이든 '저속'한 기사를 다루는 신문이 아니었다는 면에서 결코 삼류가 아니었다. 하지만 그렇다고 『아사히신문』이나 『마이니치신문』 같은 '일류 신문'도 아니었으므로

---

30 陳舜臣, 「同窓·司馬遼太郎」, 『司馬遼太郎全集月報』(10), 文藝春秋, 1972, p.5.

31 福田定一, 『名言随筆サラリーマン』, 六月社, 1955, pp.131~132. 이 책은 시바 료타로의 저서로 산업경제신문사 재직 중에 본명 후쿠다 데이이치(福田定一)으로 간행되었다.

32 産経新聞社, 『新聞記者 司馬遼太郎』, 文春文庫, 2013, p.31.

33 Ibid..

말하자면 '이류' 신문사였다.[34] 게다가 시바의 담당은 신문사 내에서도 외연 분야였다. 이에 대한 굴절을 시바가 특별히 표현하지 않았지만 적어도 시바는 신문기자로서 엘리트적인 존재는 아니었다.

앞에서 서술한 바와 같이 시바는 전국시대나 메이지시대를 다룬 역사소설에서 쇼와 육군의 뒤틀린 측면을 중첩하여 표현했다. 특히 기술과 합리성을 경시하고 이론을 배척하는 군 엘리트에 대한 반감은 시바의 다양한 역사소설 곳곳에 각인되어 있다. 이러한 정념이 형성된 배경에는 전차병 복무 경험과 함께 '적통'이나 '일류'에서 소외되어 '비주류'로 나아갈 수밖에 없었던 전쟁 전후의 경험이 있었다.

5) 우회 선택

그 연장선에서 시바가 도달한 지점이 전국시대나 에도막부 말기의 유신시대에 대한 관심이었다. 시바는 『역사 속의 일본』에서 '전국시대에는 태양조차도 훨씬 더 이글이글 타올랐다. 개개인은 저마다 매우 생명력이 넘쳤고, 자신의 생명력을 표현하기 쉬운 시대였다'라고 적고 있다. 이는 중세적인 불합리와 굴레를 타파하려 했던 『나라 훔친 이야기』의 사이토 도산斎藤道三과 오다 노부나가織田信長, 『신사 태합기』의 하시바 히데요시羽柴秀吉의 인물상에 투영되어 있다. 그리고 이러한 전국시대의 이미지는 '근대적 중앙집권 국가의 가공할 만한 권력에 의해 사람들이 동원되었을 뿐 개개인의 의지로 개개인의 인생을 액티브하게 만든 시대가 아니

---

34 1949년에 『産業経済新聞』에 흡수된 『大阪時事新報』의 '이류' 자리매김에 대해서는 松尾理也, 『大阪時事新報の研究』, 創元社, 2021에 상세히 기술되어 있다.

었던' 태평양전쟁기와 대비된다.[35]

이는 『화신』이나 『료마가 간다』의 배경인 에도막부 말기에도 해당한다. 『화신』에서는 시골 의사에 지나지 않았던 무라타 조로쿠오오무라 마스지로·大村益次郎가 서양 학문을 연구하고 서양 군사학에 통달하여 철저한 군사 합리성과 유연한 사고를 바탕으로 조슈정벌幕長戰爭과 보신전쟁戊辰戰爭에서 승리를 거듭한다. 『료마가 간다』에서는 신분 질서나 번藩의 제약을 떨쳐내고, 그렇다고 '존왕양이'의 이데올로기를 고집하지도 않으면서 삿쵸동맹薩長同盟이나 다이세이봉환大政奉還을 실현해 가는 사카모토 료마의 유연한 행동력이 그려져 있다. 시바는 『료마가 간다』에서 '상식적으로 패배를 예견한 이 싸움아시아·태평양전쟁을 육군 군벌은 왜 일으켰을까. 그 이유는 미개, 맹신, 꽉 막힌 종교적 양이 사상이 유신의 지도적 지사들에 의해 제거되었기 때문에 쇼와가 되어서야 무지한 군인들의 머릿속에서 소생했고, 이것이 놀랍게도 「혁명 사상」의 껍데기를 쓰고 군부를 움직여서 마침내 수백만의 국민을 죽음으로 내몰았다'라고 쓰고 있다.[36] 쇼와 육군의 불합리나 정신주의와는 다른 평온함을 이 같은 역사소설 속에서 그리고자 한 것이다.

이는 시바의 '메이지' 이미지와도 중복된다. 『언덕 위의 구름』 제1권단행본, 1969의 맺음말에서 '메이지'는 한없이 '좋았던 옛 시대'로 표현된다.

메이지는 극단적인 관료 국가시대이다. 우리에게는 두 번 다시 경험하고

35 司馬遼太郎, op. cit., 1976(1994年 改版), p.71.
36 司馬遼太郎, op. cit., 1998, p.199.

싫지 않은 제도이지만, 당시의 신 국민도 이를 그토록 꺼렸는지 그 속마음을 들여다보면 심히 의심스럽다. 사회의 어느 계층 어느 집안의 아이든 어떤 일정한 자격을 얻는 데 필요한 기억력과 끈기만 있다면 박사도 관리도 군인도 교사도 될 수 있었다. 그런 자격을 취득한 사람이 항상 소수였다고 해도 나머지 대다수는 자신 혹은 자기 자녀가 마음만 먹으면 언제든지 성취할 수 있다는 점에서 권리가 유지된다는 풍요로움이 있었다. 이런 '국가'라고 하는 열린 기관의 고마움을 웬만한 사상가나 지식인도 의심하지 않았다.

(…중략…)

정부도 작은 세대에 지나지 않았고, 여기에 등장하는 육·해군도 거짓말처럼 작았다. 동네 공장처럼 작은 국가 안에서 부분적인 의무와 권능을 부여받은 스태프들은 세대가 작았기에 그만큼 마음껏 능력을 발휘할 수 있었고, 팀을 강하게 만든다는 단 하나의 목적을 향해서 나아갔으며 그 목적을 의심할 줄도 몰랐다. 이 시대의 밝음은 이러한 옵티미즘낙천주의에서 왔을 것이다.[37]

여기에 그려진 '메이지'는 불필요한 관료제에 얽매이지 않고, 누구나 신흥 국가라는 작은 세대와 같은 '팀'을 '강하게 만든다는 단 하나의 목적' 아래에서 활동하는 사회이다. 그 '긍정성'과 '낙천주의'는 마음만 먹으면 누구나 '박사도 관리도 군인도 교사도 될 수 있다'고 하는 평등성에 기반한다.

물론 이 같은 역사 인식으로 인해 잘 보이지 않는 부분도 적지 않다.

---

37   司馬遼太郎, 「あとがき 一」, 『坂の上の雲』 第8卷, 文春文庫, 1978, pp.297~298.

에도시대에 신분제는 해체되었다고 하나 가난에 허덕이는 소작인층이나 과중한 노동에 시달리는 제사製絲공장의 여공들에게는 '입신'에 대한 기대나 '국가라고 하는 열린 기관의 고마움'을 곱씹기는 쉽지 않았다. 이런 의미에서 '메이지의 밝음'을 강조하는 듯한 시바의 서술은 단편적으로 보일 수 있다. 시바는 '맺음말'의 마무리에서 '올라가는 언덕 위 푸른 하늘에 만약 한 아름의 흰 구름이 빛나고 있다면 그것만을 바라보면서 언덕을 올라갈 것이다'[38]라고 쓰고 있지만, 이러한 메이지의 시대상은 여공의 슬픈 이야기나 지치부곤민당秩父困民党의 농민들을 배제할 때 비로소 성립할 수 있다.

6) 네거티브로서의 '밝음'

하지만 여기서 고려해야 할 점은 시바가 왜 이러한 시대상을 선택했는가이다. 시바가 이 시대에서 '밝음'을 읽어내려 한 이유는 전차 안에서 깨달은 '쇼와의 어둠'을 역으로 드러내고자 했기 때문이었다. 시바가 메이지시대전기나 에도막부 말기의 유신시대, 전국시대에서 '밝음'을 찾게 된 계기는 바로 전쟁 전후의 체험에 있었다. 자의적이며 합리성 결여로 조직 병리를 낳은 군 엘리트의 폭력성은 기술 합리성이 성패를 가르는 전차에 몸을 싣고, '이류'와 '비주류'의 길을 걸어온 시바의 생애과정이 있었기에 가능한 일이었다. 그 폭력의 음산함과 어둠을 부각하기 위해 메이지나 막부 말기, 전국시대의 '밝음'을 선택했다. 즉, '밝은 메이지'는

---

38   Ibid., p.298.

필름 사진에서 일컫는 포지티브가 아니라 어디까지나 '어두운 쇼와'라고 하는 포지티브를 비추기 위한 네거티브였던 것이다.

물론 이와 같은 묘사 방법으로는 '메이지'와 '쇼와'의 단절만이 강조되어 두 시대를 관통하는 폭력성은 잘 드러나지 않는다. 이 점은 많은 근대역사학자가 지적하는 바 그대로이다. 하지만 시바가 진정으로 주제화하려 했던 것은 전차병 체험과 '이류' 경력을 통해 깨달은 '쇼와의 어둠'이었다.

사바는 『언덕 위의 구름』 전8권을 통해서 '밝은 메이지'를 그렸고, 『화신』 전3권과 『료마가 간다』 전8권을 통해서 유신시대의 '밝음'을 기술했다. 전국시대의 '밝음'은 『나라 훔친 이야기』 전4권과 『신사태합기』 전2권 등에 서술되어 있다.[39] 그러나 이러한 서술의 구석구석에 시바의 전쟁 체험이나 전쟁 이전의 생애과정이 투영되어 있음은 전술한 그대로이다. 시바는 전국시대와 근대 초기의 '밝음'에 이토록 방대한 분량을 할애하여 시바가 증오했던 '쇼와의 어둠'을 그리려 한 것이다. 그 '밝음'은 포지티브가 아니라 어디까지나 '어둠'이라는 포지티브를 비추기 위한 네거티브였다.

그렇다면 시바는 왜 '지난 전쟁'에 대한 문제의식을 직접적으로 서술하지 않고, 전국시대나 에도막부 말기의 유신시대처럼 다른 시대를 배경으로 한 역사소설 속에 에둘러 삽입한 것일까. 그 배경에는 패전 당시 품었던 환멸이 있었다. 시바는 『'메이지'라는 국가』에서 이렇게 적고 있다.

---

39   모두 문고본(文春文庫, 新潮文庫) 권수이다.

나는 탱크 안에서 패전을 맞이하면서 "참으로 애국적이지 않은, 바보 같은, 부정직한, 나라를 전혀 소중히 여기지 않는 고관들이다. 에도 말기나 메이지 국가를 만든 사람들은 설마 이런 패거리는 아니었겠지"라는 생각을 뼈가 부서지는 듯한 고통 속에서 했습니다.[40]

이때의 '에도 말기나 메이지 국가'는 전국시대 등으로도 바꿀 수 있다. 시바는 '참으로 애국적이지 않은, 바보 같은, 부정직한, 나라를 전혀 소중히 여기지 않는 고관들'이 좌지우지하는 사회와는 다른 사회상을 쇼와시대 이전의 역사에서 찾으려 했다. 이런 의미에서도 전국시대나 메이지시대에서 '밝음'을 찾아내는 작업은 시바에게는 바로 '쇼와의 어둠'을 도출해 내는 작업이었다고 할 수 있다.

7) '밝음'과 '어둠'의 혼탁

그렇지만 시바가 '쇼와의 어둠'을 역으로 드러내는 '메이지'를 '밝음'으로만 그린 것은 아니다. 시바는 러일전쟁을 둘러싼 평가를 『언덕 위의 구름』단행본, 제2권, 1969의 '맺음말'에서 이렇게 적고 있다.

---

40 司馬遼太郎, 『「明治」という国家』, NHKブックス, 1994, pp.9~10. 또한 이에 관해서 시바는 『「昭和」という国家』(NHKブックス, 1999, pp.7~8)에서도 다음과 같이 말했다. "패전은 충격적이었습니다. / 이 충격은 조금 설명이 필요한데, 이 얼마나 한심한 전쟁인가 하는 생각이 먼저 들었습니다. 그리고 참으로 한심한 짓을 하는 나라에 태어났구나 하는 생각이 들었습니다. 패전한 날부터 며칠 동안을 생각에 빠져 있었습니다. 옛날 일본인은 지금보다 낫지 않았을까 하는 생각이 훗날 내가 일본사에 관심을 두게 된 계기가 되었지요."

요컨대 러시아는 스스로 패한 부분이 많았고, 일본은 뛰어난 계획성과 적군의 그러한 사정으로 인해 아슬아슬한 승리를 이어간 것이 러일전쟁이다.

전후 일본은 이 냉담한 상대 관계를 국민에게 가르치려 하지 않았고, 국민도 이를 알려 하지 않았다. 오히려 승리를 절대화하고 일본군의 신비한 힘을 신앙하게 되었고, 그 부분에서 민족적으로 바보가 되었다. 러일전쟁을 경계로 일본인의 국민적 이성이 크게 후퇴했고 그 채로 광란의 쇼와시대로 돌입했다. 머지않아 국가와 국민이 발광하여 태평양전쟁을 벌이다 패배로 끝난 것은 러일전쟁 후 불과 40년 만의 일이다. 패전이 국민의 이성을 일깨우고 승리가 국민을 광기로 만든다면 오랜 민족의 역사에서 전쟁의 승패는 참으로 불가사의한 것이다.[41]

러일전쟁이 우발적이고 박빙의 승리였음에도 불구하고 그것을 과대시했기 때문에 '일본군의 신비한 힘'이라는 신화가 생겼고, 태평양전쟁에서 패배를 자초했다는 지적이다. 시바에게 러일전쟁은 '밝은 메이지'의 도달점이었을 뿐만 아니라 '어두운 쇼와'의 시작점이기도 했다.

러일전쟁 당시, 혹은 그 이전의 '메이지'에서도 시바는 오로지 '밝음'만을 추구하지는 않았다. 앞서 서술한 바와 같이 『언덕 위의 구름』에서는 '무능'한 노기 마레스케를 제3군 사령관으로 임명한 번벌藩閥 인사의 경직성, 군 상층부의 기술 합리성에 대한 경시, 백병전으로 불필요한 병력 소모를 거듭하면서도 사고가 정지해 버린 제3군의 모습을 곳곳에 담고 있다.[42]

---

41 司馬遼太郎, 「あとがき 二」, 『坂の上の雲』 第8卷, 文春文庫, 1978, p.307.
42 최근 연구에서는 이러한 노기 상에는 비판적이다. 당시 군사기술에서는 견고한 토치

분명 시바는 '메이지는 리얼리즘의 시대였습니다. 그것도 맑고 격조 높은 정신이 뒷받침하는 리얼리즘이었습니다'[43]라고 말했고, 사람들이 '언덕 위'에 걸린 '한 아름의 흰 구름'을 목표로 나아가는 '밝은 시대'로 '메이지'를 종종 위치시켰다. 하지만 『언덕 위의 구름』만 해도 제목이 보여주는 '밝음'만으로 일관하지 않았고 '쇼와'로 이어지는 '메이지의 어둠'에 대해서도 적잖이 언급한다.

'밝음'에 대한 부정은 다른 주요 작품에도 통하는 부분이 있다. 『세키가하라』에서는 '옳음'만 고집하며 덕망이 부족한 이시다 미쓰나리와 서군의 조직적 병리에 초점을 맞추었고, 오사카전투를 다룬 『성채』에서도 '이긴다는 목적과 관계없는 "사정"'[44]이 버젓이 통용되고, 군사 전략의 합리성을 고려하지 않는 오사카 군의 병폐가 그려져 있다.

이런 의미에서 시바가 전국시대나 에도막부 말기의 유신시대, 메이지시대를 '밝음' 일변도로만 그리지 않았다는 사실을 알 수 있다. 시바의 작품 중에는 '밝음'과 '어둠'이 혼탁하거나, 또는 『세키가하라』나 『성채』처럼 '어둠'이 두드러지는 작품도 적지 않다. 이러한 작품의 일관된 특징은 '어둠'이 '쇼와' 병리의 아날로지이며, '밝음'은 이를 비판적으로 드러내는 대조항이라는 점이다.

카를 공략하기 위해서는 수일간의 포격 후에 보병이 돌격하는 방식이 통상적이었다는 점, 손실이 많은 백병전을 반복하는 이외에는 방법이 없었던 점, 또 뤼순 공략에서 병력의 손실이 많았던 점은 노기의 책임이라기보다는 만주군 총사령관 오야마 이와오(大山巌)의 책임이었다고 지적되고 있다. 中村政則, 『『坂の上の雲』と司馬史観』, 岩波書店, 2009, p.58. 筒井清忠, 「乃木希典」, 筒井清忠 編, 『明治史講義[人物篇]』, ちくま新書, 2018.

43 司馬遼太郎, op.cit., 1994, p.7.
44 司馬遼太郎, 『城塞』 上巻, 新潮文庫, 1976(2002年 改版), p.533.

3. 독자들과 전후 후기의 일본 사회

1) 포스트 고도 성장기와 '문고'라는 미디어

복잡한 정념을 내포한 시바의 역사소설은 어떤 시대적 배경에서 어떻게 받아들여졌을까.

시바의 역사소설과 고도 성장기의 친화성은 자주 지적된다. 나오키상을 수상한 『올빼미의 성』은 1959년 간행되었고, 가장 많은 독자를 획득한 『료마가 간다』는 1963년부터 1966년에 걸쳐 단행본으로 출간되었다. 『나라 훔친 이야기』와 『세키가하라』도 1960년대 중반에 출간되었다. 『언덕 위의 구름』은 '메이지 백 년'인 1968년에 신문 연재가 시작되었고, 이듬해부터 1972년에 걸쳐 책으로 출판되었다. 자유와 합리성을 추구하면서 불필요한 굴레를 타파해 가는 주인공의 성장은 급속한 경제성장으로 열광하던 당시 일본의 모습과 중복되었다.

그러나 신문 연재나 단행본을 통해 지속해서 많은 독자를 획득했다고는 보기 어렵다. 그보다 대형 출판사에서 문고본으로 출간하기 시작하면서 시바의 작품은 스테디셀러가 되었다. 하루 만에 읽고 버려지는 신문이나 시기에 따라 반품되는 단행본과 달리 문고는 서점의 전용 서가에 오랫동안 전시된다. 이는 곧 언제든지 저렴한 가격에 시바의 작품을 구매할 수 있다는 뜻이다. 그리고 시바의 작품이 전격적으로 문고화된 시기는 주로 1970년대 후반부터 1980년대 전반, 다시 말해 '쇼와 1950년대'였다.

문고화된 시바의 작품은 출퇴근 독서에도 친화적이었다. 크기가 작고 가볍기도 했지만 그뿐만이 아니었다. 전철이나 버스에서 책을 읽을 때는 마음 놓고 집중하지 못한다. 이따금 내려야 할 역을 신경 써야 하기 때문이다. 필연적으로 단편적인 독서가 될 수밖에 없다. '여담'으로 인해 이야기가 끊기기 일쑤인 시바의 작품은 이러한 독서에 적합했다.

시바의 작품에는 여기저기에 '여담이지만'이라는 문구가 등장하면서 이야기의 역사적 배경에 관한 설명이 종종 삽입된다. 게다가 이야기와 동시대의 역사만을 다루지도 않는다. 에도막부 말기의 유신시대를 다루는 작품에 전국시대나 쇼와전쟁 이전 시대, 하물며 중국사나 유럽사가 등장할 때도 많다. 따라서 시바의 역사소설은 독자가 이야기 전개에 몰입하기 어려운 측면이 있다. 오락 요소를 띤 역사인물담에 지식과 교양적인 요소가 섞인 것이 시바 작품의 특징이다. 이는 출퇴근 시의 단편적인 독서에 친화적이었다. 이야기에만 몰입하지 않고 이따금 '여담'으로 끊기는 방식은 내릴 역을 계속 신경 써야 하는 전철이나 버스에서의 산만한 독서에 적합했다.

이는 텔레비전에 비유할 수 있다. 영화는 실내조명을 끄고 외부와 단절된 상태에서 스크린을 바라보는 집중력을 요구하지만, 같은 영상매체라도 텔레비전은 그렇지 않다. 밝은 실내에서 시청하며 일상과 단절되지 않는다. 영화에 비하면 산만하고 단편적인 시청이 텔레비전이다.

참고로 시바의 작품은 1970년대까지 적잖이 영화화되었지만 별로 화제가 되지는 않았다. 그에 비해 텔레비전과는 궁합이 좋았다. 지금까지 NHK 대하드라마 6편이 시바의 역사소설을 원작으로 제작되었는데 그 수를 능가하는 원작자는 아직 존재하지 않는다. 때를 맞춰 1970년대 초반 이후 컬러텔레비전의 보급률이 빠르게 증가했다. 이런 시대에 문고화된 시바의 작품은 출퇴근하는 직장인들의 산만한 '텔레비전식 독서'와 밀접하게 연결되어 있었다.

2) '역사라는 교양'과 쇼와 1950년대

이는 샐러리맨들에게 '역사'를 접할 기회를 제공했다. 인물담이 중심인 요시카와 에이지吉川英治나 야마오카 소하치山岡荘八 등과 달리 시바는 '여담'이라는 이름으로 중세·근세·근대의 역사적 배경이나 문명사를 자주 논했다. 아시아 고대사부터 근현대사에 이르기까지 방대한 역사 자료를 두루 살피고, 해박한 지식을 보유한 시바만의 작풍이었다. 샐러리맨 독자들은 시바 작품의 '여담'을 통해서 일상 업무와는 무관한 역사를 접할 수 있었다.

시바 작품이 문고화된 '쇼와 1950년대'는 역사 붐의 시대이기도 했다. 월간『역사독본』新人物往来社이 판매 실적을 올리면서 자매지가 속속 등장한 이외에도『역사와여행』秋田書店 등 새로운 대중 역사 잡지가 잇따라 창간되었다. 비즈니스 잡지에서도『프레지던트』가 1978년 이후 역사 인물로 노선을 바꾸었다. 한때 부진에 허덕였던 NHK 대하드라마가 부활한 시기도 1970년대에 이르러서이다. 샐러리맨을 비롯한 중년층 사이에서 '역사라는 교양'이 퍼진 시대도 이때였다.

이러한 현상에는 교양주의 가치관이 내재한다. 교양주의는 구제고등학교와 대학에서 확산되었지만 반드시 학력 엘리트에 국한되지는 않는다. 상급학교高校·大学에 진학할 수 없다는 우울감을 지닌 근로 청년들 사이에서도 '독서를 통한 인격도야' 규범은 공유되었다. 『갈대』나 『인생수첩』 같은 인생 잡지가 1950년대 중반에 융성한 것도 그 표출이다.[45]

시바의 역사소설이나 『프레지던트』를 손에 든 샐러리맨들에게도 유사한 부분이 있었다. '역사'를 접한다 해도 눈앞의 실리에 직결되지는 않는다. 하지만 이를 통해서 '조직인으로서의 인격도야'를 목표로 한다. 이런 의도가 이면에 깔려 있었다.

무엇보다 1960년대 말의 대학 분쟁 이후 대학 캠퍼스에서는 교양주의가 쇠퇴하고 있었다. 하지만 중년문화에서는 그렇지 않았다. 신기하게도 1950년대 중반의 교양주의 고양기에 청춘기를 보낸 세대는 '쇼와 50년대' 중년층이었다. 젊은 시절의 교양주의적 문화가 형태를 바꾸어 중년기의 '역사'에 대한 관심으로 이어진 것이다.

그 배경에는 노동의 변모도 관계가 있었다. 기존에는 블루칼라와 화이트칼라의 고용시스템이 달라서 승진이나 대우에 차별이 있었다. 미이케쟁의三池争議, 1960처럼 경기변동이나 산업 구조 변화에 따라 근로자의 대규모 해고가 이루어지기도 했다. 하지만 1970년대에 들어서면서 대기업에서는 해고를 줄이고 배치를 전환하는 방법을 통해 화이트칼라와 블루칼라의 고용시스템을 단일화했다. 필연적으로 샐러리맨 층 사이에서는 여러 부서를 돌면서 경험을 쌓고 사내에서 승진하는 근로 모델을 공유하게 되었다. 이런 분위기 속에서 특정한 직업 기술을 연마하기보다 범용적인 '리더로서의 소양'을 연마하고자 하는 태도는 어찌 보면 자연스러

---

45   福間良明, 『「働く青年」と教養の戦後史』, 筑摩選書, 2017; 『「勤労青年」の教養文化史』, 岩波新書, 2020 참조.

운 일이라고 할 수 있다. 시바 작품을 비롯한 역사 붐은 일본적 경영시스템의 성립과도 밀접한 관계가 있다.

하지만 이러한 노동 환경의 외부에 존재하는 사람들도 적지 않았다. 노동인구 대다수는 중소·영세기업이나 자영업의 취업자였다. 이들은 경기변동의 여파나 대기업의 영향을 받기 쉬워서 안정적인 고용이나 승진을 전망할 수 있는 노동 환경이 아니었다. 여성은 가정에서 육아나 간병, 가사를 담당하고 일시적으로 파트타임이나 아르바이트에 종사했지만 대우나 승진, 안정성 측면에서 정규 사원과는 차이가 컸다. 이런 사람들 사이에도 시바 작품의 애독자는 적잖이 있었겠지만, 그 목적이 샐러리맨 남성과 동일하지는 않았을 것이다. 몇 해 전 조사이기는 하지만 남성이 가장 애독하는 작품은 『언덕 위의 구름』인데 반해, 여성은 신센구미新選組 부장인 히지카타 도시조土方歲三의 삶을 그린 『타올라라 검』인 점도 이를 암시한다.[46]

다만 그렇다고 해도 '쇼와 50년대'는 부서 이동, 전근, 연공서열, 종신고용이 일체화된 고용 모델이 '표준'으로 자리를 잡던 시대였다. 이러한 노동관이 확산하는 가운데 시바 작품은 '역사라는 교양'과 중년의 독서문화를 뒷받침했다.

3) '일류'로의 승격과 '전후 50년'

샐러리맨 층에서의 수용과 달리 지식인들의 시바에 대한 평가는 대

---

46   司馬遼太郎記念館,「生誕100年『好きな司馬作品』アンケート」(인터넷 조사 실시 : 2022.10.1~11.15), https://www.shibazaidan.or.jp/100th_aniv/index.php(검색 : 2023.8.29).

체로 양면적이었다. 학제 지식인들은 '소설도 역사도 전기도 아닌 단순한 글'인 시바 작품에 호의적이기는 했지만, 역사학자나 문학자는 이를 자신들의 학문 영역으로 받아들여 적극적으로 논하려 하지 않았다.

이에 변화가 생긴 시기는 1990년대 중반, 즉 '전후 50년'이었다. 당시는 일본의 전쟁 책임과 식민주의를 둘러싸고 논쟁이 격해지면서 아시아 국가들로부터 일본의 '가해'를 묻는 움직임이 강해지고 있었다. 이에 대한 반발로 역사수정주의 입장을 취하는 '자유주의 사관'이 대두되었다. 교육학자인 후지오카 노부카쓰藤岡信勝 같은 논자들이 참고한 작품이『언덕 위의 구름』을 비롯한 시바의 작품이었다. '자학사관' 불식을 목표로 했던 이들은 이제 막 근대국가를 성립한 일본이 강국 러시아에 승리한 이야기에서 국가적인 자부심을 읽어냈다.

때마침 1996년 2월 시바가 세상을 떴다. 이를 계기로 신문과 텔레비전은 물론 주간지, 종합지, 문학지, 비즈니스지 등 다양한 잡지에서 시바의 추모 특집을 게재했다. 시바에 대한 사회적 주목은 전보다 더 높아졌다.

이러한 상황은 역사학자들의 시바 비판을 유도했다. 나카무라 마사노리中村政則 등 근대역사학자들은 여순대학살이나 한반도 식민지화 진행을 묻지 않고 러일전쟁을 '조국방위전쟁'으로 간주하는 시바의 근대사 이해를 비판하면서, "'공격당한 쪽, 침략당한 쪽'의 시각'이 누락되어 있다고 지적했다. 이는 자유주의 사관이 참고하는 시바의 작품이 사회적으로 주목도가 높아진 것에 대한 우려 때문이었다.

하지만 역설적이게도 이는 '비판할 가치가 있는 글'로 시바 작품이 자리 잡았음을 의미했다. 학문적으로 논할 가치가 없다면 언급 자체를 하지 않으면 그만이다. 실제로 이전의 역사학은 시바에 대한 직접적인 비판이나 칭찬을 삼가고 어디까지나 양가적인 평가로 일관했다. 그 이유는 시바 작품을 '비판할 가치가 있는 글'로 보지 않았기 때문이었다.

그에 비하면 비판적 자세를 분명히 한 '전후 50년' 이후의 전후 역사학은 시바를 학문적으로 논하는데 일정한 의의를 발견했다. 이렇게 시바는 샐러리맨 층뿐만 아니라 지식인들 사이에서도 '일류' 저술가로 인식되게 되었다.

다만, 시바 작품을 둘러싼 논평이 메이지시대를 다룬 저작에 치우쳐 있는 점도 간과해서는 안 된다. 『나라 훔친 이야기』, 『신사태합기』, 『세키가하라』 등 시바에게는 전국시대를 소재로 한 작품도 많지만 이것들이 언급되는 일은 별로 없다. 주로 논의의 대상이 되는 작품은 시바의 에도 막부 말기와 메이지 인식, 그중에서도 『언덕 위의 구름』이었다. 이 역시 식민지주의나 전쟁 책임이 초점화되면서 '쇼와'와 '메이지'를 둘러싼 논쟁이 과열되었던 '전후 50년'의 상황을 반영한다.

4. 나가며 '밝음'에 서린 '어둠'

시바가 '일류 문화인'으로 승격되는 한편, 작품의 기저에 깔린 '이류' '비주류'의 정념이나 '쇼와에 대한 분노'는 그다지 주목받지 못했다. 오히려 그곳에서 국가적인 자부심을 발견하려는 움직임이 두드러졌다.

이는 1990년대 중반'전후 50년' 이후의 '자유주의 사관'에 한정된 이야기만은 아니다. 이미 '쇼와 50년대'에도 '일본 회귀'로 이어지는 해석이 보였다. 『언덕 위의 구름』이 많은 독자를 얻은 이유도 그 때문이다. 고도성장을 달성하고 오일쇼크 이후의 불황을 극복한 일본에서는 국가적인 자부심이 대두되었고, 서구는 '캐치업' 대상이 아니라 극복할 대상으로 인식되었다. 에즈라 보겔의 『*Japan As Number 1*』[1979]이 화제가 된 이유도 같은 맥락이었다. 아시아의 소국 일본이 강국 러시아를 격파한 러일전쟁 이야기는 '포스트 캐치업형 근대'[가리야 다케히코]시대에 친화적이었다.

그러나 앞서 언급한 바와 같이 시바는 작품 속에서 '일본 찬미'를 그린 것이 아니다. 『언덕 위의 구름』에서 반복되는 이야기는 러일전쟁의 실패와 왜곡을 직시하지 않은 결과 쇼와 육군의 조직적 병리가 탄생했고, 아시아·태평양전쟁에서 가해와 피해를 초래했다는 인식이었다. 동일한 문제의식은 시바의 다른 작품에도 광범위하게 담겨져 있다.

물론 시바의 작품에는 전국시대나 에도막부 말기의 유신시대, 메이지시대의 '밝음'도 보인다. 하지만 이는 어디까지나 '쇼와의 어둠'을 드러내기 위해서였다. 게다가 시바는 '메이지'를 '밝음'으로만 그리지도 않았다. 시바의 작품에서 '일본 회귀'나 전후 중기의 내셔널리즘을 찾으려는 해석들은 '밝음'만을 주시한 나머지 그 저변에 있는 '쇼와의 어둠'을 외면했다. 이 점은 시바에게 비판적인 역사학 담론에서도 마찬가지였다. 네거티브이어야 할 '메이지의 밝음'만이 칭찬 혹은 비판의 대상이 되고, 포지티브인 '쇼와의 어둠'에는 샐러리맨 독자도 역사학자도 딱히 관심을 기울이지 않았다.

역사적 사실과 픽션이 혼재한 시바의 역사소설은 샐러리맨 층을 포함하여 평소 문학과 역사에 친숙하지 않던 사람들에게로 폭넓게 독자층을 넓혀갔다. 그 '메이지시대'나 '전국시대'의 '밝음'(및 '어둠') 속에는 '쇼와'에 대한 참전 병사의 어떤 분노가 담겨있을까. 식민지주의나 전쟁 폭력을 낳은 메커니즘은 어떻게 묘사되어 있을까. 동시에 어떤 한계가 있을까.

시바 료타로와 마주하는 일은 대중문화 속에서 전후 일본이 '쇼와의 어둠'을 어떻게 마주했고 또 회피했는지를 묻는 과정이기도 하다. 나아가 이는 일본과 아시아 여러 지역의 '화해' 전제인 '일본인의 전쟁관'을 묻는 일이기도 하다.

이 글은 일본어로 작성되었으며 김동연(金東妍 / Kim Dong-yeun, 번역가, 중일전쟁기 전쟁시 전공)이 번역했다.

초출
이 글은 졸고 「역사소설 속의 '전쟁과 사회'−시바 료타로와 네거티브로서의 '밝음'」(『思想』, 2022년 5월호) 및 「작품에서 그리려 했던 점과 작품이 받아들여진 배경(특별기획 탄생 100년! 시바 료타로의 '지금까지'와 '지금부터')」(『歴史街道』, 2023년 7월호)를 바탕으로 대폭 가필·수정했다.

참고문헌

단행본

大阪外国語大学同窓会 編,『大阪外国語大学70年史資料集』, 大阪外国語大学同窓会, 1989.

産経新聞社,『新聞記者 司馬遼太郎』, 文春文庫, 2013.

司馬遼太郎,『城塞』上・中・下巻, 新潮文庫, 1972(2002年 改版).

_____,『新史太閤記』上巻, 新潮文庫, 1973(2007年 改版).

_____,『司馬遼太郎全集』第32巻, 文藝春秋, 1974.

_____,『関ヶ原』上巻, 新潮文庫, 1974(2003年 改版).

_____,『歴史と視点』新潮文庫, 1974(2009年 改版).

_____,『歴史の中の日本』中央公論社, 1976(1994年 改版).

_____,『坂の上の雲』第4・7・9巻, 文春文庫, 1978.

_____,『項羽と劉邦』上巻, 新潮文庫, 1980.

_____,『「明治」という国家』, NHKブックス, 1994.

_____,「年少茫然の頃」,『司馬遼太郎の世紀』, 朝日出版社, 1996.

_____,『竜馬がゆく』第3巻, 文春文庫(新装版), 1998.

島田豊作ほか,『戦車と戦車戦』, 光人社NF文庫, 2017.

陳舜臣,「同窓・司馬遼太郎」,『司馬遼太郎全集月報』(10), 文藝春秋, 1972.

筒井清忠,「乃木希典」, 筒井清忠 編,『明治史講義[人物篇]』, ちくま新書, 2018.

土門周平,『日本戦車開発物語』, 光人社NF文庫, 2003.

中村政則,『「坂の上の雲」と司馬史観』, 岩波書店, 2009.

成田龍一,『司馬遼太郎の幕末・明治』, 朝日選書, 2003.

成田龍一,『戦後思想家としての司馬遼太郎』, 筑摩書房, 2009.

秦郁彦,『昭和史の秘話を追う』, PHP研究所, 2012.

原田敬一,『「坂の上の雲」と日本近現代史』, 新日本出版社, 2011.

半藤一利,『清張さんと司馬さん』, 文春文庫, 2005.

福田定一,『名言随筆サラリーマン』, 六月社, 1955.

福間良明,『「働く青年」と教養の戦後史』, 筑摩選書, 2017.

_____,『「勤労青年」の教養文化史』, 岩波新書, 2020.

_____,『司馬遼太郎の時代』, 中公新書, 2022.

松尾理也,『大阪時事新報の研究』, 創元社, 2021.

松本健一,『増補 司馬遼太郎の「場所」』, ちくま文庫, 2007.

기타자료

「足跡―司馬氏自身による自伝的断章集成」, 『文藝春秋』1996年 5月 臨時増刊号(『司馬遼太郎の世界』).

「インタビュー 司馬遼太郎氏に聞く」, 『早稲田文学』(第8次), 1981年 12月号.

司馬遼太郎, 「軍神・西住戦車長」, 『オール讀物』1962年 6月号.

司馬遼太郎記念館, 「生誕100年『好きな司馬作品』アンケート」(2022年 10月 1日～11月 15日 인터넷 조사 실시), https://www.shibazaidan.or.jp/100th_aniv/index.php(2023年 8月 29日 열람).

제3부

포스트제국 냉전하의 동아시아

화해와 희망

위안부를 둘러싼
역사 연구의 전개와 과제

도노무라 마사루

1. 이 글의 과제 멀어진 화해와 역사 연구

일본제국의 침략전쟁에서 위안소라는 시설이 설치되고 그곳에 위안부라 불리는 여성들이 매춘을 강요당했다는 사실은 잘 알려져 있다. 위안부 여성들은 일본인뿐만 아니라 조선인 등 식민지 피지배 민족과 점령지의 현지인들도 있었으며, 특히 조선인이 상당한 수를 차지했다. 인권을 유린당한 여성들에 대해서는 전후에 종종 전직 군인들의 이야기나 소설, 영화 속 전장의 풍경과 함께 등장하곤 했지만, 일본이 사죄와 보상을 해야 할 문제로는 오랫동안 인식되지 않았다.

변화를 맞이하게 된 것은 한국 민주화의 영향으로 이른바 과거청산이 거론되기 시작했고, 위안부 피해 당사자인 한국인들이 나서면서 시민들의 광범위한 지지를 받기 시작한 1990년대부터였다. 30년이 지난 지금도, 위안부 문제가 해결되었다고 하기는 어렵다. 일본 정부의 시책을 평가하는 목소리도 있는 건 사실이지만, 여전히 불만을 가지고 그 태도를 고치려는 사람들의 활동은 계속되고 있기 때문이다.

위안부 문제를 둘러싼 시민단체와 한일 양국 정부, 여론의 동향을 살펴보면 초기에는 위안부 피해 당사자들에게 대체로 동정적이었고, 어떤 의미에서 사죄와 보상을 진행하려는 움직임이 있었다. 사죄와 보상에 대해서도 관계된 모두가 납득할 만한 조치는 아니었지만 실행 또는 이에 상응하는 조치가 취해졌다고 볼 수 있다. 그러나 1990년대 중반부터 일본 사회 내에서 위안부는 매춘부였기 때문에 사죄나 보상은 필요 없다는 주장이 강하게 제기되기 시작했다. 뿐만 아니라 이러한 주장이 일본 여론에도 받아들여졌고, 나아가 영향력 있는 문화인이나 고위 정치인 등도 이에 동조하는 의견을 표명하는 일이 드물지 않게 되었다. 이러한 현상은 당연히 한국 내 대일 감정에도 영향을 미쳤지만, 오히려 일본 내에서는 '끝까지 반일을 주장하는 한국'이라는 인식이 퍼지면서 혐한 풍조가 생겨났다. 이런 가운데 2010년대 이후 한일 양국이 다시 위안부 문제 해결을 협의하고, 피해 당사자와 유족에게 배상금 지급 등의 조치가 결정되었지만 이 역시 한일 양국 시민에게 광범위한 지지를 받은 시책이라고는 말하기 어렵다. 더욱이 2020년대에 들어서면서 한국 내에서도 위안부는 매춘부였다는 주장이 제기되었고, 나아가 미국인 학자의 유사한 주장이 소개되면서 이를 일본 우파 세력이 지지하는 등 더 많은 논쟁과 혼란이 야기되고 있다.

이러한 과정을 거치면서 한일 양국 시민들 사이에서는 위안부 문제에 대한 체념적 태도가 일반화되었다. 게다가 현재 일본에서는 더 이상 또는 원래부터 위안부 문제에 관심 없는 사람이 대부분이고, 학교 교육에서도 가르치지 않기 때문에 이 문제를 잘 알지 못하는 젊은이들도 늘어나고 있다. 이러한 점을 고려할 때, 한국과 일본 사이에서 위안부 문제의 문제 해결 = 이 문제에 대한 상호 이해를 높이고 사죄와 이를 수용한 화해가 멀어지고 있다고밖에 볼 수 없다. 그렇다면 처음에는 많은 사람들이 동정적 인식과 보상의 필요성을 말했음에도 불구하고 왜 이런 상황이 벌어진 것일까?

이 점에 대해서는 그동안 여러 관점에서 분석되었고, 정치 과정, 언론 보도 방식, 위안부 지원운동 문제 등이 주목받아 왔다.

그러나 이 외에도 논의해야 할 점이 있다. 이 문제와 관련된 역사 연구가 어떻게 전개되어왔는지, 그것이 위안부 문제 해결에 어떻게 기여했는지 또는 지장을 주었는지에 대한 것이다. 위안부 문제 해결을 위해서는 먼저 피해가 어떻게 발생했는지, 누구에게 어떠한 책임이 있는지를 명확히 할 필요가 있으며, 이것은 역사 연구를 통해 밝혀져야 한다. 이를 고려한다면 역사 연구야말로 위안부 문제 해결의 열쇠를 쥐고 있다고 할 수 있다.

따라서 지금부터 위안부를 둘러싼 역사 연구가 어떻게 전개되어왔는지, 그리고 그 과정에서 제시된 역사상에 어떠한 문제가 있었는지에 대해 생각해보고자 한다. 이와 함께 기존 연구에서 간과된 시점을 포함해 다시 한번 역사를 재조명하고 위안부를 둘러싼 역사적 사실의 재정리를 시도할 것이다. 이를 통해 위안부 문제에 대한 국가와 민중의 책임 방식을 생각하고 이 문제의 해결에 기여하는 것을 목표로 한다.

2. 초점화 이전의 사실史實 기술

위안부에 대한 본격적인 역사 연구가 시작된 것은 1990년대 초였다. 하지만 그 이전에도 위안부는 당연히 알려져 있었고, 언급되기도 했다. 전후 일본에서 출간된 구 일본군 군인들의 회고록 등에서도 언급된 적이 있으며, 전장을 그린 소설이나 영화에도 위안부가 등장하기도 했다. 1970~1980년대에는 저널리스트의 저술도 나오기 시작했다. 한국에서도 신문이나 잡지 기사, 일제강점기 역사를 다룬 저술에서 위안부에 관한 내용이 나왔고, 일본에서 출간된 위안부 관련 서적의 번역본도 출판되었다.

그중에는 관헌이 노골적인 폭력을 가한 강제연행에 대해 언급한 것이 있었는데, 이는 가해 당사자의 발언으로도 기록되어 있었다. 야마구치현 노동보국회 시모노세키 지부에 소속되어 있던 요시다 세이지吉田清治는 1983년에 『나의 전쟁범죄 - 조선인 강제연행朝鮮人強制連行 私の戦争犯罪』을 출판하고 자신의 경험에 대해 다음과 같이 기술했다. 즉 자신은 군이 발령한 '여자정신대원女子挺身隊員'의 '노무동원명령'을 받아, 1944년 제주도에 가서 군인들과 함께 노예사냥을 하듯 느닷없이 여성들을 잡아 위안부로 삼았다는 것이다. 게다가 「노무동원명령서」는 자신의 아내의 일기에 필사되어 있다고 하는데, 이 책에 그 문면이 기재되어 있었다. 요시다의 책은 이후에 신빙성을 잃어 문제시되었지만그리고 현재 이를 근거로 역사적 사실을 설명하려는 역사연구자는 없다, 위안부 문제가 사회적으로 주목을 받으면서 역사적 사실에 대한 검증이 시작된 1992년경까지 이러한 '강제연행'에 대해 의문을 제기하는 목소리는 거의 없었다. 다만 강제연행이라는 용어는 사용되지 않았지만, 한국 내에서 앞서 발간된 역사서에는 '강기綱紀를 완전히 상실한 일본군의 요구가 강해지자 1941년경부터 양가의 처녀들을 강탈해 여자정신대라는 이름을 붙여 어딘가로 끌고 가기 시작했다'는 서술이 있다.[1]

이에 대한 설명을 보면 일본제국군대의 무리한 위안부 모집의 법적 근거와 인원 확보를 위한 행정기구의 지휘계통에 이상한 점이 있었다. 요시다 세이지는 군이 노무보국회에 여자정신대 모집을 명령했다고 했지만 노무보국회는 일용직 노동자나 토건노동자를 조직해 필요한 장소에 보내는 일은 있어도, 매춘 시설에 사람을 보내는 임무를 맡고 있지는 않았다. 애초에 야마구치현의 조직이 제주도에서 사람을 모은다는 것 자체도 통상적으로 있을 수 없는 일이었다. 더구나 여자정신대란 군수공장 등에서 업무를 맡아야 할 조직으로 위안부와는 다른 존재였다. 지금 생각하면 기이하게 느껴질 정도로 정확성과 치밀함이 결여된 정보가 유통되고 있었던 것이다.

이는, 요컨대 역사연구자가 본격적으로 이 문제를 다루지 않았고 사실의 검증이나 세세한 기술 확인이 충분하지 않았던 것과 관련되어 있다. 다만 동시에 일본제국 통치하의 조선에서는 이러한 인권 무시가 만연했거나, 강권적인 일본제국 군인들의 민중을 대하는 태도가 그러했다는 이미지가 당시 일본과 한국 시민에게 영향을 미쳤을 것이다. 즉 강제

---

1   文定昌, 『軍国日本朝鮮強占三十六年史 下』, 柏文堂, 1966, pp.422~423.

로 본인의 의사와 관계없이 여성을 매춘 시설에 끌고 가는 범죄적 행위도 일본 군인들이라면, 특히 식민지 조선이라면 있을 수 있는 일이라는 점이 위화감 없이 받아들여졌던 것이다.

총력전하의 극단적인 인권 무시의 사회체제를 경험했던 사람들이 많이 살아있었고, 자녀들에게도 이런 이야기를 들려주던 1980년대까지만 해도 이상하지 않은 일이었다. 원하지 않는 곳에서 억지로 일하게 되거나, 목숨을 걸고 싸우게 되었다는 이야기는 흔히 보고 들을 수 있었을 것이며, 군인이나 군부의 위세를 빌미로 한 지역 유력인사나 학교 교원들에게 얻어맞거나 권리를 침해당한 사례는 자기 자신도 겪은 일상적인 일이었기 때문이다.

그러나 한국인혹은 한국인뿐만 아니라 일본제국의 식민지 지배를 받았던 사람들에 대해서는 일본제국의 힘을 실제보다 더 견고한 것으로 파악하는 경우가 있었다. 식민지 지배에서는 지배자의 힘이 막강해 피지배자를 압도한다는 점을 상기시킬 필요가 있다. 이러한 조건이 없으면 피지배자는 상대방을 쓰러뜨릴 가능성이 있다고 생각하고 반항해오기 때문이다. 피지배 민족인 조선인은 일본인이 지극히 강고한 힘으로 자신들을 감시, 통제하고 억누르며 무엇이든 마음대로 할 수 있을 만큼의 권력을 가지고 있다고 믿었다. 그 이미지는 아마도 세대를 초월해 계승되었을 것이다. 한국인들에게는 군이 명령한 여자정신대라는 명목하에 위안부를 확보하는 과정에서 노예사냥과 같은 일이 벌어졌다는 이야기는 특별히 의심할 만한 일이 아니었을 것이다.

3. 국가책임 입증 추궁

1980년대까지만 해도 일부에서 거론되기는 했지만, 위안부로 여겨지는 사람들의 피해는 일본이든 한국이든 많은 사람들에게 중요하게 해결해야 할 문제로 인식되지는 않았다. 상황이 바뀐 것은 1990년대에 들어서면서부터였다. 추이를 간략하게 설명하자면 다음과 같다. 먼저 민주화가 진행된 한국 내에서 과거청산의 목소리가 높아졌고, 1990년에 일본을 방문한 노태우 전 대통령도 노무동원된 사람들에 대한 조사를 일본 정부에 요청했다. 이와 관련해 같은 해 6월 6일 일본 참의원 예산위원회에서 야당 의원이 위안부도 조사할 것이냐는 질문을 하자 정부 위원은 조사에 대해 부정적인 답변을 했다. 답변에는 위안부는 민간업자가 데리고 다녔으므로 정부와는 무관하다는 인식도 보였다. 이 문제에 대한 일본 정부의 조사와 사과를 요구하던 한국 여성단체들은 당연히 이를 문제 삼았고, 강하게 비판했다. 그리고 1991년 8월, 이러한 일본 정부의 설명에 대한 보도를 듣고 분노했던 위안부 출신 한국인 여성 김학순이 이름을 밝히며 기자회견을 열었다. 그 후 한국에서는 자신도 위안부였다는 여성들이 잇따라 이름을 밝혔고, 그해 12월부터는 위안부나 일본 군인·군속이었던 한국인이 원고가 되어 일본 정부를 상대로 한 사과와 보상을 요구하는 소송이 시작되었다. 이때부터 위안부 문제는 일본과 한국 두 정부 간 외교적 최우선 과제가 되었고, 시민 사회의 관심도 높아졌다.

이러한 흐름 속에서 역사적 사실 규명의 필요성도 인식되기 시작했다. 이와 관련해 1992년 1월 역사학자 요시미 요시아키吉見義明에 의해 육군 문서 중 위안소에서 일할 여성 모집에 대한 언급이 있는 것이 밝혀져 '일본 정부는 무관하다'는 견해가 성립할 수 없다는 점이 명확해졌다. 이에 따라 같은 달 한국을 방문한 미야자와 기이치宮沢喜一 총리는 위안부를 둘러싼 가해에 대해 사과하고, 일본 정부는 관련 자료 조사와 위안부 출신 한국 여성들의 증언을 청취한다.

이 과정에서 중요한 논점은 우선 정부일본제국 정부나 조선총독부, 육해군의 관여 여부였다. 일본 정부가 사죄와 보상을 할 필요가 있는지 여부와 크게 관련되어 있었다.

물론 일본 점령지에 군인 이외의 사람이 출입하고, 그곳에서 군인을 상대로 전개하는 사업이 일본제국 정부나 군과 아무런 관계가 없다는 것은 있을 수 없는 일이며, 문제는 그 관여가 어떠한 것이었는지였다.

일본 정부의 책임을 엄중히 묻고 위안부 피해 당사자를 지원하는 운동을 전개한 사람들은 국가총동원법에 의해 싫든 좋든 사람들에게 명령을 내리고 이를 따르도록 만든 행정당국 주체의 위안부 확보, 정책적, 조직적인 동원을 연상하고 있었다. 총력전 시기에는 행정당국의 사실상 명령으로 무언가를 시키는 일이 일상화되어 있었기 때문에 위안부 역시 마찬가지였다고 생각하는 것도 무리는 아니다. 게다가 문제가 부각되기 이전부터 위안부에 대해 이야기되어 온 것도 이러한 추측을 뒷받침하는 근거가 되었다. 요시다 세이지는 군의 「노무동원명령서」에 따라 위안부를 모집했다고 했고, 그의 근무처인 야마구치현 노무보국회는 현청 내에 사무소를 두고 현의 임원들이 간부를 맡는 반관반민 단체였다. 또한 위안부가 '정신대'로 모집되었다는 표현도 법령에 의거한 동원을 연상케 했다. 1944년 국가총동원법에 따라 여자근로정신령女子勤労挺身令이 내려졌고, 그로 인해 동원된 여성들이 정신대로 불렸기 때문이다.

하지만, 일본 정부는 그러한 행정 당국의 정책적이고 조직적인 동원을 인정하지 않았다. 애초에 일본제국의 법을 검토해 보면 여성들을 위안소에 보내서 일을 시킨 행위가 법에 근거해 행해졌다는 결론이 나올 수 없었다. 일본제국헌법에서는 법률의 범위 내의 자유권이 인정되고 있으며, 다시 말해 개인의 자유를 제한하기 위해서는 제국의회를 통한 법률을 근거로 할 필요가 있었다. 실제로 총력전 시기에는 그러한 개인의 자유를 크게 제한하는 법률이 제정되어 있었다. 그것이 국가총동원법이며 이 법은 제국 신민을 전쟁수행을 위한 업무, 즉 총동원 업무에 종사시킬 수 있다고 규정했다. 그러나 총동원 업무 중에는 위안소에서 군인의 성적 위안을 제공하는 것은 당연하게도 기록되어 있지 않다. 즉 국가총동원법에 근거한 위안부의 동원은 있을 수 없는 일이었다. 사실 이 점은 앞서 언급한 1990년 6월 6일 참의원 예산위원회에서 야당 의원의 질문에 대한 답변에서 일본 정부가 설명한 바 있다.

다만 일본 정부의 설명이 널리 알려진 것은 아니었다. 널리 알려지게 된 계기는 같은 야당 의원의 질문에 대한 답변에서 일본 정부 관료가 위안부에 대해 민간업자가 데리고 다녔다고 말한 것이었다. 그리고 총력전 시기에는 행정당국이 조직적으로 수행한, 그러나 법적 근거가 꼭 명확하지는 않은 동원도 실재했다. 식민지 조선에서는 관官알선이라는 명칭 아래 지방 말단 행정직원과 경찰관이 협력해 면 단위로 할당된 인원을 확보하여 일본 탄광 등으로 보냈다. 이 사실은 조선인 강제연행으로 일본

인 사이에서도 잘 알려져 있었다.[2]

따라서 옛 위안부를 지원하는 시민운동이나 역사연구자가 위안부의 모집에 국가의 깊은 관여가 있었다고 추정하는 것은 충분한 근거가 있었다. 특히 조선에서는 이러한 일이 행해졌을 것으로 여겨졌다. 요시미 요시아키도 1995년에 정리한 저서에서 '(조선에서의) 위안부의 징집은 행정과 경찰이 전면에 나서는 (관官알선)에 가까운 것이 아니었을까'라고 적고 있다.[3] 부언하자면 위안부지원 시민운동과 접점이 없는, 요시미와는 대립적 견해를 제시한 하타 이쿠히코秦郁彦도 요시다 세이지의 증언에 의문을 제기한 1992년 논고에서, 조선총독부 행정기구의 루트를 이용한 위안부 인원 확보에 대해 있을 수 없는 일이라 부정하지 않았고, 오히려 기존 저서에 기록되어 있는 것을 그대로 소개하고 있다.[4]

그러나 행정당국이 매춘 시설에 여성을 보내는 것에 직접 관여했다면, 그것이 발각되었을 때 큰 문제가 된다. 그리고 매춘 시설의 인신매매는 당시의 민간인 사이에서 동시대에 행해졌던 일이다. 그렇다면 행정당국은 그러한 민간인에게 비공식적인 의뢰 등을 통해 위안부 인원 확보를 추진할 수 있었을 것이다. 이 점을 고려한다면 국가 관여의 입증을 추구

---

2 1965년 재일조선인 역사학자 박경식이 정리한 『조선인 강제연행의 기록』(未來社)이 일본에서 출판되었고, 이를 계기로 일본 각지에서 당시 상황을 아는 사람들의 인터뷰 등 실태조사도 진행되었다. .

3 吉見義明, 『從軍慰安婦』, 岩波書店, 1995, p.99. 후술한 바와 같이 요시미는 어느 시점부터 이 추측에 대해서는 언급하지 않고 있다.

4 秦郁彦, 「昭和史の謎を追う 第37回 從軍慰安婦たちの春秋」, 『正論』, 1992.6. 다만 하타는 이후 '관헌에 의한 조직적인 '강제연행'은 없었다고 단언할 수 있다'는 견해를 밝히게 된다. 秦郁彦, 『慰安婦と戰場の性』, 新潮社, 1999, p.382.

하는 것이 아니라 국가가 관여하지 않았다는 사실史実에 주목하고 그 의미를 생각하는 것 또한 중요한 과제였다. 하지만 이에 대해서는 충분히 의식되지 않은 채 연구가 진행되었다.

4. 강제연행 입증 추궁

위안부와 관련된 역사적 사실과 함께 논의의 대상으로 주목받은 것은 피해 당사자인 여성들이 강제연행으로 인해 위안소에서 일하게 되었는지에 대한 여부였다. 그러나 이 점은 사과와 보상을 실현하는 데 있어 사실 그리 중요하지 않다고 볼 수 있다. 일본군을 위해 위안소에서 일했다는 것 자체가 일본국가의 책임을 묻는 충분한 이유가 될 수 있고, 억지로 끌려갔는지는 일본 정부의 사과나 보상과는 본질적으로 무관하기 때문이다. 그런데 이 점은 다음과 같은 사정에 의해 상당한 관심을 모았다.

일본제국에서 매춘은 합법이며 돈을 벌 수 있는 수단이었다물론 매춘 시설에서 일하면서 더욱 궁핍해진 여성도 많았다는 사실은 부정할 수 없다. 이는 위안부라고 해도 본인이 납득한 직업으로써 일하고 있었던 것이 아니냐는 추측을 낳았고, 한국인 여성 피해 당사자에게 상처를 입혔다. 이와 관련해 본인이 저항할 수 없는 강제연행이 횡행했다는 사실을 명확히 하는 것은 피해 당사자의 명예를 지키는 데도 필요했을 것으로 생각된다. 동시에 일본 정부의 사죄와 보상을 요구하는 운동의 진전을 위해서도 강제연행의 실재를 이야기하는 것은 아마 중요했을 것이다. 요시다 세이지가 말하는 것과 같은 강제연행이 실제로 행해졌다면, 일본제국 및 일본군의 비인도성이 더욱 강하게 강조되어 위안부에 대한 동정을 더 많이 모을 수 있었기 때문이다.

그러나 위안소에서 일하는 여성의 모집 등에 대한 일본제국의 관여를 보여주는 자료가 발견되어 일본 정부에 대한 비판이 높아졌고, 그 가운데 요시다 세이지의 저서 등도 자주 거론되면서 그 시기에 강제연행의 실재에 대한 의문이 제기되었다. 하타 이쿠히코는 제주도 조사에서 그러한 사실을 언급한 사람이 없다는 점과 함께 요시다의 저서 내용의 모순을 지적했다.[5] 요시다는 자신의 증언이 기본적으로는 사실이라고 주장했지만 하타 등이 제기한 의문에 대해 납득할 만한 답변을 제시하지 못했다. 하지만 현재진행형인 논쟁으로 결론 나지 않은 상황에서 요시다의 저서를 참조한 논쟁은 계속되었다. 예를 들어 1992년 7월에 발표된 한국 정부의 위안부 문제에 대한 조사 중간보고에서도 요시다의 저서가 인용되어 노예사냥과 같은 강제연행을 언급했다.[6] 또한 요시다 증언이 신빙성이 부족하다는 것을 인정한다고 해도 노예사냥과 같은 강제연행이 없었다는 결론으로 확정되는 것은 아니다. 그리고 1990년대 초부터 군인들이 강제로 집에 쳐들어와서 끌려갔다는 위안부 할머니들의 증언도 있었다.[7] 이 때문에 노예사냥과 같은 강제연행이 있었을 것이라고 생각하

---

5   秦郁彦, op. cit., 1992.6.

6   挺身隊問題実務対策班, 『日帝下軍隊慰安婦実態調査中間報告書』, 1992.

7   예컨대 위안부로 끌려갔다고 밝힌 1922년생 한국인 여성의 증언이 대표적이다. 이 여성은 16살 때 이미 몇 번이나 '관헌이 딸을 내놓으라고 찾아와 어머니를 신발로 걷어차고 때려서 겁을 줬지만 어머니가 가까스로 숨겨주었다'고 한다. 그러나 그 후 '내가

는 사람도 적지 않았다.

한편 강제연행의 실재를 부정하는 주장은 일본 사회에서 점차 영향력을 더해가고 있었다. 옛 위안부를 지원하는 사람들은 이에 대응해야 했다. 강제연행이 없었다는 주장의 문제점을 지적하고 애초에 어떤 사례를 '강제연행'이라고 할 수 있는지에 대한 논의가 이루어졌다.

그 의의는 물론 적지 않다. 다만 그것이 위안부 문제에 대한 논의에서 강제연행 유무라는 논점에 편중되는 결과를 낳은 것도 부인할 수 없다. 이는 '강제연행'의 이미지에 부합하지 않는 사례에 주목하고, 그로부터 위안부를 둘러싼 역사적 사실과 피해 내용에 대한 논의를 더할 수 있는 계기를 잃게 만들었다.

밭일을 하고 있는데 어머니가 급히 와서 점심을 먹인 후 자신의 치마를 벗어 내 머리에 씌워주며 "군인이 왔으니 빨리 숙모네로 도망가"라고 하셨다. 나는 두려움에 휩싸였지만 딸인지 모르게 어머니 치마를 뒤집어쓰고 두 시간 거리의 숙모네를 향해 필사적으로 걸었다'고 말했다. 하지만 '1시간 정도 걸었을 때 갑자기 일본 군인이 나타나서 붙잡았다. 주먹으로 얼굴을 때려 코피를 흘리며 겁먹은 채 트럭에 실려 갔다.' 그리고 '북지(北支)' 위안소로 보내졌다고 한다(「위안부가 눈물로 말한다. 딸 사냥, 속임수, 폭행 등등(慰安婦か淚で語る.娘狩り.誑し.暴行などなど)」, 『ハッキリ通信』第3号, 1992.6. 『확실히 통신(ハッキリ通信)』은 위안부뿐만 아니라 식민지 피지배 민족의 군인·군속과 노무동원된 일본제국의 각종 전쟁 피해자에 대한 일본 정부의 사죄와 보상을 요구하며 활동하던 일본 시민단체, 일본의 전후 책임을 확실히 하는 모임이 편집, 발행한 잡지다). 그러나 관헌이 물리적 폭력을 사용하여 갑자기 강제연행당했다는 등의 증언은 나중에 언급되지 않게 된다.

5. 고노 담화 이후 사실史實을 둘러싼 논의

위안부 관련 조사를 진행하던 일본 정부는 한국에서도 피해 당사자 청취를 실시한 후 1993년 8월 4일 조사 결과를 정리해 기자회견을 열었다. 이때 고노 요헤이河野洋平 관방장관이 담화이른바 고노 담화를 발표했고, 이것이 일본 정부의 기본 인식으로 널리 알려지게 되었다. 고노 담화에서는 사실史實에 관해 다음과 같이 인정했다.

> 위안소는 당시 군 당국의 요청으로 설치 운영된 것으로 위안소의 설치, 관리 및 위안부의 이송에 대해서는 구 일본군이 직접 또는 간접으로 이에 관여했다. 위안부의 모집에 대해서는 군의 요청을 받은 업자가 주로 이를 담당했으나 그 경우에도 감언, 강압에 의하는 등 본인의 의사에 반해 모집된 사례가 많고 게다가 관헌 등이 직접 이에 가담한 적도 있었다는 것이 밝혀졌다. 그리고 위안소에서의 생활은 강제적인 상황하의 참혹한 것이었다.
>
> 또한 전지戰地로 이송된 위안부의 출신지에 대해서는 일본을 제외하면 한반도가 큰 비중을 차지하고 있으나 당시 한반도는 우리나라의 통치하에 있어 그 모집, 이송, 관리 등도 감언, 강압에 의하는 등 대체로 본인들의 의사에 반하여 행해졌다.[8]

위의 고노 담화는 논점이 되었던 국가책임과 강제연행을 인정한 것

---

8 「慰安婦関係調査結果発表に関する河野内閣官房長官談話」, 일본 정부외무성 홈페이지에 개재. https://www.mofa.go.jp/mofaj/area/taisen/kono.html (2024.3.29 최종열람).

으로 해석할 수 있다. 위안소는 군이 설치, 관리했으며 위안부 모집은 본인의 의사에 반하는 사례가 있었고, 관헌 등도 가담했다고 했기 때문이다. 그러나 이는 일본제국의 법령에 근거한 정책적 동원이라고 말한 것은 아니다. 또한 강제연행이라는 용어도 사용되지 않았으며 의사에 반하는 사례에 대한 관헌 등의 관여도 조직적으로 수행되었다고 하지 않았다. 즉 국가책임과 강제연행 유무라는 두 가지 측면에서 볼 때, 고노 담화의 문구는 옛 위안부를 지원하고 일본 정부의 사죄와 보상을 요구하는 시민들이 요구했던 수준까지 왔다고 보기는 어렵다.

게다가 일본 정부는 구체적인 위안부 여성들에 대한 사과의 시책으로 국가의 직접적인 보상과는 다른 조치를 취했다. 재단법인 여성을 위한 아시아 평화국민기금^{아시아여성기금}을 설립해 국민들의 모금을 재원으로 한 '보상금償い金' 지급 등을 추진한 것이다. 물론 이는 일본 정부와 분리된 사업이 아니었다. 아시아여성기금의 사무경비 등은 국고에서 지출되었으며 보상금은 총리 명의의 사과 편지와 함께 지급된 것 등에서 알 수 있다. 그러나 이 조치에 대해 일본 정부가 위안부 문제에 대한 명확한 책임을 인정하지 않으려 한다는 목소리가 옛 위안부를 지원하는 시민운동단체들 사이에서 제기되었다.

이러한 인식을 가진 시민운동단체 등은 아시아여성기금의 사업에 반대하는 한편 일본 정부에 의한 법적 책임을 인정한 명확한 사과와 국가 보상을 요구하는 활동을 전개한다. 그리고 고노 담화보다 더 심도 있는 역사적 사실 인정은 이러한 목표 달성과도 밀접한 관련이 있었다. 따라서 강제연행과 그에 따른 국가의 관여 입증이 이전과 마찬가지로 중요시되었다.

물론 1990년대 중반 이후 본격화된 위안부 역사 연구는 국가에 의한 강제연행 이외의도 다양한 요소에 주목한 논의가 등장했다. 예를 들어 구라하시 마사나오倉橋正直는 강제연행에 의해 자유를 박탈당하고 대가도 받지 못한 채 노예처럼 매춘을 강요당한 '성적노예형'의 피해를 인정하면서도 그와는 다른 '매춘부형'의 사례도 있었다는 점, 후자의 연장선상에 전자가 있었다는 견해를 밝혔다.[9] 구라하시는 이전부터 시베리아 등지에서의 일본인 여성의 매춘에 대한 연구 등을 진행했으며, 일본 제국의 공창제도 하에서 매춘에 종사하고 있던 여성들의 존재와 총력전 이전부터 해외에 퍼져있는 일본인 매춘 관련 네트워크와 위안부와의 관련성을 의식하고 있었다. 이를 바탕으로 구라하시의 정리는 이후 논의에 활용해야 할 중요한 시점이었다고 할 수 있다. 또한 페미니즘 연구자인 우에노 치즈코上野千鶴子도 국가에 의한 강제연행이라는 점에 논의가 집중되어 있는 것을 비판하면서 논의의 심화를 촉구했다. 우에노는 아무것도 모르는 여성들이 강제 연행돼 노예처럼 매춘을 강요당했다는 사례가 강조되는 것의 문제점을 지적했다.[10] 이는 원래 유곽에서 일하다 위안부가 된 여성들까지 포함해 위안부 피해를 함께 논해야 한다는 것이었다. 이 외에도 역사연구자 야스마루 요시오安丸良夫는 '제겐뚜쟁이 : 女衒(여현)', '업자'의 역할 범위와 '강제'의 문제도 그 존재와 연계해 생각해야 한다는 점, '감언, 인신매매, 유괴' 등으로 위안부가 된 것과 '현지에서의

---

9   倉橋正直,『從軍慰安婦問題の歷史的硏究』, 共栄書房, 1994. 일본 역사학자에 의한 위안부 문제의 역사적 사실 해명을 다룬 단행본으로는 이 책이 처음이다.

10   上野千鶴子,『ナショナリズムとジェンダー』, 靑土社, 1998.

일상적 관리'도 포함한 강제나 폭력 등 '폭력의 사회 내재적인 모습 전체'의 해명을 제기했다.[11]

이러한 논의를 바탕으로 위안부 문제에 대한 연구의 깊이가 더해졌다고 볼 수 있다. 순진무구한 소녀의 피해와 같은 대표적 피해자가 아니라 위안부로 여겨지는 여성들의 다양한 피해를 염두에 두고 논의해야 한다는 것, 물리적이고 노골적인 폭력만이 '강제'가 아니라 취직 사기나 감언이설로 위안소에 보내진 경우도 넓은 의미의 강제연행이라 불러야 한다는 것 등이 옛 위안부를 지원하는 시민단체와 역사연구자의 공통 인식으로 자리 잡았다.

그러나 공창제도하에서 매춘에 종사했던 여성들과 위안부의 연관성이나 유사성을 논하는 것에 대해서는 옛 위안부를 지원하는 사람들 사이에서 여전히 경계 되었다. 구라하시 마사나오는 앞서 언급한 견해에 대해 '한국의 '정신대연구회 회장'을 역임하고 종군위안부 문제에는 날카로운 분석과 발언으로 국제적으로 주목받고 있는' 한국인 여성 연구자로부터 '한국에서는 구라하시 선생님의 설명을 받아들일 수 없다'는 말을 들었다고 소개했다.[12] 이는 매춘에 종사하며 대가를 받는 것을 자신의 의

---

11   日本の戦争責任研究センター 編, 『ナショナリズムと「慰安婦」問題』, 青木書店, 1998, pp.206
      ~207.
12   구라하시는 "아무리 돈 때문이라고 해도 동포 여성들이 스스로 나서서 납득하며 전쟁
      터에 나가서 종군위안부가 되었다. 한국인 입장에서 보면, 이것은 도저히 인정할 수
      없는 일이다. 역시 노골적인 폭력으로 인해 그녀들이 강제로 전쟁터로 강제 연행된 것
      으로 이해하고 싶을 것이"라며 "한국 측의 심정을 제대로 이해하지 못한 내 감성의 부
      족함이 부끄럽다"고 말했지만 동시에 "역사의 진실은 냉철하고 이성적으로 추구해 나
      가야 한다"고 서술했다. 倉橋, op. cit., pp.87~88·89~90.

지로 선택한 여성과 위안부가 같은 존재로 여겨지는 것을 피하고 싶다는 의식이 작용한 것으로 추측된다. 다시 말해 위안부는 어디까지나 국가에 의해 강제연행 된 여성들이며 그것이 문제의 핵심이라는 인식이 피해 당사자들의 지원운동 속에서 견고하게 존재하고 있다고 볼 수 있다.

이러한 상황 속에서 위안부와 관련된 사실을 논할 때에는 여전히 국가의 관여나 강제연행이 중심적인 논점이 되었다. 이는 야스마루 요시오가 지적한 '제겐'과 '업자'의 역할 등의 문제도 포함한 보다 넓은 시점의 연구 전개를 가로막는 경향을 불러왔다.

다만 국가의 관여와 강제연행이라는 논점에 논의를 집중시켜야 할 사정은 분명 존재했다. 1990년대 후반 이후 이를 부정하고, 옛 위안부의 증언은 신용할 수 없으며 그녀들은 매춘부로 돈을 벌었을 뿐이라는 이야기가 일본 사회에서 널리 회자되고 있었기 때문이다. 그러한 주장은 반드시 일본 사회 전체를 대표하는 것은 아니지만 그 영향력은 무시할 수 없었다. 또한 요시다 세이지의 증언에 의문을 제기하면서도 행정당국의 관여를 완전히 부정하지 않고, 옛 위안부에 대한 보상의 필요성도 인정하고 있던 하타 이쿠히코도 관헌에 의한 조직적인 강제연행은 없었고 따라서 보상도 불필요하다는 인식을 분명하게 드러냈다.[13] 실증적인 역사 연구자라는 평가를 받고 있던 하타의 의견은 위안부 문제에 대해 일본은 사죄와 보상이 필요 없다고 생각하는 사람들에게 이론적 근거가 되었다. 유력한 정치인들 사이에서도 고노 담화는 문제라는 의견, 즉 역사적 사

---

13   秦郁彦, 『慰安婦と戦場の性』, 新潮社, 1999, pp.377~382.

실 인정 자체를 부정하는 듯한 의견이 나오게 되었다. 옛 위안부를 지원하는 시민운동과 역사가들은 이러한 움직임에 맞서면서, 고노 담화 이상의 깊은 국가 관여와 강제연행이 존재했음을 말할 필요가 있었다.

6. '위안부'제도설과 국가책임·강제연행

1990년대 후반 이후 위안부에 대한 역사 연구는 위와 같은 과제를 의식하면서 전개되었다. 여기서 핵심적인 역할을 한 것이 요시미 요시아키였다. 요시미는 1995년 『종군위안부』이와나미서점을 집필하는 한편, 그 이후에도 일관되게 국가의 깊은 관여 아래에서 위안부 피해가 발생했다는 관점의 발언과 논고를 계속 내놓았다. 그 과정에서 '위안부'제도라는 용어를 사용해 설명하게 된다. 2010년에는 사실 부정의 움직임에 반론을 가하는 형태로 『일본군 '위안부'제도란 무엇인가』이와나미 서점를 출판했다. 그동안 제시된 요시미의 '위안부'제도에 대한 설명은 일본 정부의 사죄와 보상을 요구하는 시민운동 관계자뿐만 아니라 역사연구자들 사이에서도 표준적인 설로 간주되고 있다고 할 수 있다.

요시미는 위안소의 설치와 그곳에서 일하는 여성의 모집이 군의 지시에 의한 것, '업자'나 거기서 일하는 여성의 도항, 전장·점령지의 이동에 군이 편의를 도모하고 있는 것, 건물의 인수나 개조, 거기에서의 이용 규칙 및 요금 결정 등도 군이 진행했다는 점을 들며 '군 '위안부'제도 운용의 주체는 군이다'라고 지적한다.[14] 인원 확보에 대해서는 노예사냥처럼 여성들을 위안소에 끌고 갔다는 사료가 없는 가운데요시다 세이지의 증언은 요시미도 역사 사료로 사용할 수 없다고 판단하고 있다[15] 그런 의미에서의 강제연행좁은 의미의 강제연행이 있었다는 견해는 제시하지 않는다. 또한 1995년의 저서에서 요시미는 관알선, 즉 노무동원처럼 조선의 최하위 행정단위인 면面에 필요한 인원을 할당하고, 면직원 등이 이에 협조하는 방식으로 위안부를 모았을 거라는 추측을 제시했지만,[16] 이후 이 추측은 더 이상 언급되지 않는다. 그 후 중시되는 것은 유괴나 인신매매가 많이 발생했다는 점이며, 그것은 본인의 의사에 반한 연행 = 강제연행넓은 의미의 강제연행이었다. 그리고 그것이 '업자'가 한 것이라고 해도 군의 의뢰로 위안부를 모집했기 때문에 책임져야 할 주체는 역시 군이라는 견해가 제시된다. 또한 위안부가 처한 상황에 대해서는 외출의 자유를 빼앗기고 수입도 거의 없는 상태에서 매춘을 강요당했다고 설명하고 있다.

---

14 吉見義明, 『日本軍「慰安婦」制度とは何か』, 岩波書店, pp.16~17.
15 요시미는 요시다 세이지에게 동원명령서 사본이 적혀 있다는 아내의 일기 열람을 요구했지만 거절당했다. 이로 인해 요시다의 증언에 대해 '사실로 채택하기에는 문제가 너무 많다'는 판단을 내렸다. 吉見義明·川田文子 編著, 『「從軍慰安婦」をめぐる30のウソと真実』, 大月書店, pp.26~27.
16 吉見義明, 『從軍慰安婦』, 岩波書店, 1995, p.99.

7. 성노예 = 공창제도론과 상행위론 비판

요시미의 '위안부'제도론에 있어 중요한 점은 이 외에도 있다. 공창제도와 위안부의 차이점과 공통점에 대한 정리가 그것이다. 주지하다시피 위안소·위안부가 총력전시기 이전부터 일본제국에서는 매춘이 합법이었고 국가가 관리하는 공창제도가 존재했다. 구체적인 국가 관여는 매춘 영업자로 규정한 여성 = 창기와 이들을 거느린 매춘 시설 경영에 관한 등록과 영업허가 부여, 창기의 성병 검사 등이었다. 대부분의 경우 창기가 된 것은 부모가 빚을 져 생활이 어려워진 여성들이었고, 빚을 갚지 않는 한 매춘을 계속해야 했다. 하지만 법적으로 여성들은 창기가 되기로 동의하고 매춘이라는 생업을 이어나가는, 다시 말해 자발적인 상행위로 여겨졌던 것이다.

이 점은 위안부 피해에 대한 국가책임을 부정하려는 이들에 의해 강조되었다. 위안부가 된 여성들도 동시대에서는 지극히 보편적이었던 자발적인 상행위로서의 매춘에 불과하다고 주장한 것이다. 1990년대 후반 요시다 세이지의 증언에 대한 신뢰가 떨어지고, 강제연행이 없었다는 인식이 팽배해진 것도 이 주장에 대한 지지를 확산시켰다.

국가책임을 추궁하는 시민단체와 역사학자들에게 이는 간과할 수 없는 일이었다. 물론 자신들의 운동에 장애가 되는 담론에 대한 대항이기도 했지만, 공창제도와 위안부 피해가 어떻게 관련되어 있는지를 정리하는 것은 중요했다.

이 점에 대해서는 특히 신중한 논의가 필요했다. 위안부는 상행위를 하는 매춘부와는 다르다는 식으로 표현할 경우 매춘을 할 수밖에 없었던 공창에 대한 차별을 조장할 가능성이 있었다. 한편 공창제와 위안소의 관련성과 유사성을 강조하는 견해도 많은 사람들에게 위안부는 역시 매춘부였다는 오해를 불러일으킬 수 있었다. 구라하시 마사나오의 '성적노예형'과 '매춘부형'이라는 위안부의 두 유형설에 대해 한국 연구자들이 거부감을 보인 것도 아마 이 점과 관련 있을 것이다.

요시미는 이 문제와 관련된 다른 연구자들의 견해를 참조하면서 위안부와 공창제도의 관계를 정리해 나갔다. 1998년에 발표한 논고에서 이 문제를 간단히 언급하면서 공창제도와 '위안부'제도라는 '양자의 공통된 면과 차이점을 제대로 정리할 필요'[17]가 있다고 했으며, 2009년에 발표한 「'종군위안부' 문제 연구의 도달점과 과제」『역사학 연구』 2009년 10월호 및 2010년에 간행된 요시미 요시아키의 『일본군'위안부'제도란 무엇인가』에서 보다 자세한 논의를 전개해 나간다. 이를 소개하면 다음과 같다.

물론 요시미는 공창제도와 '위안부'제도가 동일하고 문제가 없다는 견해를 취하지 않는다. 동시에 그것은 차이가 있다고 한 다음 '위안부'제도에 대해서는 용납할 수 없다는 견해에 대해서도 비판한다. 이는 '대한민국·조선민주주의인민공화국 등에서 볼 수 있는, 여성의 처녀성을 중시하고 이른바 '매춘부'와 구별되는 순결한 '위안부'관·희생자관을 전면에 내세우는 것'으로 동의할 수 없다고 했다. 그리고 공창제도와 '위안부'제도는 동일하며 용납될 수 없다는 견해에도 동의하지 않으며, 따라서

---

17   吉見義明, 「『從軍慰安婦』問題-研究の到達点と課題」, 『歷史評論』, 1998.4.

양자는 다르지만 둘 다 문제라고 말한다.

　요시미는 양자의 차이점으로 '위안부'제도에 대해서는 군이 관리하고 군인·군속 전용 시설이었으며 군법이 적용된다는 점을 들었다. 즉 관리·운영 등의 주체가 군이며, 군인·군속을 위한 시설로서 군 내에서 완결되었다는 점이 평시 일본제국 내의 일반적인 매춘 시설과 다르다는 것이다. 이러한 차이가 있음에도 불구하고 요시미는 양자가 똑같은 '성노예제도'라는 견해를 제시한다. 공창제도에 대해서는 겉으로는 자유롭게 매춘 영업을 하고 있는 것을 전제로 하지만 거주나 외출이 제한되고 폐업의 자유도 손님을 선택할 자유도 존재하지 않았다는 사실을 요시미는 중시한다. 동시에 '위안부'제도에 대해서는 이러한 외관상의 보호 규정법률상으로 창기의 의사에 따라 폐업할 자유가 있고 1933년 이후에는 외출의 자유를 인정하도록 내무성이 지시를 내리는 것 등조차 존재하지 않는 '문자 그대로의 성노예제도'라는 견해를 보였다.

　이후 요시미는 일본제국의 공창제도가 식민지에서도 확산된 것에 대해 논하며 2019년에 저서를 내놓았다.[18] 요시미와 마찬가지로 옛 위안부 지원운동과 연계해 연구를 진행해 온 재일조선인 김부자 등도 그 전 해에 식민지의 공창제도에 대한 연구를 발표했다.[19] 이러한 연구동향은 일본제국의 공창제도가 식민지에도 확산되어 그것이 '위안부'제도의 바탕이 되었다는 것을 시사하며, 이를 논증하려는 것이었다.

　또한 같은 시기에는 한국 연구자들 사이에서도 공창제도와 위안부의

18　吉見義明, 『買春する帝国 日本軍「慰安婦」問題の基底』, 岩波書店, 2019.

19　金富子·金栄 編著, 『植民地遊廓 日本の軍隊と朝鮮半島』, 吉川弘文館, 2018.

관계가 논의되기 시작했다. 박정애는 공창제도 자체의 성립과 문제를 설명한 뒤 재편의 결과로 위안소가 출현했다는 견해를 보였다.[20] 일본제국의 조직적이고 정책적인 위안부 인원 확보와 국가총동원법과의 관계가 여전히 자주 거론되는 한국에서[21] 이러한 공창제도와 위안부의 연속성을 지적하는 논의에 대한 비판도 있을 것이다.[22] 그러나 평시의 공창제도 자체도 여성의 인권을 억압하는 '성적노예'를 양산했다는 요시미의 견해는 위안부는 돈벌이를 하는 매춘부에 불과하므로 일본 정부는 사죄도 보상도 할 필요도 없다는 주장과는 분명히 다르다. 동시에 공창제도가 사실상 성노예제도였고 그것이 식민지 조선에 유입되어 조선인 위안부를 만들 수 있는 토양을 다졌다는 추정은 일본제국의 국가책임을 묻는 중요한 논거가 될 수 있다. 그런 점에서 옛 위안부에 대한 사죄와 보상을 요구하는 한국 시민단체들 사이에서도 공창제도와 위안부의 관계에 대한 요시미의 인식이 점차 받아들여지고 있는 것으로 보인다.

---

20 朴貞愛, 「戰時公娼制の範疇で日本軍『慰安婦』制度の国家責任を問う」, 『アジア現代女性史』 第12号, 2018.

21 예를 들어 한국의 위안부를 원고로 하는 보상요구 재판의 판결문을 보면 기초적 사실에 대한 설명에서 국가총동원법과 국민징용령, 여자근로정신령 등에 대한 언급이 있어 마치 그러한 법령에 따라 위안부가 동원된 듯한 인상을 주고 있다(2021년 1월 8일 선고 서울중앙지방법원 제34민사부에 의한 위안부 피해자를 원고로, 일본국을 피고로 한 손해배상청구사건의 판결문). 또한 2017년 발간된 한국 여성가족부 「일본군 '위안부' 피해자 문제에 관한 보고서」에서도 조선총독부의 동원행정과 같은 방식으로 위안부를 모집한 것처럼 기술했다.

22 박정애는 앞서 언급한 논문에서 '정의와 인권, 여성주의의 관점에서 일본군 '위안부' 문제를 해결해야 한다는 입장에 동의하는 사람들 사이에서도 공창제와 일본군 '위안부'제도를 함께 이해하는 주장을 받아들이지 못하고 주저하는 모습을 종종 볼 수 있었다'고 설명했다. 朴貞愛, op. cit..

8. 국가책임 입증의 한계

위와 같은 '위안부'제도라는 용어를 사용한 사실史^{実} 정리와 설명은 인력 확보에 있어 국가의 조직적인 강제연행을 증명하지 못하면 국가 보상은 있을 수 없다는 주장이나 위안부는 자발적인 상행위로 위안소에서 일했으며, 당시 법에 비춰 볼 때 비난받을 점이 없다는 견해에 대한 반론으로서 중요한 의미를 가지고 있었다. 다만 그것이 완전히 유효하다고 보기는 어렵다.

우선 인력 확보 과정에서 국가책임 = 군이 주도한 것으로, 군에 책임이 있다는 요시미의 설명은 타당성 면에서 의문이 남는다. 요시미는 '업자'는 조연이고 군이 주역이며, '업자'는 군의 손발이 되어 움직였을 뿐이라고 했다. 따라서 취업 사기나 유괴와 같은 '업자'의 불법행위에 대한 책임도 군이 져야 한다고 보고 있다. 이와 관련해 요시미는 북한에 의한 일본인 납치사건도 일본 경찰당국이 '지시한 자에게 일차적 책임이 있다', 즉 민간인 실행범이 아니라 북한 당국의 책임을 무겁게 보고 있다고 했다.

그러나 북한에 의한 일본인 납치사건과 일본군에 의한 위안부 모집은 중요한 점에서 조건이 다르다. 북한에 의한 일본인 납치사건은 식당 주인이 누군가를 해외로 끌고가는 것을 업무로 하는 것이 아니라 북한 당국이 불법을 전제로 사람을 데려가는 것을 식당 주인에게 명령했다고 볼 충분한 근거가 있다. 반면 매춘 시설에 여성을 소개하는 직업은 당시 합법이었다. 즉 위안소 설치를 위해 일본군이 이러한 합법적인 '업자'^{다양} 한 호칭이 부여되었지만 이하 창기 등 주선업자라 하겠다에게 매춘 시설에서 일할 여성의 모집을 의뢰할 때에는 법에 저촉되지 않게 이를 수행하는 것을 전제로 했을 것이다. 이러한 군의 위안부 모집은 일상적으로 그것을 업무로 삼고 있는, 합법적 상거래를 하는 이에게 무언가를 부탁하는 행위라는 의미에서 사무용품의 소매 판매에 종사하는 단골 상인에게 볼펜이나 노트를 주문하는 것과 동일하다. 만약 납품해야 할 상품을 어디선가 훔쳐서 납품했다 하더라도 그것은 상인의 죄가 된다. 발주자가 그 사실을 몰랐다면 책임질 이유가 없다. 발주자의 죄를 묻는다면 강탈하거나, 훔쳐서라도 필요한 상품을 납품하라는 식의 위법 행위를 명령한 경우에만 해당된다. 물론 위안부의 모집에 있어서 그러한 명령이 있었음은 상상할 수 있지만 예를 들면 군이 창기 등 주선업자에게 난폭한 짓을 해서라도 여성을 모으라는 식, 증거가 없는 한 군의 죄를 물을 수는 없기 때문이다.

위안소에서의 노예적 매춘 강요나 학대에 대해서도 항상 군의 책임을 물을 수는 없을 것이다. 군 직영 위안소에서 군이 위안부의 직접적인 사용자라는 것이 의심의 여지 없이 인정된다면 분명 인권침해 책임은 사용자인 군인에게 귀속시킬 수 있다. 그러나 요시미도 지적한 바와 같이 민간인에게 위안소 경영을 위탁하거나 민간인이 경영하는 매춘 시설을 군 위안소로 지정하는 경우도 있다. 이 경우 위안부의 사용자는 위안소 경영자인 민간인이 된다.[23] 그리고 군인들은 어디까지나 건물이나 장소

---

23 무엇보다 일본제국의 견해로는 위안소의 경영자를 위안부의 사용자로 상정하지 않고, 위안부는 매춘을 하는 자영업자로 규정하고 있을지도 모른다. 그 이유는 일본제국의 공창제도에서 유곽경영자는 방을 빌려주는 업자 = 대좌부업자(貸座敷業者, 포주)였고, 유곽에 있는 창기는 매춘을 하며 돈을 버는 자영업자라는 명분이 있었기 때문이다. 물론 실제로 유곽경영자 = 대좌부업자 창기에게 매춘을 강요하는 사용자였고, 위

를 빌려주고 위생상태 등의 점검 정도에 관여했을 뿐 사용자와 위안부의 관계에 대해서는 잘 알지 못했다는 것도 논리적으로는 가능하다.

9. 경영과 사회적 시점의 결여

이와 함께 요시미의 설명에는 비합법적인 인력 확보나 노예와 같은 단어로 상상되는 위안소 생활에 반드시 해당되지 않는 사례를 어떻게 생각해야 하는지에 대한 검토가 부족하다는 문제가 있다. 그러한 사례 여부 자체도 물론 문제 삼아야 할 사실이다. 다만, 창기 등 주선업자와 연락해 조건을 안 다음 위안부가 되어, 고액의 돈을 받았다는 여성의 증언은 실제로 존재한다.[24]

물론 문제 삼아야 할 것은 인권침해고, 거액의 금전을 얻었다는 것은 논하지 않아도 된다고 할 수도 있다. 애초애 위안부 증언에서도 이러한 내용을 언급하는 경우는 드물기 때문에 예외적 사례로 무시할 수도 있다.

다만 위안부의 처우나 급여에 대해 아무런 배려 없이 극단적이라 할 만큼의 학대를 자행했다는 것도 오히려 기이한 일이며, 이에 관련된 고

안소경영자와 군인은 위안부의 자유를 빼앗고 매춘을 강요했다고 보아야 한다.

24 한 일본 여성은 이미 진 빚을 갚기 위해 '오야가타(우두머리 : 親方)'에게 데려가 달라고 했고, 돌아올 때는 1만엔을 저축할 수 있었다고 증언한다(広田和子, 『証言記録従軍慰安婦・看護婦』, 新人物往来社, 1975, p.43). 이외에도 버마 위안소에서 일했던 문옥주도 많은 금액을 저금했다고 알려져 있다. 문옥주에 대해서는 군표를 받았을 뿐 실제로는 거의 가치가 없다는 견해도 있으나 이에 대한 반론도 존재한다(李昇燁, 「元慰安婦・文玉珠の軍事郵便貯金問題再考」, 『佛教大学歴史学部論集』 第12集, 2022.3).

찰을 더하는 것이 의미가 없다고는 할 수 없다. 매춘 시설 경영자 입장에서는 위안부가 도망가거나 자살, 정신이상으로 매춘을 할 수 없게 되면 큰 손실이기에 이를 방지하기 위한 유화적인 수단은 당연히 생각해 볼 수 있다. 점령지에서 위안소를 가까이에서 지켜본 일본인에 의하면, 위안부는 '업자'에게 '귀중한 재산이자 상품'이며 '재산 보전에 충분히 유의했다'는 증언도 이를 뒷받침한다고 할 수 있다.[25] 그리고 야스마루 요시오가 제시한 '그녀위안부들의 체념과 상황에 대한 적응'도 위안부를 접하는 사람의 태도에 의해 만들어지는 것으로 매춘 시설 운영 방식이 가장 큰 규정 요인이었다고 볼 수 있다.

그리고 유괴나 취업 사기를 이용해 '업자'가 위안부를 모집하고 그것을 군이 지시했다고 가정할 때, 이를 단속하지 않는다면, 민중 사이에 불안이 확대되고 통치권력에 대한 비판이 커질 가능성이 있다. 그럼에도 불구하고 왜, 이러한 '광의의 강제연행'이 방치되고 있었는지에 대한 의문이 생긴다. 하타 이쿠히코의 '강제연행'은 '식민지 통치가 붕괴될 위험을 내포하고'있다는 지적도 있었지만,[26] 이에 대한 논의는 지금까지도 부재한 상태다.

이러한 점들은 위안부의 사실을 생각할 때 민간인 사업 경영의 관점이나 지역 사회 질서 유지의 시점도 함께 고려해야 함을 시사한다. 그러나 국가책임의 입증을 과제로 삼아 국가권력과 위안부와의 관계 해명에

---

25 長沢健一, 『漢口慰安所』, 図書出版社, 1983, pp.238~239. 이는 위안부를 비인간적으로 보는 표현이며, 당연히 비판받아야 하지만 이러한 의식이 있었다는 것을 숨김없이 말하고 있는 것도 사실이다.

26 秦郁彦, op. cit., 1999. p.380.

주력했던 '위안부'제도에 관한 연구에서는 매춘 시설 경영자·창기 등 주선업자들과 같은 민간인의 경영이나 식민지 민중이 생활했던 지역 사회에 대한 관심은 희박해지기 쉬웠던 것이다.

10. 국가 통제의 의미와 한계

이 외에도 '위안부'제도론의 제시와 함께 논의가 진행되어 온 공창제도의 시각에도 여전히 문제가 남아 있다. 요시미뿐만 아니라 모든 논자들은 공창제도를 국가가 여성의 인권 억압, 학대를 용인하는 요소에만 초점을 맞추고 있다. 물론 그것은 공창제도를 이야기할 때 가장 중요한 부분이다.

하지만 국가의 매춘 관리와 그에 대한 점검은 무분별하게 확산되어 발생하는 폐해를 막는다는 의미도 있다. 개인의 행복이 훼손되거나 사회적으로 심각한 문제를 초래하는 것을 막기 위해 일반적으로 해악으로 여겨지는 행위라도 행정당국이 제한을 두면서 이를 용인하는 시책을 취하는 것은 드문 일이 아니다. 예를 들어 주류의 제조와 판매는 많은 나라에서 국가가 통제하고 제한하면서도 이를 허용하고 있다. 전면 금지로 인해 지하로 숨어 들어간 갱단이 밀주를 만들어 부당 이득을 취하거나, 미성년자가 자유롭게 구입해 건강에 해를 끼치는 상황보다는 사회 전반에 그러한 시책을 취하는 것이 바람직하다는 판단일 것이다.물론 국가 입장에서는 세수 확보에 따른 이점도 크다.

매춘에 대한 국가 관리는 물론 성병의 확산을 막겠다는 목적이 크다. 그러나 아무것도 모르는 여성들이 갑자기 납치되어 매춘 시설에서 일하게 되거나, 그곳에서 죽을 때까지 노골적인 폭력에 노출돼 학대받고, 매춘을 강요당하는 극단적인 인권침해에 제동을 거는 효과도 없지 않을 것이다. 행정당국의 각종 법령에 따라 창기 등 주선업자는 업무와 조건을 알려주지 않고 매춘 시설에 여성을 소개할 수 없도록 금지되었고, 이를 어기면 행정당국의 사업허가 면허가 박탈되었다. 창기의 등록도 호적을 갖추고 친권자의 허가를 받아 본인이 경찰에 가서 신청하도록 되어 있어, 예를 들어 유괴되어 팔려 나가려는 건지 아닌지 확인할 수 있었다. 물론 유괴된 여성을 매춘에 종사하게 했다면 매춘 시설의 경영자는 영업정지 등의 처분을 받게 된다. 또한 법령에 규정되어 있는지 확인되지 않지만, 매춘 시설 경영자가 창기로 고용한 여성들에게 빚을 지게하고 매춘을 강요한 것은 사실이나 그 이자를 붙여 영구적으로 빚을 갚을 수 없도록 만드는 시스템은 적어도 어느 시점부터 작동하지 않았다.[27] 합법적인 매춘 시설에서 일하는 창기에게 빚을 갚고 자유의 몸이 될 수 있는 전망을 어느 정도 가질 수 있게 되었다고 할 수 있다. 물론 은밀하게 여성 인신매매를 자행하는 자나 여성들을 감금하고 매춘을 시키는 비합법적 영업이 전멸한 것은 아니다. 다만 행정당국이 정한 합법의 조건이 정해지면 매춘 관련 업자들은 위험을 감수하지 않고 그 범위 내에서 사업을 수행하는 것이 상책이라고 판단했을 것이다. 물론 이른바 '자루법^{ザル法, 유명무}

---

27 藤坂比志郎, 「遊郭の経済的観察」, 『サラリーマン』, 1932.3.

실한 법'이거나 형벌이 가볍고 뇌물로 당국의 단속을 피할 수 있는, 애초에 당국의 감시가 그렇게 엄중하지 않았다면 탈법행위가 일상화될 것은 분명하다. 하지만 어느 정도의 단속이 가능하다면 행정 당국이 설정한 합법의 테두리 안에서 매춘과 관련한 각종 사업자 등의 행동을 억제하는 효과가 있다는 것은 부정할 수 없다.

그러나 이러한 행정당국의 관리나 점검이 매춘과 관련된 다양한 문제를 단순히 감소시켰다고 보기는 어렵다. 매춘 시설을 합법적으로 허용하는 것은 당연히 매춘을 증가시켰을 것이다. 어느 정도 보호법규나 시책이 있다는 것은 진입에 대한 심리적 장벽이 다소 낮아졌고 매춘 시설 소개 시 친권자나 본인을 안심시키기 위해 일은 알려진 것만큼 힘들지 않고, 당국도 단속하고 있다는 이야기를 할 수 있을 것이다 그 결과 창기가 된 여성이 증가했을 가능성도 있다. 또 행정당국의 관리나 점검을 전제로 영업을 하는 매춘 시설 경영자들은 적발되지 않는 범위 내에서 최대한 창기를 일하게 해 수익을 올리는 노하우를 익히게 된다. 합법적인 면허를 소지하고는 창기 등 주선업자도 창기가 되어 돈을 버는 것을 받아들이는 여성의 정보를 수집하거나, 여성들을 설득해 그렇게 생각하도록 하는 기법을 습득해 간다. 이는 납치나 유괴, 취업 사기로 여성들을 데려와 감금하고 위협하며 매춘을 강요하는 것과 같은 단순한 활동, 일반적으로 상상할 수 있는 '성노예'로서의 여성의 사역에 의한 것이 아니라, 보다 교묘하게 매춘을 통한 여성의 착취, 억압이 이루어지고 있음을 의미한다. 그리고, 사회적인 비판을 회피하면서 물론 완전히는 아니지만, 매춘 시설이나 창기 등 주선 사업을 지속시켜 나가는 것이 가능한 것은 그러한 교묘함을 가지고 여성들을 대하는 경우에 가능한 것이다.

이러한 점을 살펴보면, 과연 요시미가 말한 '위안부'제도와 공창제도는 모두 '성노예'제도이며, 운영, 관리의 주체가 군인지 민간인지, 그것이 전시에 전장과 점령지에서 군인·군속 전용 시설인지, 평시의 일반 시민을 위한 것인지가 다르다는 설명이 타당한지 의문이 생긴다. 물론 교묘하게 여성을 관리해 매춘을 시키는 형태를 '성노예'의 범주에 넣는 것은 불가능한 것은 아니다. 다만 그렇다 하더라도 위안소·위안부와 공창제도에서의 매춘 시설·매춘종사자의 차이는 적어도 좀 더 신중하게 검토되어야 할 것이다.

그러나 그보다 더 문제가 되는 것은 과연 동시대 일본제국의 매춘 관련 사업과 그에 따른 여성의 인권침해를 생각할 때 공창제도에 국한하여 논하는 것이 얼마나 의미가 있는지에 대한 점이다. 공창이 아닌, 즉 국가의 정식 허가를 받지 않은 사창에 의한 매춘, 이를 위한 시설의 경영, 그곳에서 여성을 소개하는 것을 생업으로 삼는 자 등 법이 뒷받침하는 제도 밖에서도 다양한 활동이 상당수 이뤄지고 있었다.

지극히 당연한 일이지만, 국가의 통제나 민중의 동향 파악·관리는 완벽하지 않다. 그러나 위안부가 입은 피해에 대한 국가책임 입증이 최우선 과제였던 피해 당사자 지원운동이나 그것과 연계된 역사연구자들에게 이는 간과되거나 인식하고 있더라도 언급되지 않았다. 국가책임은 국가 관여의 실재, 그 깊이를 설명함으로써 입증된다고 여겨졌기 때문이다.

그러나 우선 실제 일본제국 공창제도를 벗어난 매춘을 양적으로 무시할 수 없다. 사창이 어느 정도였는지에 대한 공적인 통계는 있을 수 없지만 행정당국이 파악할 수 없는 것이 사창이다 경찰당국이 추정한 수로 알려진 것은 있다. 총력전시기보다 이전 시기로 거슬러 올라가야 하지만, 1925년 당시 조선 내 사창이 7,651명이었고, 1930년 일본 내지에서는 12,181명이었다는 사료가 있다. 후자에 대해서는 같은 해 일본 내지의 예기·창기·작부는 207,727명으로, 그에 비하면 적지만 무시할 수 있는 숫자는 아니다. 그리고 조선에는 같은 해의 예기·창기·작부의 합계가 6,900명이므로 오히려 사창은 그보다 많다.[28] 게다가 일본 내지든 조선이든 위의 통계는 경찰당국이 어떤 식으로든 접촉하거나 시찰 한 사람들의 수이며, 완전히 국가권력의 눈을 피해 매춘을 하는 사창은 여기에 포함되지 않는다. 덧붙이자면 조선에서는 일본 내지에 비해 합법적인 매춘 시설 경영자와 창기 등 주선업자의 수는 상당히 적다. 1930년에 인구 10만 명당 대좌부업자貸座敷業者, 포주의 수는 일본 내지와 조선에서 각각 16.9명과 2.4명이다. 또한 창기 등 주선업자에 대해서도 1930년 시점으로 10만 명 당, 일본 내지는 9.9명, 조선은 0.6명으로 상당한 차이가 있다.[29] 이를 통해 위안부 여성을 많이 보낸 것으로 추정되는 한반도에서 합법적인 공창제도는 일본 내지의 수준에서 보면 사회 내에서 미미한 지위를 차지할 뿐, 국가의 통제 밖에서 매춘과 이와 관련된 활동이 매우 활발하게 전개되었음을 알 수 있다.

이처럼 매춘과 그와 관련된 사회적 해악, 인권침해에 대해 생각할 때 공창제도 내의 활동에만 착목하는 것은 양적인 문제로 볼 때 미흡한 것

---

28 「娼妓等周旋業と慰安婦の要員確保－日本内地と朝鮮との比較」(外村大, 『龍谷大学経営学論集』第61巻2号, 2022.5)에서는 통계 소개와 함께 사창에 대한 몇 가지 사실을 소개한다.

29 Ibid..

일 수밖에 없다. 동시에 공창제도 이외의 영역에서 벌어졌던 인권침해나 사회에 끼친 해악은 질적 문제로도 간과할 수 없다. 취업 사기나 유괴, 감금 등의 범죄를 방지하고 표면적으로만 계약관계를 맺는 등 가혹한 인권침해에 대한 최소한의 제동이 걸려있던 제도하의 공창과는 달리, 사창의 경우 완전히 동시대의 법이 무시된 가혹한 대우 아래 매춘을 강요당했을 가능성이 있기 때문이다.[30] 이는 요시미가 '문자 그대로의 성노예'라고 표현한 위안부의 경험과 공통점이 있었다. 위안소의 경영이나 그곳으로 여성을 보내는 일을 담당했던 '업자'와 유사한 존재는 공창제도 하에서 합법적으로 사업을 전개하고 있던 매춘 시설 경영자나 창기 등 주선업자가 아니라 사창과 관련된 영업을 하던 자들이었다는 추측을 가능하게 한다.

또한 위와 같이 국가의 통제가 미치지 않는 영역을 무시하고 공창제도로만 매춘이나 위안부에 대해 논하는 경향은 요시미를 비롯해 피해 당사자를 지원하는 사람들만으로 국한된 것은 아니다. 위안부는 자발적으로 상행위를 선택한 매춘부라는 논자 역시 같은 인식을 전제로 하고 있다. 위안소를 공창제도와 유사한 것으로 보는 이들 논자는 매춘과 관련된 폭력 등 심각한 인권침해에 대해서는 언급하지 않고, 매춘 시설 경영

---

30 다만 일부 사창은 매춘 시설에 소속된 사람이라도 손님을 선택할 자유를 가진 경우도 있었다. 『日の丸を腰に巻いて 鉄火娼婦・高梨タカ一代記』(玉井紀子, 德間書店, 1984)에 소개된 '다카나시 다카(高梨タカ)'라는 여성은 사창의 경우 손님을 직접 선택할 수 있기 때문에 공창보다 레벨이 높다고 인식했다(Ibid., p.27). 물론 그것은 개인의 인식이고, 이를 이유로 사창이 공창보다 나은 대우를 받았다고 단정할 수 있는 것은 아니다.

자들과 매춘종사자들이 계약을 맺었다고 설명한다.[31] 이것은 여성들의 인권을 보호하는 법령이 있고 그 효력을 가지고 있던 것이 공창제도라고 보는 동시에(이 점에 대해 잘못되었다는 지적은 가능하며 당연히 비판이 있어야 한다) 공창제도 이외의 매춘이나 그와 관련된 여러 활동이 있었다는 것을 상정하지 않아야 가능한 주장이다. 그러나 지금까지 살펴본 바와 같이 국가의 통제가 미치지 않는 공창제도 밖에서도 매춘과 여성들의 인신매매가 이루어지고 있었다. 그것은 법령 준수를 전제하지 않아도 되는 것이며, 계약서 따위는 없는, 취업 사기, 유괴, 감금, 협박과 같은 수단도 사용되었을 것이다. 특히 공창제도가 사회에 침투하지 않았던 조선에서는 이러한 상황을 무시할 수 없었다. 하지만 조선에도 일본제국에 의해 근대적 제도가 도입되었고, 확산되었다는 것을 실제보다 높게 평가하고 있기 때문인지 위안부 상행위론자들은 이 점에 주의를 기울이지 않았다.

11. 사실史實의 재정리 시도

이상으로 위안부를 둘러싼 역사 연구의 전개를 개괄하고 그 문제점에 대해 검토했다. 위안부 문제가 부각된 시점에는 역사 연구의 축적 자체가 부재했고, 관련 사료 자체도 상당히 제한적이었다. 그런 가운데 정

---

31 이영훈과 마크 램지어 등의 논고가 여기에 해당한다. 일본에도 『反日種族主義 日韓危機の根源』(李栄薫, 文藝春秋社, 2019)와 「『慰安婦は性奴隷にあらず』ハーバード大・ラムザイヤー教授の論文要旨」(マーク・ラムザイヤー, 『正論』, 2021.5) 등을 통해 이러한 의견이 널리 알려지게 되었다.

치적 대립을 불러일으키고 있던 문제의 해결을 의식하면서 사료를 발굴하고 무엇이 사실인지를 천착해온 요시미 요시아키 등 역사연구자들의 노력은 높이 평가되어야 할 것이다.

다만 지금까지 살펴본 바와 같이 위안부 관련 기존 역사 연구에는 중요하지만, 시야 밖에 놓여 있던 논점과 잘 설명되지 못한 것들이 존재한다는 것은 부정할 수 없다. 그런 상황에서 그릇된 담론이나 역사적 사실을 왜곡한 주장도 끊이지 않고 있으며, 결과적으로 시민들 사이에서 기본적인 사실에 대한 이해가 확산되지 않는 상태가 만들어졌다. 현재 기존 연구성과를 바탕으로 미흡한 점을 보완하고 새로운 사료를 발굴하면서 위안부를 둘러싼 새로운 역사상을 제시하는 것이 요구되고 있다.

유감스럽게도 이 논고에서 위를 실현할 수는 없지만, 지금까지 서술한 내용을 토대로 시론으로서 사실에 대한 재정리를 시도해 보고자 한다.

그 과정에서 먼저 확인해야 할 것은 국가의 시책이 사회 전체에 곧바로 침투하는 것이 아니라 민중과 그들의 활동을 관리하는 데에도 한계가 있었다는 당연한 사실이다. 위안부 문제에서의 일본 정부의 법적 책임을 인정한 사과와 보상이 피해자 지원운동의 중요 과제이며, 이를 위해 국가의 관여와 그 깊이를 입증하는 것이 요구된다고 해도 관헌 또는 그 수족이 된 대행자의 민중 개개인의 생활에 대한 개입이라는 점만이 논해야 할 역사적 사실은 아니다. 국가가 컨트롤할 수 없는 사회에서의 민중의 활동, 경제적 이익 추구 등의 다양한 의도 또한 무시할 수 없는 것이다.

국가권력이 어디까지 식민지 민중의 동향을 장악할 수 있는지에 대해서는 종종 오해가 생기기도 한다. 피지배자를 복종시키기 위해 지배자는 실제보다 더 자신의 힘을 크게 과시한다. 그렇게 심어진 이미지는 세대를 넘어 계승된다. 그 결과 마치 식민지 통치 권력자가 그 사회를 구석구석까지 파악하고 통제하는 것처럼 인식하기 쉽다. 하지만 실상은 다르다. 그 사회에서 소수이면서 언어의 장벽도 있는 지배자가 피지배자의 동향을 전부 장악할 수 있는 것은 아니다. 애초에 통치에 대한 직접적인 반항과는 무관한 피지배자가 입은 인권침해나 내부의 트러블 등에 지배자가 관심을 가지고 개입할 필요가 없었다. 따라서 식민지에서도, 바꿔 말하면 오히려 식민지 쪽이 국가의 통제를 벗어난 민중의 독자적인 세계가 확장되는 상태가 된 것이다.

위안부 확보나 위안소에서의 처우에도 영향을 미쳤을 일본제국의 공창제도도 이 점을 감안하여 인식할 필요가 있다. 우선 매춘 시설 등의 경영에서 안전하게 사업을 지속하기 위해서는 합법의 테두리 안에서 노골적인 폭력이 아닌 교묘한 방법을 선택하게 된다. 한편 애초에 공창제도와는 무관하게 국가가 파악하지 못한 영역에서 매춘이나 그와 관련된 사업이 전개되고 있었다. 그곳에서는 법령을 무시하고 유괴나 취업 사기에 의한 인신매매나 감금, 협박 등의 매춘 강요도 가능했다. 그리고 국가가 파악, 통제할 수 없는 공창제도 외의 매춘 등은 일본 내지에 비해 조선에서 더 많이 행해지고 있었다.

다음으로 위안부 모집 과정이나 위안소에서의 대우를 살펴보면 아무것도 모른 채 끌려와 매춘을 강요당하고, 돈도 받지 못하는 피해가 있었던 것은 분명하다. 그러나 다른 한편으로는 일의 내용을 알고도 위안소에 와서 돈을 벌었다^{그래서 빚을 갚았다}는 여성의 증언도 있다. 이는 일본인 사이에서 볼 수 있는 일이다. 또한 위안소 중에는 일본 내지의 유곽 경영자가 운영한 곳도 있다.

위의 내용에서 위안부 인원 확보와 위안소에서의 처우가 고르지 못한 것과 그러한 상황을 만들어낸 배경에 대해 다음과 같이 추론할 수 있다. 즉 합법적인 공창제도 안에서 매춘에 종사하는 것을 받아들인 여성들의 정보를 가진 창기 등 주선업자들에 의해 모집되어, 이들을 이용하는 교묘한 노하우를 축적한 매춘 시설 경영자들이 다수 있었던 일본 내지에서 위안부로 모집된 여성들은 계약을 맺고, 위안소에서 돈을 벌 수 있었다. 반면 조선에서는 합법적인 공창제도 외의 매춘과 관련 사업의 전개 비중이 컸는데, 유괴나 취업 사기로 여성을 꾀어내어 위안소에 보내는 말 그대로 성노예로 일체의 자유를 박탈하고 매춘을 강요하고, 대가 또한 주지 않는 사례가 빈번하게 발생했다. 물론 일본 내지에서도 속아서 위안소로 보내진 여성들이 있다는 것은 알려져 있기 때문에 피해의 형태가 지역별로 완전히 구분되는 것은 아니다. 단지 그러한 경향이 있다는 것은 인정할 수 있을 것이다.

다만 여기서 위안부 확보를 위한 유괴나 취업 사기가 잦았다면 민심의 불안을 야기하고 사회질서에 악영향을 끼치는 것이 아닌가 하는 의문이 생긴다. 하지만 이 점에 대해서도 국가는 사회 구석구석까지 파악하고 통제할 수 없다는 점에서 설명이 가능하다. 원래 국가권력이 개입할 수 없는 민중만의 세계가 펼쳐져 있고, 거기서 유괴나 취업 사기 같은 민중들 간의 범죄도 종종 발생하는 상황 속에서는 이에 대한 의문을 품

거나 지배자에게 불만을 표출하지는 않는다. 아마도 식민지 조선의 민중
과 그 사회는 그런 형태로 존재했을 것이다.[32]

12. 향후 과제와 전망

그러나 위의 사실 정리는 어디까지나 시도일 뿐이다. 그것이 진실에
가까운지에 대한 검증은 사료를 바탕으로 진행돼야 한다. 이를 위해서는
우선 매춘 시설과 위안소의 경영, 매춘종사자나 위안부에 대한 대우가
어떤 것이었는지 다양한 사례를 발굴하고 검토할 필요가 있을 것이다.
특히 매춘종사자나 위안부에 대한 유화적인 관리가 어느 정도였는지혹은
없었는지, 그것이 있었다면 총력전 이전부터 매춘 시설 경영 노하우도 계승
한 사례가 있었는지 등에 주목해 연구를 진행해야 할 것이다. 또한 식민
지 조선에서 여성 인신매매 범죄와 사창의 실태가 어떠했는지 파악하고
일본 내지의 상황과 비교하며, 식민지 조선 민중의 세계와 국가권력이
어떤 관계를 맺고 있었는지도 구체적으로 밝힐 필요가 있다.

---

32 예를 들어 일본 내지에서의 취업을 위한 밀항 비즈니스가 번성했고 그중에는 실제로
일본에 데려가지 않고 돈만 가로채는 사기 행각도 자주 벌어졌다는 점에서도 증명된
다. 밀항은 일본 내지 쪽에 도착했다가 적발된 사람이 때에 따라서는 한 해에 7,000명
이상이 될 정도였다. 당연히 밀항이 성공한 사례나 조선 내에서 발각되어 실행에 옮기
지 못한 경우도 있고, 이보다 훨씬 많은 사람들이 경찰의 눈을 피해 일본 내지에서의
취업이나 이동을 위한 상담과 활동을 하고 있었던 것이다. 이에 대해서는 필자의「日本
帝国の渡航管理と朝鮮人の密航」(蘭信三 編, 『日本帝国をめぐる人口移動の国際社会学』, 不二出版,
2008)을 참고하기 바란다.

안타깝게도 위안부 문제에 대한 관련 사료가 많이 남아 있지 않고, 총력전시기의 일본군이나 전장·점령지에 대해 선명한 기억을 가지고 이야기할 수 있는 사람도 이제 극소수에 불과하다. 식민지 지배를 받는 민중들의 세계와 그곳에 벌어지는 인신매매, 사창의 활동도 본래 지배자 측이 파악하지 않고, 민중 자체도 기록을 남기지 않는 경우가 많기 때문에 이에 대한 실마리도 쉽게 얻을 수 없다. 이러한 어려움이 예상되지만, 기존 사료나 피해 당사자가 남긴 증언을 다시 읽어 보는 등의 작업을 통해 역사적 사실에 다가가는 것이 요구된다.

　그리고 앞서 언급한 위안부를 둘러싼 사실의 재정리가 타당하다면, 혹은 그러한 가설을 세워 연구를 진행시킬 경우, 아마도 국가의 책임을 어떻게 생각할 것인지가 문제가 될 것이다. 기존 연구에서는 위안부의 모집이나 위안소 설치·운영 등에 있어서의 국가권력, 구체적으로는 군인이나 그 대리인의 직접적이고 깊은 관여를 근거로 국가책임을 입증하려 했다. 그러나 이 글에서 제시한 사실의 재정리는 국가권력의 깊고 직접적인 관여가 있었다는 것이 아니라 오히려 민간의 독자적인 활동 속에서 위안부가 모집되었고, 위안소에서 매춘에 종사하게 되었다는 것을 말하고 있다. 이는 국가책임을 인정하지 않거나 적어도 그것을 가볍게 여기는 것으로, 피해 당사자를 지원하는 시민운동단체 등에게 비판을 받을 수 있다.

　하지만 위안부로서 받은 인권침해에 대해 민간의 독자적인 활동 요소에 주목한다고 해도 위안소가 군의 시설로 군인·군속을 위해 설치, 관리되었다는 사실은 변함이 없으며 그곳에서 일하게 하기 위해 군이 위안부를 모집했다는 사실이 있는 이상 일본제국의 국가책임은 면할 수 없다. 나아가 이 글에서 논의한 내용을 고려하면 일본제국에는 다음과 같은 점에 대한 책임이 있다고 볼 수 있을 것이다.

즉 조선 민중의 자기결정권을 빼앗고 지배를 지속한 일본제국이 식민지 조선의 사회상황을 취업 사기나 유괴 등에 의한 여성의 인신매매, 감금, 협박에 의한 매춘 강요 등이 가능한 사창을 계속 방치해 두었다는 점이다. 그것은 문자 그대로 성노예로 표현되는 위안부 피해의 원인을 만들어내고 있었다. 이것은 위안부로 여겨지는 여성들만의 문제는 아니었다. 위안소가 아닌 조선 내 혹은 조선 외의 비합법적 매춘 시설로 보내진 여성들의 피해와도 관련이 있다.

일본인 민중도 이러한 조선의 상황에 무관심했고, 조선 민중의 자기결정권 회복＝독립을 지지하려 하지 않았다. 그런 점에서 일본인 민중에게도 책임이 있다고 할 수 있다.

이 글의 서두에 언급한 것처럼 일본과 한국 시민의 '화해'의 전제가 되는 것은 역사적 사실에 대한 이해이다. 정치적 의도나 배려와는 별개로, 어디까지나 사료를 바탕으로 생각해야 하며, 그 논의에는 많은 사람이 참여하는 것이 바람직하다. 아무리 우수한 역사연구자라 할지라도 한 개인이 조사하고 분석할 수 있는 사료는 한정되어 있고, 간과하는 부분이 반드시 있기 때문이다. 그런 의미에서 앞서 제시한 위안부 문제의 사실에 대한 재정리 시도도 많은 논자들이 논의의 대상으로 삼는 것이 바람직하다. 동시에 그 논의의 심화가 위안부 문제의 '화해'에 기여하기를 기대한다.

이 글은 일본어로 작성되었으며 박지혜(朴志慧 / Park Ji-hye, 도쿄대학 총합문화연구과 박사과정 수료, 한일근대문화사 전공)가 번역했다.

참고문헌

단행본

李栄薫, 『反日種族主義 日韓危機の根源』, 文藝春秋社, 2019.

上野千鶴子, 『ナショナリズムとジェンダー』, 青土社, 1998.

金富子・金栄 編著, 『植民地遊廓 日本の軍隊と朝鮮半島』, 吉川弘文館, 2018.

倉橋正直, 『従軍慰安婦問題の歴史的研究』, 共栄書房, 1994.

玉井紀子, 『日の丸を腰に巻いて 鉄火娼婦・高梨タカ一代記』, 徳間書店, 1984.

外村大, 「日本帝国の渡航管理と朝鮮人の密航」, 蘭信三 編, 『日本帝国をめぐる人口移動の国際社会学』, 不
　　二出版, 2008.

長沢健一, 『漢口慰安所』, 図書出版社, 1983.

日本の戦争責任研究センター 編, 『ナショナリズムと「慰安婦」問題』, 青木書店, 1998.

秦郁彦, 『慰安婦と戦場の性』, 新潮社, 1999.

広田和子, 『証言記録従軍慰安婦・看護婦』, 新人物往来社, 1975.

文定昌, 『軍国日本朝鮮強占三十六年史 下』, 柏文堂, 1966.

吉見義明, 『従軍慰安婦』, 岩波書店, 1995.

_____, 『従軍慰安婦』, 岩波書店, 1995.

_____・川田文子 編著, 『「従軍慰安婦」をめぐる30のウソと真実』, 大月書店, 1997.

_____, 『日本軍「慰安婦」制度とは何か』, 岩波書店, 2010.

_____, 『買春する帝国 日本軍「慰安婦」問題の基底』, 岩波書店, 2019.

논문

李昇燁, 「元慰安婦・文玉珠の軍事郵便貯金問題再考」, 『佛教大学歴史学部論集』第12集, 2022.3.

外村大, 「娼妓等周旋業と慰安婦の要員確保──日本内地と朝鮮との比較」, 『龍谷大学経営学論集』第61巻2
　　号, 2022.5.

朴貞愛, 「戦時公娼制の範疇で日本軍「慰安婦」制度の国家責任を問う」, 『アジア現代女性史』第12号, 2018.

秦郁彦, 「昭和史の謎を追う 第37回 従軍慰安婦たちの春秋」, 『正論』, 1992.6.

藤坂比志郎, 「遊郭の経済的観察」, 『サラリーマン』, 1932.3.

マーク・ラムザイヤー, 「『慰安婦は性奴隷にあらず』ハーバード大・ラムザイヤー教授の論文要旨」, 『正
　　論』, 2021.5.

吉見義明, 「『従軍慰安婦』問題──研究の到達点と課題」, 『歴史評論』, 1998.4.

기타자료

韓国政府女性家族部, 『日本軍「慰安婦」被害者問題に関する報告書』.

挺身隊問題実務対策班,『日帝下軍隊慰安婦実態調査中間報告書』, 1992.

「慰安婦が涙で語る. 娘狩り, 誑し, 暴行などなど」,『ハッキリ通信』第3号, 1992.6.

「慰安婦関係調査結果発表に関する河野内閣官房長官談話」

https://www.mofa.go.jp/mofaj/area/taisen/kono.html(2024.3.29. 最終閲覧)

돌봄의 관점에서 화해를 모색하는 시도

운동 · 여성 · 탄광

장첸지에

발을 담근다든가 하는 게 아니고 말이야. 이제 다들 목까지 푹 담그고 있는 거야. 전통적인 문화의 진흙으로 온몸이 진흙투성인 거지. 쉽게 씻을 수 있는 게 아니야.

오에 겐자부로^{大江健三郎}, 「기묘한 일^{奇妙な仕事}」

젠더화된 가부장제의 세계 속에서는 돌봄이 여성성의 윤리이지 보편적인 윤리가 될 수 없다. 돌봄은 선한 여성이 하는 일이고, 돌봄을 하는 사람은 여성의 일을 하는 것이다. 여성들은 타인에게 헌신하고, 타인의 필요에 응답하고, 타인의 목소리에 귀를 기울인다. 한마디로 사심이 없는^{selfless} 것이다.

캐럴 길리건^{Carol Gilligan}, 『저항에의 참여^{抵抗への参加}』

1. 돌봄의 윤리

제2차 세계대전에서 유럽을 제패했던 독일은 오랜 냉전기의 모순과 충돌, 동란을 거쳐 1993년 성립된 유럽연합EU의 최초 가맹국으로 유럽 국가들과 새롭게 긴밀한 관계를 맺는 데 성공했다.

반면, 동아시아에서는 전후 일본이 점령기를 거쳐 독립국가로 재건했지만 이웃국가들과의 관계가 좋다고 할 수는 없다. 특히 과거 식민지였던 한반도와 타이완, 넓은 영토를 침략당한 중국과는 오랫동안 전쟁 책임과 식민지 책임을 둘러싼 문제로 긴장이 이어지고 있다. 1968년에 전 세계적으로 확산된 학생운동에서 독일의 '68세대'가 전후 미소 대립으로 인해 '옛 독일' 즉, 나치의 범죄와 전쟁에 대한 반성을 철저하게 진행하려는 움직임처럼 일본의 '전공투세대'에서도 비슷한 운동이 시작되었다. 모두 과거의 불의를 바로잡으려는 '정의의 윤리'에 기반하여 이루어졌다고 할 수 있다. 반체제적 성격을 지닌 '전공투운동'은 액티비즘activism과 반권위주의를 실천한 학생운동으로 여겨졌지만, 전후 일본의 체제 측에도 반체제 측에도 가부장제가 보이지 않는 형태로 존재하고 있다. 그것은 1970년대 초부터 과격화된 행동으로 일반 시민들의 지지를 잃은 일본 학생운동이 좌절하고 과거의 잘못을 철저하게 반성하지 못하는 또 다른 원인일 것이다.

가부장제란 '남자를 여자뿐만 아니라 남자에게서도 멀어지게 하고, 여자를 선과 악으로 나누는 태도나 가치관, 도덕 규범이나 제도'를 의미한다. 가부장제가 지배질서가 된 사회나 문화에서는 한 명의 아버지 혹은 여러 명의 아버지가 권력과 권위의 원천이고, 남성성이 인간의 보편적 특성으로 여겨지기 때문에 젠더화된 여성성에 대해 특권을 가진다. '전공투운동'과 같은 반권위적인 학생운동도 체제 측과 매우 유사한 가부장제 사상을 공유하고 있다. 식민지 확장이나 침략전쟁의 역사를 돌이켜보면 폭력 그 자체가 남성성과 긴밀하게 연결되어 국가의 영광과 군국주의를 실현하기 위한 효과적인 수단으로 사용된 것이 명백하다. 그것은 일종의 보이지 않는 문화권력이라고 할 수 있다. 이 같은 가부장제의 제약 속에서 체제 측과 반체제 측의 투쟁은 문화권력을 차지하기 위한 잔인한 싸움처럼 비춰지고 있다. 과거의 잘못으로 피해를 입은 사람들과의 진정한 화해의 길은 아직 멀게만 느껴진다.

진정한 화해를 이루기 위해서는 진정한 대화가 필요하다. 그 대화를 가능하게 한 것은 상대방의 목소리를 진지하게 듣고 응답하는 것을 중시하는 태도이다. 그것은 '정의의 윤리'라기보다는 '돌봄의 윤리'에 가까운 사상이 내포되어 있다. 여기서 미국의 심리학자 캐럴 길리건의 '돌봄의 윤리'에 대해 간단히 설명하고자 한다. 길리건의 이론에서 '정의의 윤리'는 '자기와 타자가 동등한 가치를 지닌 존재로 취급되고, 힘의 차이에 관계없이 사물이 공정하게 처리되어야 한다'는 것인 반면, '돌봄의 윤리'가 추구하는 것은 '모두가 타인으로부터 응답을 받고 포용되며 누구도 소외되거나 상처받지 않는다'는 것이다. 전자는 자기와 타자가 독립적인 존재로 취급되지만, 후자는 '자기와 타자는 서로 의존하고 서로를 지지하는 상호의존적 관계이며 상처받기 쉬운 존재인 인간은 관계 속 돌봄에 의해서만 지탱될 수 있다'는 것이다.[1]

이러한 정의로 볼 때, 독립된 사람들 사이의 공정성을 중시하는 '정의의 윤리'보다 '돌봄의 윤리'가 개개인의 목소리와 관계성을 더 중시한다는 것을 알 수 있다. 다시 말해, 남성중심주의가 내포된 도덕성에 대해 오히려 관계성을 옹호하는 입장을 분명히 하고 있다. 관계성은 자기와 타자와의 연결을 요구한다. 연결을 위해서는 감정이입 능력, 즉 타자의 목소리를 진지하게 경청하면서 상대방의 말투를 배우고 그 관점을 이해하는 능력이 필수적이다. 뿐만 아니라 자신의 목소리와 말하는 언어를 큰 영향을 받는다.[2]

전후, 동아시아국가들과의 공식적인 국교, 비공식적인 외교관계, 대일여론 등으로 볼 때, '정의의 윤리'로 관계 회복을 꾀하고 있는 일본은 어느 정도 성과를 거두었다고 볼 수 있지만 민중에 널리 퍼져있다고 보기는 어렵다. 즉, 독립국가로서 식민지시대와 전쟁 시기의 불의를 바로잡아 사과하고 배상하는 화해 프로세스가 잘 이루어지지 않았다는 것이다. 왜냐하면 전후 부흥과 냉전체제의 이중적 제약 속에서 경제적, 안보적 배려만을 이야기했을 뿐, 과거의 왜곡된 체제로 인해 상처받은 사람들의 마음을 위로할 수 없었기 때문이다. 한편, 전공투운동 등 반체제 측에서도 가부장제가 내포된 '정의의 윤리'로는 해결할 수 없었던 일본의 전쟁 책임과 식민지 책임을 추궁하려 했으나 관계성에 대한 배려가 부

---

1   小西真理子,「訳者あとがき」, キャロル・ギリガン, 小西真理子など訳,『抵抗への参加－フェミニストのケアの倫理』, 晃洋書房, 2021, p.232. 원제는 *Joining the Resistance*, Polity Press, 2011.

2   キャロル・ギリガン, 川本隆史など訳,『もうひとつの声で－心理学の理論とケアの倫理』, 風行社, 2022, p.232. 원제는 *In a Different Voice : Psychological Theory and Women's Development*, Harvard University Press, 1982.

족해 무참히 패배했다. 자신의 '정의의 윤리'로는 상대방의 목소리가 명확하게 들릴 수 없기 때문이다. 설령 들었다고 해도 다른 것으로 인식하게 된다.

따라서 이 글에서는 먼저 전공투운동을 그린 소설 분석을 통해 그러한 메커니즘이 어떻게 작동하고 있는지를 분석한다. 또한 학생운동에서 탄생한 일본의 여성해방운동, 즉 우먼리브와 연합적군의 여성 지도자와의 비판적 연대를 고찰한다. 마지막으로 '돌봄의 윤리'로 전공투세대에 속하는 작가 기리야마 가사네桐山襲의 소설『도시서경단장都市叙景断章』에서 여성활동가와 조선인 위안부와의 여성연대가 화해에 있어 어떤 의미를 갖는지 밝힌다. 일본의 전공투운동을 그린 소설에 대한 분석에 들어가기 전에 경제의 고도성장을 보인 동시에 정치와 사회에 대한 불만이 한꺼번에 분출된 1960년대의 시대적 배경을 다음과 같이 설명하고자 한다.

2. 학생운동의 고도성장기

1956년 2월호『문예춘추文藝春秋』에 영문학자 나카노 요시오中野好夫가 「더 이상 전후가 아니다」라는 제목의 평론을 기고했다. 이후 같은 해 일본경제백서의 말미에 이 제목이 인용되어 태평양전쟁의 패배로 인한 손실과 좌절을 겪은 일본의 전후 부흥 사업이 마침내 종지부를 찍었다고 한다. 1960년에는 미일안보조약에 반대하는 안보투쟁이 일어나고, 이로 인해 당시 총리였던 기시 노부스케岸信介가 물러나고 '국민소득배증계획'

을 추진하고자 한 이케다 하야토池田勇人가 후임 총리로 취임했다. 이 계획은 1961년부터 10년간 국내총생산을 두 배로 늘리는 것을 목표로 국토 형성, 인프라 정비, 무역 자유화, 교육 개혁 등의 정책을 통해 일본을 '정치'에서 '경제'의 시대로 전환시키려는 것이었다. 그 때문에 1960년대 일본은 고도경제성장기에 접어들었다고 볼 수 있다.

동시에 1960년대는 운동의 시대이기도 하다. 노동운동, 공해운동, 학생운동 등 다양한 사회운동이 일본 전역에서 일어났다. 1960년 안보투쟁 이후 학생운동은 재편성기에 접어들었지만 미국의 베트남전쟁 개입과 북베트남 폭격이 시작되자 일본은 아시아의 주요 미군 주둔국으로서 태평양전쟁 말기 미군의 폭격에 대한 어두운 기억도 남아 있었다. 이러한 이유로 일본국민은 널리 베트남에 공감하며 반전운동이 확산되었다. 그 대표적인 조직은 오다 마코토小田実, 가이코 다케시開高健, 쓰루미 슌스케鶴見俊輔 등이 주요 지도자로서 이끄는 '베평련ベ平連, 베트남에 평화를! 시민연합'이다. 그들은 30~40대 청년들이었고, 더 많은 참가자들은 10~20대 젊은 이들이었다. 예를 들면, 당시 도쿄대 물리학 석사과정 재학 중이었던 야마모토 요시타카山本義隆는 훗날 1960년대 후반 도쿄대 전공투全共鬪, 전학공투회의 의장이 되어 전공투의 대표적인 인물 중 한 명이다.

1960년대 후반, 일본 전역에서 학생운동이 일어나면서 전학공투회의가 주요한 조직형태가 되었다. 앞서 언급했듯이 1960년 안보투쟁 이후 학생운동의 중심이었던 전학련全学連, 전일본학생자치회총연합은 여러 파벌로 나뉘었지만, 정당에 소속되지 않은 일반 학생들은 개별적인 입장에서 목표를 설정하고 공동으로 투쟁하기 위해 '공투회의'에 참여하여 활동을 시작했다. 예를 들어, 도쿄대 전공투는 의대생들의 실습 처우 문제를 계기로 발생했고, 니혼대 전공투는 22억 엔의 비자금 문제에서 시작되었다. 그러나 각 대학의 전공투는 전쟁 반대, 제국주의 반대, 식민지 반대 등 공통의 목표를 공유한 것으로 보인다.

오구마 에이지小熊英二의 연구에 따르면, 도시화의 진전은 급속한 청년 인구의 집중, 고등교육의 급격한 확대 등 교육 문제, 미국의 베트남전쟁 개입으로 인한 반전운동의 부상 등이 전공투운동의 정치적·사회적 요인으로 지적되고 있다.[3] 전공투운동이 등장하기 전, 학생운동에 참여한다는 것은 특정 입장을 가진 조직에 가입하는 것을 의미했다. 예를 들면, 일본공산당이 지원하는 '일본민주청년동맹'약칭 '민청'이나 전학련이 있다. 그리고 개인의 입장에서 운동에 참여할 수 있는 전공투운동은 1960년대 후반에 절정에 이르러 일본의 각 대학 캠퍼스를 점거하고 스트라이크, 캠퍼스 봉쇄 등의 직접행동을 통해 교내의 불합리한 교육정책의 변화를 요구하는 동시에 시대정신에 부응하여 반전 시위를 전개하며 정부에 다양한 개혁을 요구했다.

각 대학의 운동은 1968년에 고조되었는데, 예를 들어 도쿄대 전공투는 1968년에 야스다 강당을 점거하고 교내 개혁의 약속을 요구했다. 이에 대해 경찰이 교내로 진입해 배제하려고 했지만, 경찰의 행동이 오히려 많은 학생들의 반감을 불러일으켜 점거가 계속되는 상황이 되었다. 그러나 1969년이 되자 도쿄대학 캠퍼스의 봉쇄가 입학시험을 방해하는

---

3   小熊英二, 『1968』 上·下, 新曜社, 2009.

사태가 되자, 도쿄대 당국은 학생들과 대화가 불가능하다고 판단하고 경찰 기동대의 진입을 동의함으로써 봉쇄를 해제했다. 이듬해 1월 18일, 19일에 격렬한 투쟁을 벌인 결과, 야스다 강당을 점거하고 있던 학생들은 모두 체포되었다. 이후 도쿄대 전공투의 활동은 점차 쇠퇴해갔다. 다른 대학의 전공투도 매우 유사한 과정을 겪었다고 할 수 있다. 그 후, 계속 침체된 학생운동에서 일부 활동가들이 급속도로 격화되어 무장혁명을 주장하는 조직이 몇 가지 등장했다. 그중 가장 격렬한 두 조직인 공산주의자동맹적군파와 게이힌京浜안보공투혁명좌파가 등장했고, 이후 두 그룹이 합쳐져 연합적군連合赤軍으로 발전했다. 일부 조직원들은 해외로 건너가 항공기 납치나 테러 행위를 통해 국제적인 혁명 활동을 수행하려 했는데, 이것이 일본적군日本赤軍으로 알려지게 되었다.

그동안, 일본의 '1968'이라는 학생운동시대를 둘러싼 회고와 연구는 주로 각 대학공투의 중심 멤버의 회고록, 평론집, 소설 등을 중심으로 이루어졌다. 주된 화자, 평론가는 대부분 남성이었고, 그 결과 당시 운동에 참여한 많은 여성들의 활동과 의견은 무시되었으며, 일본의 '1968'은 남성중심주의가 짙게 나타나며 거리에서의 무장투쟁실력행사과 추상적인 사상 논쟁사상무장에 초점이 맞춰져 왔다. 문학작품에서도 여성 캐릭터는 거의 볼 수 없고, 존재감이 극히 미미하며 때로는 간과되기도 한다. 따라서 이 글에서는 일본의 전공투운동을 묘사한 문학작품이나 연합적군 사건을 다룬 신문기사를 주요 분석 자료로 삼고, 동세대 여성운동 참가자로부터 전공투와 연합적군에 관한 발언과 대화를 참고하여 전공투운동에서 여성 참가자의 이미지 변화를 고찰하고, 과격화되는 직접행동 속에서 여성들이 어떻게 행동의 주체가 되는지에 대한 문제를 탐구한다. 전공투운동은 개인의 입장에서 출발하여 생활 면에서 개혁을 촉진하고, 기존 질서를 타파하는 것을 목표로 하는 운동이다. 이에 많은 여성들이 운동에 참여하면서도 여전히 종속적인 위치에 머물러 있다는 것을 깨닫고, 우먼리브운동이 탄생했다. 동시에 전공투운동은 점점 격화되어 무장투쟁을 표방하는 연합적군이 결성되었다. 원래는 게이힌안보공투의 일원이었던 나가타 요코永田洋子가 연합적군의 부위원이 되었다. 1972년, 연합적군은 산악지대에서 린치 및 내부 투쟁 사건을 일으켰다. 이 사건 이후 일본 언론은 나가타 요코를 일반인과는 다른 정신 상태를 유지하는 여자 악마처럼 묘사했다. 이때, 전후 일본의 우먼리브운동과 페미니즘의 전개, 그리고 고도로 성장한 1960년대 경제상황, 1970년대의 급속한 도시화와 중산층 핵가족의 형성을 참조하면서 전후 일본 사회와 미디어의 지배적 제약 속에서 여성이 어떻게 자기해방을 했는지, 그리고 어떻게 스스로의 주체성을 되찾았는지를 밝히고자 한다.

3. 전공투소설에 나타난 여성 운동가의 표상

1) 『나란 무엇인가僕って何』의 도가와 레이코戸川レイ子

1960년대 후반부터 1970년대 초반까지는 전공투운동의 대두와 쇠퇴, 연합적군의 창설과 궤멸, 그리고 동아시아반일무장전선의 출현 등의 사건이 이어진 일본의 '1968'시대라고 할 수 있다. 앞서 언급했듯이 반

전, 반제국, 반식민지 저항운동이 곳곳에서 일어났고 동시에 경제가 급속도로 성장한 시대이기도 하다. 이러한 복잡한 시대는 다양한 분야에서의 혁신과 변화를 포함해 다른 미디어와 텍스트에서 다양한 모습을 보여주고 있다. 문학 분야에서도 일본의 '1968'을 배경으로 한 소설은 미타 마사히로三田誠広의 『나란 무엇인가』1977, 다키 슈조高城修三의 『어둠을 품은 전사들이여闇を抱いて戦士たちよ』1979 등이 가장 먼저 나온 소설로 꼽힌다. '전공투세대'로 불리는 이 작가들은 학생운동에 참여한 경험을 바탕으로 쓴 소설로 아쿠타가와상을 수상했다. 학생운동이 쇠퇴한 지 약 10년 후인 1970년대 말부터 1980년대 초까지 '전공투소설' 붐이 일어났다.

1977년 아쿠타가와상을 수상한 미타 마사히로는 1948년에 오사카에서 태어나 와세다대학에 재학 시절 일부 당파에 가담하지 않고 학급 단위의 전공투운동에 일시적으로 참여한 경험이 있는 인물이다. 그의 소설 『나란 무엇인가』는 말할 필요도 없이 자신의 실제 경험을 반영하고 있다. 수상 후 그는 베이비붐세대 즉 '단카이団塊세대'의 대표적인 작가로서 언급되었다. 당시 많은 평론가들은 그의 소설을 '새로운 가족'즉, 핵가족, 전후 일본의 산업화와 도시화에 따라 급속히 증가한 새로운 가족 형태이라는 개념을 통해 분석했다. 미타 자신도 이러한 상황을 인지하고 있었는지 단카이세대에 관한 에세이와 소설을 집필하기도 했다.

소설 『나란 무엇인가』의 주인공은 교육열이 높은 어머니의 지원을 받아 대학에 합격하고 지방에서 도쿄로 올라왔지만 대도시에서 외로움을 느끼며 하루하루를 보낸다. 어느 날, 같은 언어 수업에서 알게 된 동급생 야마다와 우연히 캠퍼스에서 대화를 나누게 되고, 그 자리에서 도가와 레이코라는 여성을 만나게 된다. 그녀는 B파의 홍보부장을 맡고 있었고, 그를 캠퍼스 내 학생운동에 참여하도록 권유했다. 그러나 얼마 지나지 않아 그는 B파와 D파의 대립에 휘말리게 되고, 기동대가 캠퍼스에 들어와 학생들을 배제하기 시작하자 레이코와 함께 캠퍼스를 빠져나가게 된다. 이후 주인공은 레이코와 연애관계를 맺게 된다. 주인공이 레이코를 처음 만났을 때의 장면은 다음과 같다.

> 긴 머리를 앞으로 늘어뜨려서 얼굴이 거의 보이지 않지만 목덜미 부분의 하얀 피부가 눈에 띄는 다소 마른 체형의 여학생이었다. 야마다도 놀란 듯이 고개를 들었는지, 단순히 놀란 것 치고는 이상할 정도로 당황해하며 몸을 움츠리고 있는 모습이었다. 검은 슬랙스에 검은 스웨터 등 검은색으로 치장한 그 여학생은 긴 의자에 앉아 있는 야마다를 위압적으로 내려다보고 있었다. 야마다가 그 딱딱한 얼굴에 어울리지 않는 주눅든 목소리로 "아, 도가와 씨"라고 중얼거렸다. 그 '도가와 씨'가 주위를 거리끼지 않고 날카로운 목소리로 호통을 치기 시작했다.[4]

야마다의 사무 처리가 불충분하고, 인쇄물을 제때 회수하지 못해 레이코에게 비난을 받고 있었다. 그리고 항상 운동 이론을 이야기하던 위풍당당한 야마다가 이제 레이코의 기세에 완전히 압도당하는 모습에 주인공은 놀라고, 자신도 동요한다. 여성 학생운동가로 등장한 레이코는 남

---

4   三田誠広, 『僕って何』, 河出書房新社, 1977, pp.12~13.

성을 압도하는 기세와 주도성을 보여주는 것 같다. 검은 옷을 입고 여성적인 특징을 드러내지 않는 것처럼 보이지만, 주인공은 레이코가 숨을 쉴 때마다 움직이는 몸을 보고 매료되어 마치 '희귀한 생물을 본 것 같고 심장이 뛰는 소리가 들리는 것 같은'[5] 느낌을 받는다. 이러한 위압적이고 매력적인 여성의 이미지는 학생운동을 그린 문학작품에서 처음으로 등장하며, 기존의 일본여성의 온화한 이미지를 뒤엎는 것이라고 할 수 있다.

그 후, 레이코는 주인공에게 시위에 참여할 것을 권유한다. 주인공들은 흰 헬멧을 쓰고,[6] 야마다와 레이코의 손을 잡고 격렬한 시위에 참여했다. 레이코와 손을 맞잡은 그 순간, 주인공은 처음으로 여성과 손을 잡고 가까이서 느끼고, 레이코의 몸이 '여리여리하고 우아하다'는 것을 느낀다. 하지만 그 모습은 방금 전 야마다에게 소리를 지르던 레이코의 모습과 조금 달랐다. 시위대 행렬 속에서 모두 함께 구호를 외치며 주인공의 감정은 점점 고조된다. 구호를 외치는 가운데 시위 행렬은 점점 더 격렬해지고, 소리가 서로 공명하고 몸이 부딪히는 격렬함도 더해진다. 주인공은 B파의 이론을 이해하지 못하지만, 주변의 무게에 몸을 맞추면서 '레이코의 곁에 있겠다는 결의, 그리고 자신이 여기에 있다는 감각조차 점점 희미해지는' 상태가 되어 '개인의 육체에서 벗어나 행진대오 전체의

---

5   Ibid., p.14.

6   당시 도쿄에서는 대규모 도시개발이 진행 중이었고, 학생들은 시위를 할 때 머리를 보호하기 위해 공사장 헬멧을 쓰고 시위를 하곤 했다.
       [역자주] 경찰 기동대와 충돌에 대비해 안전상의 이유로 헬멧을 착용했다. 또 당시에는 다양한 색상의 헬멧이 있었는데 하얀 헬멧은 신좌익 대표적인 당파로 알려진 중핵파(中核派) 소속임을 나타낸다.

존재로 확산되는 듯한 감각'을 가지게 되고, '마치 빨려 들어가는 것 같았다'[7]고 느꼈다.

위의 묘사로 보면, 학생운동 속에서 투지가 넘치는 모습을 보인 레이코는 주인공에게 여성과의 첫 만남일 뿐만 아니라 운동에 참여하도록 이끄는 존재이기도 하다. 그 후, 주인공은 운동의 신좌익 당파 간 우치게바内ゲバ, 즉 내부 폭력항쟁에 휘말려 피폐해진 몸과 마음으로 하숙집에 돌아오지만, 고향의 어머니가 걱정되어 도쿄에서 와 있고 레이코도 하숙집에서 기다리고 있었다. 주인공이 귀가하기 전날, 어머니는 이미 도착해 있었고, 마침 레이코도 운동권 싸움에서 벗어나 둘이 함께 살고 있는 하숙집으로 돌아온 것이다. 그리고 어머니와 레이코 둘이서 같이 주인공의 귀가를 기다리며 식사 준비와 주인공에 대한 이야기를 나누며 점차 가까워졌다.

학생운동에서 강력한 존재였던 레이코는 주인공의 어머니 앞에서는 성격이 부드러워지고 예의 바른 면모를 보이고 있다. 그녀는 집안일, 잡일을 기꺼이 맡는 새로운 시대의 '좋은 아내'처럼 보인다. 이에 주인공의 어머니는 레이코의 가문과 출신을 살짝 묻고, 결혼까지 언급한다. 이야기의 마지막은 주인공과 어머니, 그리고 레이코 세 사람이 한 방에 있는 장면으로 마무리된다. 두 여성은 이미 깊은 잠에 빠져 있고, 주인공은 아직 잠들지 못한 채 두 사람이 자신을 어떻게 보는지를 신경 쓴다.

『나란 무엇인가』를 재미있게 읽을 수 있는 것은 처음에 레이코가 기

---

7   三田誠広, op. cit., pp.18~19.

존의 여성 운동가들과는 다른 모습을 보여주며 적극적인 성격을 가진 반면, 소설의 마지막에는 전통적인 가정관을 마주하는 순간 순종적인 젊은 여성으로 변모한다는 점에 있다. 마치 언젠가 결혼하여 가족을 지킬 수 있을 것 같은 모습이다. 즉, 그것은 전공투운동에 관심을 가진 독자들을 끌어들일 뿐만 아니라 어머니와 레이코의 대화와 교류를 통해 결혼과 가족의 도래를 암시하고 있다. 즉, 학생운동의 분쟁이 어느 정도 수그러들면 젊은 남녀가 정상적인 삶의 과정으로 돌아와 가정을 꾸리고 자녀를 키우게 될 것임을 암시하고 있다. 따라서 이 소설은 당시 학생운동을 이해하지 못했던 기성세대에게 그들의 걱정과 두려움을 덜어주는 역할을 했다고 볼 수 있다. 그러나 학생운동의 여성상은 외모와 복장으로 조성된 시대적 분위기가 두드러지는 반면, 체제를 변혁하려는 운동의 에너지는 가족이라는 가치관으로 수렴되고 있다. 이 시점의 가족 관념은 도시화와 산업화의 진전에 따라 앞서 언급한 '새로운 가족', 즉 핵가족의 가치관으로 갱신될 수밖에 없다.

2) 『어둠을 품은 전사들이여』의 오쓰키 미쓰코大槻光子

미타 마사히로의 소설 『나란 무엇인가』에서 도가와 레이코는 주인공이 학생운동에 참여했을 때의 지도자로 볼 수 있다. 동시에 그녀는 전통적 가족에서 핵가족으로의 전환 매개체medium이기도 하다. 한편, 『어둠을 품은 전사들이여』의 오쓰키 미쓰코는 보다 주변적인 여성상을 보여주고 있다. 1977년 미타 마사히로는 『나란 무엇인가』로 상반기에 아쿠다가와상을 수상했고, 같은 해 하반기에는 다키 슈조의 『비자나무 축제榧の

木祭り』가 수상했다. 2년 후 1979년, 다키 슈조의 소설「르크스의 노래ルク
スの歌」가 잡지『신조新潮』에 게재되어, 같은 해 6월『어둠을 품은 전사들이
여』라는 제목으로 게재되어 출판되었다. 당시, 일반적으로는 이 소설도
『나란 무엇인가』처럼 전공투소설에 속한다고 알려져 있었다. 또한 이 작
품 역시 작가 자신의 학생운동 경험을 바탕으로 창작된 것이지만, 거기
서 표현된 신체감각은『나란 무엇인가』와는 다르다.

　　1947년, 다키 슈조는 일본 가가와香川현 다카마쓰高松시에서 태어났
고, 이후 교토대학 문학부 언어학과를 졸업한 전공투세대에 속한다. 많
은 평론가들은 그의 소설이 민속적이라고 지적한다.[8] 또한 그 영상적 감
각이 강하다는 평을 받는 반면, 작가 자신의 창작 의도가 부족하다는 견
해도 있다.[9]『어둠을 품은 전사들이여』에 대한 논의는 매우 적지만, 주로
다키 슈조의 창작 의도는 전공투운동에서 나온 '반근대', '토속' 사상에
근거하여 논의되고 있다.[10] 전공투운동의 정치적 이념이나 학생운동의
목표에 대한 이해가 부족했기 때문에 이 소설을 일종의 청춘담으로 볼
수도 있다. 더 나아가 남성적 관점을 중심으로 육체, 청춘, 투쟁 등이 그
려진 작품일 것이다.

　　주인공 르크스는 교토대학, 즉 K대학에 재학 중이며[11] 기숙사에 살고
있다. 그는 시골 농가 출신으로 농경 생활을 매우 좋아한다. 대학이 봉쇄
된 기간에는 기숙사 텃밭에서 채소를 직접 재배해 시골에서 교토로 온 학

8　　大江健三郎・開高健 等,「第九回 新潮新人賞発表」,『新潮』74(8), 1977, pp.120~121.

9　　井上靖・中村光夫・吉行淳之介 等,「第78回芥川賞選評 感想」,『文藝春秋』56(3), 1978, p.366.

10　黑古一夫,『全共鬪文学論 祝祭と修羅』, 彩流社, 1985.

11　작자가 재학 중인 교토대학(Kyoto University)으로 추측할 수 있다.

생들의 경제적 궁핍을 보충하고자 했다. 이를 통해 순수한 육체노동 속에서 힘을 얻는 순수한 기쁨을 맛보게 되지만, 이런 유사한 감각은 시위나 다른 당파와의 무장투쟁에서도 느낄 수 있다. 르크스는 '기숙사 투쟁위원회'에 참여하고 있으며, 위원장인 시오미와 같은 고등학교 출신이다.

또한, 그들의 공통 지인인 여자 친구 오쓰키 미쓰코와 함께 교토에 왔다. 그녀는 D대학[12]에 재학 중이며, 가끔 학생운동 집회에도 참가했다. 르크스는 기숙사 식당에서 그녀와 처음 재회했다. 그때, 집회가 열렸기 때문에 외부 학생들도 참여할 수 있었다. 그가 놀란 것은 고등학교 시절 미쓰코가 상류층 출신이고 세련되고 도시적인 용모였음에도 불구하고, 지금은 시위 참가를 위한 복장을 한 여학생으로 변해 있었다는 것이다. 대화할 기회는 없었지만, 르크스는 미쓰코가 시오미와 밀회를 하고 있다는 것을 감지하고 있었다.

시오미가 미쓰코와 만나는 것을 원치 않았기 때문에 르크스는 기숙사 밖에서 미쓰코와 마주쳤다. 그렇게 두 사람은 이야기를 나누기 시작하게 되면서 그 후에 르크스는 그녀와 함께 근처 커피숍에 동행했다. 이때 미쓰코의 옷차림은 시위 참가 복장이 아닌 하얀색 미니스커트였다. 주변 학생들이 학생운동 상황과 운동 이론에 대해 큰소리로 이야기를 나누고 있었지만, 아름다운 외모의 소유자인 미쓰코는 당당하게 바텐더가 건네는 위스키를 받아 능숙하게 담배를 피우는 모습을 보여주었다. 두 사람은 대화 중에 K대학의 운동 상황, 시오미와 미쓰코의 비밀스러운 관

---

12 교토대학에서 가모가와(鴨川) 강을 사이에 두고 인접한 도시샤대학(Doshisha University)으로 추측할 수 있다.

계 등에 대해 이야기를 나누었다. 그 와중에 르크스는 미쓰코가 시오미와 가까워지기 위해 학생운동에 참여했다는 사실을 알게 된다.

> "시오미 씨와는 언제쯤부터 사귀었어?"
>
> 르크스는 시계탑 봉쇄의 밤 이후 계속 궁금했던 것을 과감하게 물어봤다.
>
> "뭔가 심문당하는 것 같네."
>
> 미쓰코가 하얀 이를 드러내며 웃었다. 위스키에 물을 추가한 술잔이 미쓰코 앞에 놓여졌다. 옅은 황금빛 액체가 미쓰코의 웃음소리를 삼킨다.
>
> "너와 같은 반이었을 때부터 편지를 보냈어. 하지만 아무리 보내도 답장을 주지 않는 거야. 내 짝사랑이었는데 교토에 있는 대학에 와서 큰맘 먹고 전화를 걸었더니 만나줬어."[13]

미쓰코는 단순히 시오미와의 교제를 원했고, 그의 사상을 이해하기 위해 학생운동에 참여하려고 했다. 그러나 유복한 가정에서 자란 그녀는 신좌파 사상의 영향을 받지 않아 사적으로는 종종 술집과 다방에 드나드는 등 퇴폐적인 대학생활을 보내고 있었다. 이러한 설정에서 미쓰코라는 여학생은 스토리 진행을 위해 등장해 두 남자 주인공의 배경과 에피소드를 드러내기 위한 것으로 그려진다. 그래서인지 그녀가 등장하는 장면은 주로 밤으로 설정되어, 퇴폐적인 분위기를 풍기는 경우가 많다. 나중에는 시오미를 만날 수 없게 되자 그녀는 르크스 대신해서 마지막 면회를

---

13   高城修三, 『闇を抱いて戦士たちよ』, 新潮社, 1979, pp.85~86.

부탁했다.[14] 그녀는 고향으로 돌아가 부유한 집안의 아들과 맞선을 보기로 결심했다. 졸업 후에 결혼해서 모든 것을 잊고 싶다고 했다. 이야기의 마지막에 학생들이 봉쇄했던 K대학 시계탑에서 경찰 기동대와 격렬하게 충돌할 때 르크스는 미쓰코가 파리에서 보낸 그림엽서를 받았다.

"야, 르크스. 미쓰코라는 여자애한테서 엽서가 왔어. 파리에서. 2, 3일전부터 편지꽂이에 넣어둔 것 같던데⋯⋯."

르크스는 접수처 맞은편에 있는 편지꽂이로 달려갔다. 온몸을 찌르는 듯한 흥분감이 르크스를 덮쳤다. 편지꽂이 한가운데 '중간 기숙사中寮'라고 적힌 선반에 엽서 한 장이 놓여 있었다. 앞면은 늦가을의 고성이었다. 뒷면을 보니 예쁜 글씨가 수신인란에까지 비어져 나와 적혀 있었다.

"2주 전부터 파리에 와있습니다. 이곳 대학에 2년 정도 유학하는 절차도 마쳤어요. 2년이 지나면 그 교토의 어리석은 짓을, 분명히 어리석은 짓으로서 인정할 수 있겠죠. 황금빛 술을 계속 마셨던 매일⋯⋯. 정말로 안녕히."[15]

미쓰코가 교토를 떠난 후, 그녀는 학생운동과는 완전히 무관한 존재가 되어 자신의 청춘과 연애, 참여했던 학생운동을 전면 부정했다. 실연으로 인한 슬픔에 매일 술에 취하는 것을 떠올리며, 그것을 어리석기 짝

---

14 **[역자주]** 소설 속 시오미(潮見)는 실제로 교토대학 출신의 적군파 리더 시오미 다카야(塩見孝也)를 모델로 삼은 것 같다. 실제로 시오미는 1969년 11월 5일 흥기준비집합죄로 체포되었기 때문에 맥락상 미쓰코가 시오미와 만날 수 없게 되고 '면회'를 부탁하는 상황이 그려진 듯 하다.

15 高城修三, op. cit., p.178.

이 없는 행위로 여기고 여기서 작별을 고해야 한다는 생각이었다. 그것은 '올바른 삶의 과정'으로 돌아가는 또 하나의 접근법이라고 해도 과언이 아닐 것이다. 『어둠을 품은 전사들이여』와 『나란 무엇인가』의 차이는 미쓰코의 캐릭터를 통해 학생운동에 참여하는 계급 차이와 목적의 다른 측면을 부각시키고 있다는 점에 있다. 르크스는 학생운동의 이론이나 목표에 대한 깊은 이해와 동의보다는[16] 기숙사 친구들과의 유대감과 경험에 의해 학생운동에 참여한 것으로 보인다. 반면, 시오미는 학생운동의 리더로서의 역할을 수행하며 소설에서는 허무주의적 요소가 강조되고 있다.

여성 주인공인 미쓰코는 학생운동의 남성적 분위기와 조화를 이루기 위해 그려진 여성상임을 알 수 있다. 그녀는 처음에 학생운동의 리더에게 끌리면서도 이해하지 못하고 떨어져서 다시 원래 계급으로 돌아갈 수밖에 없었다. 그리고 자신의 청춘 시절에 어리석은 짓을 했다고 후회한다. 아마도 그것은 학생운동의 패배 이후 남녀를 막론하고 후회로 가득찬 어두운 감정이 퍼져있는 상황을 말해주고 있는 것 같다. 미쓰코는 유복한 출신이라 마음 놓고 떠날 수 있지만, 가장 큰 영향을 받은 중, 하층계급의 학생들은 정신적 또는 육체적으로 상처를 입고 갈 곳도 잃어 장래에 대한 막연한 불안감을 안고 있는 것이 이 소설을 통해 생생하게 그려졌다.

이 소설은 스토리를 추진하기 위해, 특히 시오미의 리더십과 사고방식을 드러내고 학생운동의 남성적 에너지를 조화시키기 위해 미쓰코의

---

16 르크스는 마르크스의 '마'가 빠진 별명이다. 르크스는 마르크스나 좌파 이론에 관해서는 항상 한참 모자란 사람이라는 것을 암시하는 것일 수도 있다.

여성상, 여성의 시위 복장, 아름다운 피부, 미니스커트 등 미쓰코의 여성상을 사용했다. 이후 가족으로 회귀하는 가치관을 보여주고 있다. 『나란 무엇인가』의 도가와 레이코와 달리 오쓰키 미쓰코의 캐릭터에서 좀 더 보수적이고 절제된 요소를 엿볼 수 있다. 이 소설에서 학생운동은 일종의 패션스타일로 묘사되며, 주변 남학생들의 시위 구호나 난해한 이론을 조화시키기 위해 배치되어 있다. 이러한 소설에서 볼 수 있듯이 여성 캐릭터는 도구로 사용되면서 동시에 이야기의 주변부에 배치되고 있다. 이는 1970년대 후반 전공투소설의 전형적인 이미지를 보여준다. 그러나 여성이 실제로 전공투운동에 참여한 상황은 이토록 단순하고 일면적이지 않다는 것은 두말할 나위가 없다. 보다 전면적인 자료를 분석한다면, 그 일부분을 엿볼 수 있을 것이다.

4. 비판적 연대

1970년대 후반의 전공투소설에서 학생운동에 참여하는 여성의 이미지는 다양한 측면을 보여주면서도 여전히 왜소화한 느낌을 지울 수 없다. 그녀들은 시위 복장으로 거리에 나설 수 있는 한편, 새로운 핵가족을 지키는 사람이기도 하다. 또한 학생운동의 현장에서 자란 부르주아적 요소를 지닌 아가씨로 등장하여, 젊은이들의 무모한 행동에 한숨을 내쉬기도 한다. 그녀들은 청춘이 지나고 나면 과거의 모든 일들이 어리석었다고 느낀다. 전공투운동의 흥망성쇠, 그리고 연합적군의 등장과 같은 역사를 돌아보면 왜 이 왜소화된 여성상이 주목을 받았는지 더욱 깊이 이해할 수 있다.

1960년 안보투쟁에 참여했다가 목숨을 잃은 간바 미치코樺美智子를 예로 들 수 있는데, 1937년생인 그녀는 1960년대 초에 주목받은 여성운동가 중 한 명으로 도쿄대학 재학 중 일본공산당에 가입해 공산주의자동맹분트의 일원으로 안보투쟁에 관여했다. 1960년 1월 26일, 그녀는 도쿄대학 문학부자치회 부위원장으로 전학련이 주도한 하네다공항 점거 행동에 참여했다가 체포된 적이 있었다. 이후 1960년 6월 15일 시위행진 중 전학련 주류파와 경찰의 충돌로 인해 흉부압박과 두개내출혈로 사망했다. 당시 많은 언론이 도쿄대 여학생이 폭력 충돌로 사망했다고 보도했고, 이로 인해 전학련 주류파의 과격한 행동, 일본공산당과 전학련의 대립, 정부와 경찰의 공권력 행사 등이 사회적 반향을 불러일으키며 논쟁이 벌어졌다. 그러나 이후 미디어에서 다루어진 그녀의 이미지는 학생운동에서 희생된 청순한 소녀로 그려지며 보다 명확해졌다.[17]

전공투운동에서 널리 알려진 또 한 명의 여학생은 1949년생 다카노 에쓰코高野悦子이다. 그녀는 1969년에 자살하여 세상을 떠났다. 다카노 에쓰코는 당시 리쓰메이칸대학에 재학 중이었고, 교내 운동에 참여하면서 현실과 이상의 모순에 괴로워했다. 그녀가 세상을 떠난 후, 그녀가 남긴 수십 권의 일기 속에서 학생운동과 실연, 인간관계에 대한 생각과 시를 쓴 것이 그녀의 아버지에 의해 발견되었다. 그녀의 아버지는 이 일기를

---

17 石川巧,「手記のなかのヒロイズム—樺美智子・奥浩平・高野悦子」,『近代文学合同研究会論集』12, 2016, pp.2~16.

정리해 1971년 『스무 살의 원점二十歳の原点』이라는 제목으로 출판했고, 동시에 잘 팔렸다. 그 후, 여러 차례 증쇄되었고 2019년에는 만화로 개편되었다.[18] 이 만화는 1960년대 후반으로 타임슬립해 다나카 에쓰코를 만난 현대의 소녀가 그녀와의 교류를 통해 당시 젊은이들이 학생운동에 참여하는 마음의 궤적과 다양한 고민을 점차 이해하게 되는 과정을 그린다. 여기에 그려진 학생운동에 참여한 여성들은 여전히 상냥함으로 가득한 순결한 소녀의 모습에서 벗어나지 못하고 있다.

학생운동이 막바지에 접어들면서 교착 상태에서 벗어나기 위해 많은 사람들이 보다 과격한 행동으로 전환하기 시작했다. 이런 가운데 등장한 것이 바로 연합적군이다. 이들은 무장혁명을 통해 불의를 행하는 일본 정부를 전복하는 것을 목적으로 공산주의자동맹적군파와 일본공산당혁명좌파 가나가와위원회게이힌 안보공투라는 두 혁명 그룹을 1971년 7월에 통합하여, 이른바 신좌익계 무장조직을 결성했다. 전자는 적군파로 불리며 세계동시혁명론을 주장하고 자금을 얻기 위해 금융기관을 습격하기도 했다. 세계동시혁명을 추구하기 위해 군사위원장 다미야 다카마로田宮高麿를 포함한 9명이 항공기를 납치하여 북한으로 향했다. 한편, 다른 핵심 멤버들은 레바논으로 이동해 팔레스타인해방전선PFLP에 접근하여 일본적군을 결성했다.[19]

후자는 혁명좌파로 불리며 국가 단위의 혁명론을 추구했다. 처음에는 가와키타 미쓰오河北三男와 가와시마 쓰요시川島豪가 공동 지도를 맡았

---

18 高野悦子, 飯田鯛 絵, 『コミック版 二十歳の原点』, 双葉社, 2019.
19 공식적으로는 1972년 5월 30일에 결성했다.

으나 이후 가와시마 쓰요시가 실질적인 지도자가 되었다. 그러나 가와시마가 하네다공항에 폭탄을 투척하라는 지시를 내리고, 외무대신 아이치 기이치愛知揆一의 소련 방문을 저지하려다가 경찰에 체포되었다. 그 후, 새로운 리더로 선출된 나가타 요코는 조직 활동을 지속하는 데 필요한 무기를 확보하기 위해 총기상점을 습격하라고 명령했다. 이 행동은 적군파로부터 높은 평가를 받았고, 두 당파는 서로 접촉하기 시작했다. 원래부터 경찰의 감시를 받고 있던 양 당파는 경찰의 추적을 피해 지하로 잠입해 멀리 떨어진 산악지역에서 군사훈련을 하기로 했다.

두 당파가 통합한 후, 새로운 조직으로 결성되어 적군파 소속 모리 쓰네오森恒夫가 최고 간부를 맡았고, 혁명좌파 소속 나가타 요코가 제2의 지도자가 되었다. 그러나 산악지역에서 군사훈련을 하면서 양 당파 간에 대립과 모순이 생겼다. 통합을 위해 각 구성원에게 '총괄總括'이라는 자기비판을 실시했고, 지도부의 승인을 얻지 못하면 다른 구성원들이 폭력을 휘둘러 그 구성원을 '도움'으로써 자기비판을 촉구하며 진정한 혁명전사가 될 것을 요구했다. 그 결과 12명의 연합적군 구성원들이 린치를 당해 중상을 입어 사망하게 되었고 4명은 도주했다. 이것이 바로 '산악 베이스 사건'1971년 말에서 1972년 2월이다.

이 사건과 관련된 산악지역의 흔적이 지역 주민들에 의해 발견되어 경찰은 주변 산림을 수색하기 시작했다. 1972년 2월, 모리 쓰네오와 나가타 요코는 자금을 마련하기 위해 산에서 내려왔었는데, 산악 베이스로 돌아가는 길에 경찰에게 발각되어 격렬한 저항 끝에 체포되었다. 다른 구성원들을 포함해 총 8명이 체포되었다. 나머지 5명은 지도자가 체포되었다는 사실을 알고 도주하기 시작했고, 2월 19일 한때 가와이河合 악기 제작소의 소유였던 아사마浅間 산장에 들어가 관리인의 아내를 인질로 잡고 경찰과 대치하게 된 것이다. 대치 상황은 2월 28일까지 계속되었으나 경찰은 건물해체용 철구 크레인으로 건물을 파괴하고 폭탄 사용을 막기 위해 격렬하게 물을 퍼부었다. 그리고 마침내 산장에 침입했던 연합적군의 마지막 5명 멤버들을 체포했다. 이것이 바로 '아사마산장사건'이다.[20]

'아사마산장사건'은 아사마 산장에서 연합적군 멤버들과 경찰이 대치한 며칠 동안, 각 방송국은 연일 현장을 생중계했기 때문에 전국적으로 널리 알려질 정도로 큰 사건이 되었다. 사건 이후, 언론은 주로 '잔혹함'과 '이상심리'라는 단어로 연합적군에 대한 린치 살인 사건을 묘사했다.[21] 그러나 모리 쓰네오에 대해서는 중립적인 보도가 있었던 것에 비해, 나가타 요코는 미디어 상에서의 이미지는 더욱 우울했고, 그녀를 비인간적인 존재로 묘사하여 '마녀'라는 말로 형용했다. 신문에 실린 사진은 대부분 낮은 자세로 머리를 숙이고 손목이 묶인 그녀의 모습을 포착해 마치 속박된 동물처럼 보였다.[22] 이러한 보도의 큰 차이는 젠더에서 비롯된 것으로 전후 일본 사회에서 여성이 리더십 역할을 수행하는 것에 대한 불관용이 반영되었다. 이는 전통적인 국가체제뿐만 아니라 체제에 반대하는 운동

---

20 佐々淳行,『連合赤軍「あさま山荘」事件』, 文藝春秋, 1996. 坂口弘,『あさま山荘1972』上, 彩流社, 1993. 坂口弘,『続 あさま山荘1972』, 彩流社, 1995.

21 「泰子さん,恐怖の10日間」,『朝日新聞』, 1972.2.29;「残酷 異常な心理 リンチ殺人」,『毎日新聞』, 1972.3.11.

22 Setsu Shigematsu, *Scream from the Shadows : The Women's Liberation Movement in Japan*, Minneapolis: University of Minnesota Press, 2012, p.145.

에서도 마찬가지일 것이다. 체제, 반체제를 막론하고 전전에서 전후까지 연속적으로 이어져 온 보이지 않는 문화권력이라고 할 수 있다.

나가타요코는 그 행동만으로 비난을 받은 것이 아니다. 그녀는 '여성의 행동이 허용되는 경계'를 훨씬 넘어선 여성이었기 때문이다. 1970년대의 사회적 배경에서 준군사조직 내에서 남성에 대한 지배적 지위를 가지고 있던 나가타는 젠더 역할을 뒤집은, 일각에서는 왜곡이라고도 할 수 있는 젠더 역할을 뒤집은 존재였다. 혁명적 실천의 맥락에서 그녀는 젠더에 얽매이지 않는 이례적인 존재였다.[23]

전후 일본 사회에서 여성 규범에서 벗어나지 않는 경우, 즉 기존 계급에 속하는 여성학생운동에 참여한 아가씨이나 새로운 계급 형성을 책임지는 여성핵가족을 지키는 여성일 경우, 왜소화되어 받아들여진다. 그러나 여성 규범에서 벗어날 경우나가타 요코 등, 그녀들은 사회로부터 비난을 받고 비인간적, 동물적, 악마적 존재로 간주되어 배제된다. 반면, 주류 사회와 악의에 찬 언론의 시선과 비난, 미소지니여성혐오로 여겨지는 공격에 대해 당시 여성해방운동의 주요 멤버들다나카 미쓰 등은 비판적 지지 입장을 취했다. 즉, 나가타

---

23 필자 번역. 원문은 다음과 같다. "Nagata was being condemned not simply because of her actions but because she was an onna who had stepped far beyond the acceptable boundaries for women to act. In the context of the 1970s, based on her position of bower over men in a paramilitary organization, Nagata embodied a subversion, it not what some might consider a perversion, of gender roles. Even in the context of revolutionary praxis, she was a gender-nonconforming anomaly." Ibid., p.150.

를 폭력의 가해자로 비판하면서도 미디어에 의한 나가타의 악마화는 정부나 경찰이 학생운동 활동가에 대한 폭력행사를 어물어물 넘기는 것이라고 분명하게 말한다. 이들은 '반체제의 폭력'을 비판하는 한편, 국가의 체계적인 폭력과 사회의 제도적 폭력도 비판하고 있다.

이러한 비판적 관점은 과격한 신좌파 그룹의 입장과 달리 '반체제의 폭력'게발트, 독일어로 'Gewalt'을 긍정하는 것이 아니다. 1970년대 초, 나가타 요코는 여성으로서 극단적 행동을 주도했다는 이유로 일본 사회로부터 악마화되어 배제된 반면, 여성해방운동 주요 멤버들은 신좌파의 '반체제의 폭력'을 이상화하기보다는 오히려 비판적인 원조관계를 구축하고 있었다. 나가타와의 교신을 통해 그녀의 기사를 내부간행물에 게재하는 등 우먼리브운동을 추진하는 전략을 취했다.

앞서 언급했듯이 전후 일본의 여성상을 논할 때는 전후 일본의 역사를 되돌아볼 필요가 있다. 패전 후, 미국이 주도하는 연합군의 점령기에 접어들면서 해외 식민지에서 철수한 인양자引揚者와 복원병들이 일본 본토로 돌아왔다. 이 시기에 가장 일반적인 두 가지 여성상이 존재했다. 하나는 고초를 겪으면서도 아이를 데리고 일본으로 귀국한 강인한 어머니의 모습이다. 다른 하나는 전쟁터에서 돌아올 남편을 기다리는 정숙한 아내의 모습이 자주 등장한다.

전자는 패전국으로서 일본이 전쟁의 피해자로 자신을 그리는 심리적 요구에 부합한다. 후자는 전후 대규모 점령에 대한 강한 공포심을 반영하고 있다. 그러나 이 가운데 점령기1945~1952에 미군을 대상으로 한 일본 매춘부팡팡라는 존재를 무시할 수 없다. 이는 많은 전후 소설에 등장했지만 그 존재는 시대에 맞지 않는 것으로 여겨져 자주 언급되지 않았다. 1950년대, 일본은 전후 부흥이 진행되면서 과거의 전통적인 남녀분업 규범이 다시 부활했다. 그리고 1960년대 후반의 전공투운동에서는 혁명을 외치면서도 그 운동에서 남녀분업을 재생산해냈다고 할 수 있다. 즉, 남성은 시위행진에 참여하여 실력 행사를 하고, 여성은 보급과 치료 업무를 담당하는 등 성별화된 운동 방식인 것이다.

그러나 연합적군의 일부 여성 멤버들은 이미 임신을 했지만 다른 남성 멤버들과 함께 산악지대에 들어가 훈련을 하며, '일상성에 대한 투쟁'이라는 신념을 갖고 있었다. 가두시위나 무장투쟁을 '비일상적인' 행동으로 간주하는 반면, 일상생활 속에서 육아를 하는 것은 '일상적인' 투쟁을 위한 시도라고 할 수 있다.[24] 이를 통해 새로운 규범을 창조하려 하고 있었다. 그러나 '총괄'이라는 행동 속에서 점차 신좌파의 교조주의에 경도되어 진정한 좌파 혁명가가 되고자 했음에도 불구하고 본래의 '일상성에 대한 투쟁'은 잊혀지고 기존의 젠더 규범은 재생산되고 증식되어 많은 여성들이 여전히 종속적으로 살아가고 있다. 다시 말해, 체제와 반체제는 비슷한 젠더 규범을 공유하고 있다는 것을 보여준다.

나가타 요코와 같은 여성 지도자, 혹은 일본적군 지도자 시게노부 후사코重信房子가 등장하면 일본 사회와 언론으로부터 비인간적 존재로 매도 당할 수밖에 없었다. 당시 남성중심주의라는 문화권력이 지배한 미디어는 우선 학생운동이 쓸모없는 것인 양 표현했다. 그리고 여성을 순진

24 　加納實紀代, 上野千鶴子, 『文学史を読みかえる⑦ リブという〈革命〉』, インパクト出版会, 2003, pp.20~21.

하지만 이성적이지 못한 활동가, 혹은 노골적으로 섹시한 마녀로 묘사함으로써 기존 젠더체제를 전복시키려 하거나 남성을 극단적인 폭력 행위로 유혹하는 자로 단죄했다. 역사학자 첼시 센디 시더[Chelsea Szendi Schieder]의 말처럼 여성은 항상 젠더의 관점에서 해석되는 반면, 여성 자신의 주체성은 무시되어 왔다.[25]

앞서 살펴본 분석에서 볼 때, 전공투운동과 연합적군의 활동에서 여성은 전후 일본의 사회체제에서 벗어날 곳이 없었다는 것은 분명하다. 여성은 순진하고 순수한 존재로 해석되는 경우가 많았지만 학생운동을 시대 풍속처럼 생각하는 인간으로 인식되거나 때로는 핵가족의 새로운 '좋은 아내'로 변신하는 경우가 많았다. 연합적군 여성들처럼 기성체제에 저항할 뿐만 아니라 젠더 규범까지 타파하면 사회에서 비인간화되어 배제된다. 그래서 다나카 미쓰 등 우먼리브운동 참여자들은 비판적 지원 방법에 따라 운동을 계속 추진했다. 그러나 1970년대 문학 표현에서는 다른 여성 표상은 아직 나타나지 않았다. 학생운동을 그린 소설에서 새로운 여성상의 출현은 긴 침묵을 거쳐 기리야마 가사네桐山襲라는 작가가 등장한 1980년대까지 기다려야 한다.

---

25 Chelsea Szendi Schieder, *Coed Revolution : The Female Student in the Japanese New Left*, N.C. : Duke University Press, 2021, pp.132~157.

5. '경청과 대화' 프로세스

기리야마 가사네는 1949년생으로 와세다대학 재학 시절부터 신좌익 학생운동에 참여했고, 산리즈카里塚 투쟁에도 참여했다. 1982년에는 태평양전쟁 말기 천황 암살을 모의한 사건을 그린 소설「파르티잔 전설 パルチザン伝説」로 문예상 후보에 올랐으나 최종적으로 선정되지 못했다. 그러나 1983년 잡지 『문예文藝』에 게재된 것이 그의 문단 데뷔의 계기가 되었다. 기리야마의 소설은 주로 전공투운동과 연합적군을 주제로 삼았고, 그 이후에는 오키나와에 초점을 맞춰 일본 근대사, 식민지 확장, 전공투운동을 조합하여 글을 썼다.

기리야마 가사네의 초기 소설에서 여성은 처음에 주요인물이 아니었지만 점차 주인공 역할을 맡게 되었다. 예를 들면, 그의 두 번째 작품『바람의 연대기風のクロニクル』1985에서는 학생운동과 오키나와를 연결하는 상징으로서 여주인공이 등장하여 캠퍼스 밖으로 운동 범위를 확장했다. 일본의 식민지 확장, 류큐 병합 등의 역사를 연결함으로써 동아시아의 근대를 시공간적 교차라는 기법으로 묘사했다. 그러나 여자 주인공이 스스로 표현한 것은 1987년 『성스러운 밤, 성스러운 구멍聖なる夜 聖なる穴』에서 오키나와 여성 매춘부가 등장했을 때이다.

또한 1989년『도시서경단장』에서는 여성이 학생운동의 변혁과 지속의 주체가 되어 한 걸음 더 나아갔다. 자신이 살고 있는 도시에 대한 모든 기억을 잃어버린 이 소설의 주인공은 어느 날, 텔레비전에 보도된 한 여성이 오키나와에 사는 고령의 조선인 여성을 자원봉사로 지원하는 모습을 본 순간, 잃어버린 기억의 일부가 선명하게 되살아난다. 그 설정으로 인해 이 소설은 여러 개의 기억 조각들로 이루어져 있다. 그는 그 젊은 여성이 과거 학생운동 시절에 여러 번 만났던 동지임을 떠올렸다. 돌멩이와 최루탄이 날아다니는 거리, 사람들이 모인 학생운동 집회, 눈 덮인 산악 베이스에서의 기억 조각이 불쑥 튀어나왔다. 그는 그녀와 함께 베이스를 떠나고 싶었지만 그녀는 반대로 자신의 마음을 진솔하게 털어놓았다.

> 나는 강제로 여기에 있는 게 아니야. 아니, 나뿐만이 아니라 우리 동지들 모두, 어느 누구도 강제로 끌려온 사람은 없어. 언젠가 너에게 말하지 않았나 모르겠네, 내가 좋아하는 말. — "가고 싶은 사람은 가고, 가고 싶지 않은 사람은 가지 않는다". 나는 말이야, 여기에 있고 싶어서 여기 있는 거야. 도시에서 멀리 떨어진 이 움푹 패인 땅 안에.[26]

이 장면은 분명히 연합적군이 지하에 잠복하면서 구축한 산악 베이스를 가리킨다. 남자 주인공은 연합적군의 부탁을 받고 베이스를 건설하러 왔으나, 분위기가 이상하다는 것을 알아차리고 떠나려고 할 때, 여자 주인공 마히루코에게 함께 떠나자고 제안했다. 그러나 마히루코는 자신의 의지를 표명하며 베이스에서 투쟁을 계속하고 싶다고 말했다. 그 결과, 그는 홀로 떠나게 되었다. 얼마 지나지 않아 그는 내부에서의 린치로

---

26   桐山襲, 『都市叙景断章』, 河出書房新社, 1989, pp.84~85.

인해 12명의 사망자가 발생한 비극을 알게 되었지만 사망자 명단, 체포자 명단, 도주자 명단 등에서 마히루코의 이름을 찾을 수 없었고, 몇 년후 텔레비전에서 영상을 볼 때까지 잃어버린 기억을 되찾지 못했다. 마히루코는 미디어가 묘사하는 청초한 소녀나 미성숙한 존재, 혹은 사악한여자 악마와 다른 존재로 그려졌다. 또한, 마히루코만이 주인공의 기억을 환기시키는 중요인물이기도 하다. 아마도 그의 기억상실은 연합적군사건이 너무 충격적이었기 때문일 것이다. 소설에서는 12명의 죽음을 마지막 장면에서 잔혹할 정도로 자세하게 묘사되어, 마히루코만이 유일한구원으로 여겨진다. 주인공은 그녀도 비밀리에 도망쳤을지도 모른다고추측했다. 그래서 그는 이러한 기억 조각들을 노트에 적어 텔레비전에서본 여성이 있는 오키나와의 어느 마을로 보낸다.

그리고, 그렇게, 우리가 재회한 순간부터, 그때부터 나의 또 다른 노트는 쓸모 없는 것이 되었음에 틀림없다. 또 한 권의 노트 — 잃어버린 기억을 찾아 써 내려간 이 도시 서경의 단장은 쉽게 버려질 것이다. 그리고 그 대신 우리는 서사시를, 1968년의 거리에서 시작하여, 1972년의 산에서 끝나는 우리들의 서사시를, 이 도시 안에서 이야기할 수 있을 것이다. (…중략…) '변혁…….' 20년이라는 세월 속에 우리는 비로소 그 시대에 관한 말을 회복시킨다……'[27]

27   Ibid., pp.141~142.

소설에서 등장하는 오키나와에 정착한 조선인 노파는 한반도 출신의 위안부 배봉기裵奉奇, 1914~1991를 연상시킨다. 계급, 가난, 위안부라는 꼬리표에 대한 편견이 너무 강해 그녀는 고향현재의 한국 경기도으로 돌아가지 못하고, 오키나와에 정착하는 것을 선택했다.[28] 한편, 산악 베이스에서 탈출한 후, 마히루코가 자원봉사로 한반도 출신 위안부 할머니들을 지원하는 일을 자원한 것은 주인공이 과거의 실패를 직시하고 과거를 이야기할 수 있는 말을 되찾을 열쇠가 되었다. 이는 일본이 과거 식민지 확장과 침략전쟁의 불의를 행한 역사를 직시하고 피식민지와의 관계를 회복하고자 하는 것을 의미했다.

'1968년의 거리에서 시작하여, 1972년의 산에서 끝난 우리들의 서사시'라는 것은 전후 일본을 변혁하고 싶다는 소박한 바람에서 동지들 사이에서 벌어진 린치 살인까지 확대되어버린 일본의 '1968'에 관한 이야기인 것이다. 전공투세대가 배워 온 신좌익적 언어로 그 희망이 비극으로 변질된 사건을 잘 표현할 수 없는 것이다. 오랜 침묵을 거쳐 비로소 일본의 불의한 역사, 운동의 좌절과 같은 어두운 과거와 관계를 맺으며 이야기되기 시작했다. 혹시 기리야마의 데뷔작 「파르티잔 전설」에서 일본 가부장제의 정점에 서 있는 천황을 폭탄으로 암살하는 등 일본의 기존 체제를 전면적으로 파괴하거나 역사적 불의를 바로잡으려는 계획과 비교한다면, 『도시서경단장』에서는 참을 수 없는 과거를 굳이 끌어안고 서로 새로운 관계를 엮어내려는 태도를 엿볼 수 있다. 마히루코의 이러한

---

28   山谷哲夫, 『沖縄のハルモニ―大日本売春史』, 晩聲社, 1980.

태도는 다나카 미쓰 등 페미니스트의 비판적 연대를 유지하는 전략이란 것이 비판받는 쪽과 비판하는 쪽이라는 입장 차이가 분명히 존재하지만, 공통점은 관계를 소중히 하면서 일상생활 속에서 대화를 통해 서로가 스스로의 변혁을 추구한다는 점이다. 그것은 개인적 차원의 변화뿐만 아니라 보다 더 큰 관계 속에서 일종의 공동작업이 되어, 화해의 길로 가는 첫걸음이 아닐까.

그러나 역사적 불의에 의해 피해를 입고 상처받은 사람들과의 대화는 쉽지 않다. 이 글의 마지막에 〈녹색감옥緑色牢獄〉에서 촬영된 전후의 이리오모테西表섬, 시라하마白浜라는 탄광촌에 정착한 타이완인 여성 홍씨단洪氏緞, 1926~2018 일본명 하시마 료코橋間良子를 예로 들어 대화의 어려움과 기억의 요동을 제시하고자 한다. 어릴 적부터 양녀童養媳[29]였던 홍씨단은 10살 때 남해 탄광에서 알선인斤先人[30]으로서 일하는 양아버지 양첨복楊添福이 이리오모테섬으로 데려가 1937년부터 1945년까지 탄광촌에서

---

29 타이완어로 '심프아'라고 읽는다. 어린 여자아이를 데려다 키우다가 나이가 들면 자기 아들의 배우자로 삼는 옛 중국의 풍습. 일본대백과사전(ニッポニカ)(2024년 1월 15일 열람).

30 일본 근대의 탄광에는 메이지시대에 헛간제도(納屋制度)라는 간접고용제도가 있었다. 탄광의 사업주는 갱장과 광부를 고용한다. 갱장은 광부의 모집, 고용, 관리, 임금 배분 등을 담당하며 현장의 주요 관리자이다. '알선인(斤先人)'은 주로 취업을 알선해주고 '알선 값(斤先)'을 받는다. 즉, 돈을 떼는 것, 삥땅 치는 것을 말한다. 1899년 이후부터 조금씩 직할제도로 바뀌었으나 내륙보다 관리가 엄격한 외딴섬 탄광에서는 여전히 구관온존(舊慣温存), 오래된 관습을 유지시키는 분위기가 짙게 남아 있다. 예를 들면, 군함도의 미쓰비시(三菱) 하시마(端島) 탄광은 1941년까지 지속되었다. 한때 수백 명의 타이완인들이 일했던 이리오모테 탄광은 전쟁으로 노동력이 부족했던 1943년까지 계속되었다. 黃インイク, 片岡力 編, 黑木夏兒訳, 『緑の牢獄 沖縄西表炭坑に眠る台湾の記憶』, 五月書房新社, 2021.

자랐다. 전쟁 후, 잠시 가족과 함께 타이완으로 돌아갔지만 2·28사건과 그 후의 백색테러, 경제 불황으로 다시 밀입국하여 이리오모테섬으로 돌아왔다.

오랫동안 오키나와에 정착한 타이완인 가족을 중심으로 다큐멘터리 영화를 제작한 황인익黃インイク 감독은 2014년부터 '하시마 아마橋間アマ'[31]와 대화를 나누며 인터뷰를 통해 이리오모테 탄광과 타이완인 이주민의 역사에 대해 생각해왔다. '하시마 아마'의 눈에 비친 탄광에서의 가족에 대한 생각, 주변으로부터의 타이완인에 대한 차별, 광부들 간의 충돌과 폭력, 말라리아 등의 전염병, 하층계급의 빈곤, 광부들을 통제하기 위한 '모피'모르핀, 마약 사용, 중노동을 견디지 못한 광부들의 도주 등 요동치는 기억의 파편들이 감독과 오랜 대화로 쌓은 신뢰관계 아래 단편적으로 이야기되고 있다. 그러나 주요 화자인 '하시마 아마'가 제대로 된 교육을 받을 기회가 없었던 한 명의 식민지 여성으로서, 즉 가부장제가 주류인 식민지시대를 살아온 가장 약한 존재로서 그녀의 과거는 상처투성이로 이야기되지 않는 경우가 많다. 그래서 황인익 감독은 역사 자료와 현장 조사를 통해 때때로 모순되거나 생략되는 '하시마 아마'의 이야기 공백을 채우거나 이해하려고 노력했고, 2021년 상영한 〈녹색감옥〉이라는 다큐멘터리 영화는 그 과정을 반영한 작품이라고 할 수 있다.

'하시마 아마'에게는 인생의 마지막 서너 해 동안 타이완인들의 질문을 받고 자신의 과거를 이야기하는 것이 개인적 차원의 역사를 회고하는

---

31   타이완어로 '아마'는 일본어의 'おばちゃん', 한국어의 '할머니'를 의미한다.

기회임에 틀림없다. 동시에 감독 황인익에게는 일본의 근대화와 타이완의 식민지화에 얽힌 사람들에 대한 역사를 재조명할 수 있는 기회이기도 하다. 그 대화 과정을 가능케 한 것은 경청하는 자세로 서로 신뢰할 수 있는 관계의 구축이 아니었을까. 관계의 유지와 심화는 공통의 역사인식을 형성하는 필수적인 과정일 뿐만 아니라 새로운 연대의 미래를 만드는 가장 중요한 포인트가 될 것이다. 화해는 과거의 잘못을 '용서'하는 것을 의미할 뿐만 아니라 미래를 여는 열쇠가 된다. 왜냐하면 역사인식과 같은 '공동의 과거'에서 공동의 미래로 나아가는 것이 아니라, 대화로 엮어내는 현재의 관계를 통해 과거에 대한 기억과 감정을 싱크sync, 동기화함으로써 새로운 연대를 만들어낼 수 있기 때문이다.

6. 나오며

이 글은 먼저 캐럴 길리건의 '돌봄의 윤리'에 대해 간략히 소개했다. 과거의 불의를 바로잡은 것이 아니라 상대방의 목소리에 귀 기울이고 자신의 목소리로 응답함으로써 새로운 관계를 구축하는 것이 '돌봄의 윤리'이다. 이를 1960년대 후반 일본의 남성중심주의적인 학생운동의 좌절과 교착 상태에 빗대어 그 가능성을 고찰했다. 이 시기는 고도경제성장기였고, 동시에 학생운동도 활발하게 전개되었다. 대규모 시위와 대학 캠퍼스 봉쇄 등이 이루어졌고, 전공투로 불리는 운동이 절정에 달했다. 학생운동이 쇠퇴한 후, 과격화한 조직이 등장했는데, 그것은 1971년에 결성한 연합적군이었다. 그들은 지하에 잠입하여 산악지대에서 군사훈련을 하며 중국공산당의 무장혁명을 모방하려 했으나 결국 내부 린치 살인이 발생해 전면적인 체포 검거가 이루어졌다. 그 잔혹한 사건으로 엄청난 충격을 받게 된 일본 사회는 그들을 지지할 수 없었다. 과거 학생운동에 참여한 사람들은 침묵에 빠지고, 운동의 지속과 전형을 고민하는 시기로 접어들었다.

1970년대 후반에 그려진 전공투운동을 다룬 소설 속 여성상은 두 가지 유형으로 나뉘는 것으로 나타났다. 하나는 학생운동을 패션의 일부로 삼고 시위행진에 참여하기 위한 복장을 착용하는 여성이며, 동시에 새로운 핵가족을 지키는 자로 변신할 수 있다는 이미지이다. 또 다른 여성상은 일종의 청춘담 속에서 학생운동에 휘말린 청초한 여학생 같은 존재라고 할 수 있는데, 1960년대 초반 혁명을 위한 희생양으로 여겨졌던 청순한 소녀상과 비교하면 후자는 더 보수적이고 얕은 이미지로 느껴진다. 1960년대 초반 운동에 참여한 여학생들은 아직 신념을 가지고 있었기 때문이다.

한편, 연합적군 여성 리더 나가타 요코에 대해서는 그녀가 젠더 규범을 벗어났다는 이유로 언론에서 비난하고 정신이상, 질투심 등의 단어를 그녀를 비인간화, 악마화했다. 그래서 그녀를 전후 일본의 여성상 속에서 배제하려고 했다. 그 여성상은 패전 후 고향으로 돌아온 고단한 어머니, 고향에서 복무 중인 남편을 기다리는 순결한 아내 등을 포함한다. 이 기존 젠더 스토리에서 나가타 요코는 명백히 그 경계를 넘어선 모성이 부족해 보이는 존재로 간주된다. 대신 그녀는 반체제에서 최고의 권력을 쥐고 국가폭력에 대항하는 죄를 범했다. 그래서 비인간적인 그녀는 야만적인 동물처럼 취급되어 사회에서 말소되어야 할 존재로 미디어에 의해 그려졌다.

이상으로 간단히 정리하자면, 전후 일본 사회에서 여성을 이야기하는 전략은 통합 또는 배제 중 하나였다는 것을 알 수 있다. 국가에 의한 폭력을 말할 것도 없으나 국가체제에 대항하는 반체제에서도 남성중심적이고 극단적인 폭력으로 이어지는 경향이 있으며, 극단적인 행동이 원동력이 되기도 한다. 그것은 남성의 저항 방식이라고 할 수 있다. 반면, 여성들은 처음에는 남성적인 운동을 모방하면서 국가폭력에 대항하기 위해 폭력행동을 주도하기도 했지만, 일본 사회와 언론에 의해 사회적 존재에서 배제되었다. 이때 1970년대 우먼리브운동 활동가들은 나가타 요코에 대한 비판적 지원 전략을 취함으로써 젠더 규범의 비가시성이 드러나게 된다. 즉, 지원 속에서의 지속적인 비판만이 국가체제와 젠더 규범의 공모에 의한 수탈과 배제에 대항할 수 있음을 보여준다.

1980년대에 들어서면서 전공투세대에 속한 기리야마 가사네는 기존의 젠더 규범이나 신좌파의 교조주의에 얽매이지 않는 여성상을 창조했다. 이 글에서는 『도시서경단장』에 등장하는 젊은 여성 활동가 마히루코를 다루었다. 이 소설에서는 주체성을 발휘하여 학생운동 내부의 투쟁에서 벗어나 오키나와의 조선인 위안부를 지원하는 자세가 묘사되어 있다. 자원하는 지원자의 태도는 체제의 철저한 붕괴라기보다는 오히려 '돌봄의 윤리'가 중시되는 관계의 구축을 의미한다. 즉, 경청과 대화를 통해서 구축하는 관계의 중요성이 이 소설에서 분명하게 표현되어 있다는 것이다. 그러나 어두운 역사적 불의를 이야기하는 것은 여전히 매우 어려운 일이다. 『도시서경단장』의 기억상실과 마히루코의 극히 제한된 이야기가 그 한계를 보여준다. 한편, 다큐멘터리 〈녹색감옥〉 역시 그 서사의 어려움과 기억의 요동을 보여주는 작품이다. 당사자의 서사를 그대로 믿어서는 안 되지만, 해야 할 일은 모든 자료와 필드워크를 통해 왜곡된 시대에서 잘 이야기되지 않은 기억의 조각들을 공동 인식과 감각으로 다시 조합하는 작업이다. 그것은 경청과 응답의 과정이며, 화해의 길로 가는 첫걸음이 될 것이다.

이 글은 일본어로 작성되었으며 조소진(趙沼振 / Cho So-jin, 숙명여자대학교 일본학과 강사, 전후일본 사회운동사 전공)이 번역했다.

참고문헌

단행본

小熊英二, 『1968』上・下, 新曜社, 2009.

加納實紀代・上野千鶴子, 『文学史を読みかえる⑦ リブという〈革命〉』, インパクト出版会, 2003.

キャロル・ギリガン, 小西真理子など訳, 『抵抗への参加ーフェミニストのケアの倫理』, 晃洋書房, 2021.

＿＿＿＿＿＿＿＿, 川本隆史など訳, 『もうひとつの声でー心理学の理論とケアの倫理』, 風行社, 2022.

桐山襲, 『都市叙景断章』, 河出書房新社, 1989.

黒古一夫, 『全共闘文学論：祝祭と修羅』, 彩流社, 1985.

坂口弘, 『あさま山荘1972 上』, 彩流社, 1993.

坂口弘, 『続 あさま山荘1972』, 彩流社, 1995,

佐々淳行, 『連合赤軍「あさま山荘」事件』, 文藝春秋, 1996.

高城修三, 『闇を抱いて戦士たちよ』, 新潮社, 1979.

＿＿＿＿, 飯田鯛 絵, 『コミック版 二十歳の原点』, 双葉社, 2019.

高野悦子, 『二十歳の原点』, 新潮社, 2003.

黄インイク, 片岡力編, 黒木夏兒訳, 『緑の牢獄ー沖縄西表炭坑に眠る台湾の記憶』, 五月書房新社, 2021.

三田誠広, 『僕って何』, 河出書房新社, 1977.

山谷哲夫, 『沖縄のハルモニー大日本売春史』, 晩聲社, 1980.

Chelsea Szendi Schieder, *Coed Revolution : The Female Student in the Japanese New Left*, New York City : Duke University Press, 2021.

Setsu Shigematsu, *Scream from the Shadows : The Women's Liberation Movement in Japan*, Minneapolis : University of Minnesota Press, 2012.

논문

石川巧, 「手記のなかのヒロイズムー樺美智子・奥浩平・高野悦子」, 『近代文学合同研究会論集』 12, 2016.

기타자료

井上靖・中村光夫・吉行淳之介・丹羽文雄・大江健三郎・安岡章太郎・瀧井孝作・遠藤周作, 「第78回芥川賞選評 感想」, 『文藝春秋』 56(3), 1978.

大江健三郎・開高健・河野多恵子・三浦哲郎・安岡章太郎, 「第九回 新潮新人賞発表」, 『新潮』 74(8), 1977.

黄インイク監督, 『緑の牢獄』, 木林映画, 2021.

「残酷 異常な心理 リンチ殺人」,『毎日新聞』, 1972.3.11.
「泰子さん,恐怖の10日間」,『朝日新聞』, 1972.2.29.
『日本大百科全書』(ニッポニカ), 小学館, 1993.

제4부

동아시아의 화해와
협력을 위한 모색

'국가' 없는 공동체의 상상력과 그 가능성

전후 오키나와 사상을 시야에 넣어

손지연

동아시아 사회통합과 지성인의 열망

독일 / 유럽과의 비교론적 접근

정진헌

'국가' 없는 공동체의 상상력과 그 가능성

전후 오키나와 사상을 시야에 넣어

손지연

1. 들어가며

일찍이 프란츠 파농은 제국주의와 식민주의에 대한 저항의 필요성을 제기하며 폭력의 문제를 성찰한 바 있다. 1960년대 흑인민권운동에 영향을 미친 이 파농의 '폭력론'은 물리적 폭력 그 자체가 아니라 '단단한 오늘'을 허물고 새로운 미래를 만들기 위한 창조로서의 폭력이다. 물리적 폭력의 행사가 불가능해진, 또 그러한 폭력이 대중적 지지를 받을 수도 없는 지금 우리는 파농의 폭력론에서 무엇을 배워야 할 것인가를 고민해야 한다. 그것은 동아시아라는 시공간에 각인된 냉전적 대결, 식민주의의 폭력을 근본에서부터 다시 사유해야 함을 의미할 것이다.

그런데 1970년을 전후한 시기의 오키나와로 눈을 돌려 보면, 이 폭력론을 새로운 창조력 혹은 가능성으로 적극적으로 사유했던 이들이 있다. 오늘을 무너뜨려야 새로운 평화의 연대가 창조된다는 명백한 사실에 대한 인식, '국가'라는 이름으로 행해지는 폭력을 거부하는 지역의 사상적 독립을 주장하며 오키나와 사상을 모색해 간 아라카와 아키리新川明를 비롯한 가와미쓰 신이치川滿信一, 오카모토 게이토쿠岡本恵徳 등이 그들이다. 이들의 사유는 '국가'라는 중심에 저항하고 때로는 기꺼이 보듬어 안으며 자신들만의 사상을 만들어간 오키나와의 오늘의 모습을 잘 보여준다.[1]

이로부터 시선을 1990년대로 거슬러 올라가 보면, 현 오키나와 사회가 직면한 폭력적 상황을 미군의 점령시스템과 연결해 사유하거나, 식민주의적 폭력, 국가폭력을 어떻게 기억할 것인가에 대해 성찰적으로 접근해 가고 있는 작가 메도루마 슌目取真俊과 만나게 된다. 그는 앞서 언급한 파농의 인식, 이른바 '대항폭력Counter violence'이라는 개념을 상기시키는

---

1   신조 이쿠오(新城郁夫)의 『도래하는 오키나와(到来する沖縄)』(インパクト出版社, 2007), 『오키나와를 듣다(沖縄を聞く)』(みすず書房, 2010), 도베 히데아키(戸邊秀明)의 「오키나와 교직원회사 재고를 위하여-60년대 전후의 오키나와 교원에게 목마름과 공포(沖縄教職員会史再考のために-60年代前半の沖縄教員における渇きと恐れ)」(近藤健一郎, 『方言札-ことばと身体』, 社會評論社, 2008) 등은 1960~1970년 즈음해 '복귀'를 둘러싸고 제출된 다양한 논의들을 재고하고, 이후의 사상과 어떻게 이어지는지 살펴볼 수 있는 논점을 풍부하게 제시하고 있다. 이 외에도, 아라카와의 '반복귀론'을 거시적이면서 촘촘하게 살펴본 남궁철의 「전후 오키나와의 자기결정 모색과 '반복귀론'」(『일본역사연구』 47집, 일본사학회, 2018), 오키나와 사상 형성에 큰 영향을 미친 요시모토 다카아키(吉本隆明)와 다니가와 겐이치(谷川健一)에 주목한 이수열의 「1960년대 일본의 국가 구상과 오키나와」(『일어일문학』 64집, 일어일문학회, 2014), '반복귀'론을 중심으로 가와미쓰 신이치의 공동체 인식을 살펴본 오시로 기요히코(大城清彦)의 「오키나와를 둘러싼 '공동체론'-요시모토 다카아키 『공동환상론』과 가와미쓰 신이치를 중심으로(沖縄をめぐる「共同体論」-吉本隆明『共同幻想論』と川満信一を中心に)」(『일본학』 41호, 동국대 일본학연구소, 2015), 가와미쓰 신이치·나카자토 이사오 공편의 『류큐공화사회헌법의 잠재력(琉球共和社会憲法の潜勢力-群島·アジア·越境の思想)』(未来社, 2014) 등이 있다.

여러 편의 작품을 남겼다. 메도루마는 1960년 오키나와 북부 나키진今帰
仁 출생으로 아라카와 등과는 30년 가까운 나이 차이가 있다. 메도루마는
스스로를 "'전후 60년'의 원점인 오키나와전투를 직접 체험하지 않은 세
대", "전쟁체험을 들을 수 있는 거의 마지막 전후세대", "전쟁체험을 다음
세대로 계승해야 할 중요한 위치"에 있는 자로 정의한다.[2] 아라카와, 가
와미쓰, 오카모토와 같은 류큐琉球대학 출신으로[3] 그가 입학하던 1979년
은 미군 연습장에서 날아온 1킬로그램이 넘는 금속덩어리의 포탄 파편
이 고속도로 주차장에 떨어지는 등 미군기지로 인한 사건사고가 끊이지
않았던 혼란한 시기였다. 그의 생활 반경 또한 기노완시宜野湾市 후텐마普天
間기지 근처, 나고시名護市의 헤노코辺野古나 오키나와시의 가데나嘉手納 기
지 게이트 근처 등 기지 주변이어서 이러한 문제에 누구보다 민감할 수
밖에 없었을 것이다. 이러한 체험은 『바람 소리風音, The Crying Wind』1985, 『평
화거리라는 이름이 붙은 길을 걸으며平和通りと名付けられた街を歩いて』1986 등의
1980년대 소설에 녹아들어 있다. 1990년대에 들어서면 오키나와전투沖
縄戦와 미군기지 문제, 오키나와 공동체 문제가 삼위일체를 이루며 메도
루마 작품세계의 본령이라 할 수 있는 『물방울水滴』1995을 비롯한 『무지개
새虹の鳥』1998~2006, 『기억의 숲眼の奥の森』2004~2009 등을 연이어 내놓는다.

전쟁체험세대는 아니지만 전쟁을 방불케 하는 실탄 소리를 들으며
성장한 메도루마는 현 오키나와 상황을 전쟁과 점령의 폭력이 현재진행

---

2   메도루마 슌, 안행순 역, 『오키나와의 눈물』, 논형, 2013, 18쪽.
3   아라카와 등은 1950년대 초반에 입학해 동인지 『류대문학』을 간행하는 등 줄곧 함께
     활동했고, 메도루마는 1979년에 입학했다. 아라카와는 졸업 전 오키나와타임스사 입
     사가 결정되어 중퇴했고, 오카모토는 1958년에 도쿄교육대학으로 편입했다.

형인 것으로 파악한다. 무엇보다 그는 근대 국민국가가 안고 있는 근본적인 문제라고 할 수 있는 '폭력성'을 소거하는 방향으로 나아가지 않는다. 달리 말하면, 국가체제를 극복하든 전복하든 근본적인 폭력성과 식민성을 가질 수밖에 없는 '국가'를 창안하는 데에 동의하지 않는다는 의미이다. 그가 즐겨 그리는 오키나와 공동체 속 젊은 세대는 하나같이 문제아이고 체제의 반항아이다. 시대 혹은 기성세대와의 충돌이라거나 불협화음이라는 단선적인 독해로는 이해하기 어려운 밑바닥까지 치고 내려가는 어두운 내면의 소유자들이다. 이들의 내면과 제대로 마주하기 위해서는 오키나와 공동체 안으로 발을 깊숙이 들여놓아야 한다.

또한, 비非국민, 반反국가 사상과 오키나와의 자립을 구상하고, 오키나와의 입장에서 국가와 천황제에 대해 논의하며, 오키나와 민중의 시점에서 오키나와 내부비판에 나섰던 1970년을 전후한 시기의 아라카와, 가와미쓰, 오카모토의 사유를 폭넓게 시야에 넣지 않고는 메도루마의 작품 세계를 온전히 이해했다고 말하기 어려울 것이다. 마찬가지로 메도루마의 소설을 통해 아라카와 등이 제출한 사유의 향방을 확인하는 일도 가능할 터다.

이 글에서는 메도루마문학에 보이는 또 하나의 중요한 양상이자 오키나와의 특수한 상황을 현현하는 '국가' 없는 공동체의 상상력, 나아가 지배받지 않는, 지배하지 않는 공동체의 가능성을 1970년에 제기한 아라카와, 가와미쓰, 오카모토의 주요 사상에 덧대어 살펴보고자 한다.

2. '국가'라는 이름으로 행해지는 폭력을 거부하는 목소리들
아라카와 아키라 · 가와미쓰 신이치 · 오카모토 게이토쿠

아라카와, 가와미쓰, 오카모토는 아시아·태평양전쟁이 발발할 무렵인 1930년대 초반에 태어나 전쟁과 함께 성장했고, 1950년대 류큐대학 재학시절 『류대문학琉大文学』이라는 동인지를 꾸려가며 전후 오키나와 사상을 만들어간 주역들이다. 대학 졸업 후에는 오키나와타임스사 기자^{아라} ^{카와, 가와미쓰}, 류큐대학 교수^{오카모토}를 역임하며 오키나와 사회를 에워싼 문제, 이를테면 미군기지 건설을 위한 토지 강제접수에 반대하는 이른바 '섬 전체 투쟁島ぐるみ闘争'을 비롯한 긴박한 정치 현안을 문학운동과 연계해 갔다. 특히 '복귀復帰'가 가시화되는 1970년을 전후한 시기의 오키나와 상황을 위태롭게 감지하고, 모두가 한목소리로 '복귀'를 외치는 가운데 이들과 거리를 두며 '반反복귀' 목소리를 내는 데 주저하지 않았다. 『신오키나와문학新沖縄文学』은 이에 대한 문제의식을 담아 「반복귀론」^{18호, 1970.12}, 「속続 반복귀론」^{19호, 1971.3}이라는 제하의 '반복귀론' 특집호를 2회 연속 꾸렸다. 아라카와 아키라를 비롯해 오시로 다쓰히로大城立裕, 오카모토 게이토쿠^{이케자와 사토시(池沢聡)라는 필명으로 게재}, 다니가와 겐이치谷川健一, 오에 겐자부로大江健三郎 등이 필진으로 참여했다. 훗날 아라카와는 동시대 '복귀' 사상에 반기를 든 일련의 사상을 '반복귀'라고 규정한 것은 바로 이 특집호 제목에서 비롯되었다고 회고했다.[4] 특집호 취지문에는 작금의 '복귀' 움직

---

4   특집호 제목을 붙인 이는 시인 마키미나토 도쿠조(牧港篤三)라고 한다. 마키미나토는
     『신오키나와문학』 발행처인 오키나와타임스사 출판부에, 아라카와는 편집국기자로

임이 미일 양 정부의 권력자들에 의해 설계된 "부조리한 레일", "환영과 가설로 가득한 가공의 레일"⁵이라는 점을 분명히 하고 있다.

우선, 아라카와는 미군정의 폭력에 무방비로 노출되어 버린 오키나와 문제를 누구보다 예민하게 감지하며 전쟁과 전후의 모순을 적극적으로 고발하는 한편, 일본 정부를 '국가악国家悪'으로 규정하고 '지역의 자기결정권'의 필요성을 제기했다. '국민'이라는 이름으로 호명하는 순간 수많은 폭력이 당연시되는 폭력의 악순환이 반복되며, '반국가'라는 고통스러운 투쟁의 연속이 '지역의 자기결정권'의 근저임을 말하고 있는 것이다. 물론 이때의 '반국가'라는 것은 국가에 대한 무조건적인 저항을 의미하는 것은 아니다. '반국가', '비국민'이라는 용어에는 '국가'라는 이름을 내세워 행해지는 숱한 폭력을 거부하는 '적극적 평화'에 대한 강한 원망이 담겨있다.

그러한 자신의 '삶'과 그 '삶'을 매개해 주고 있는 오키나와에 대해 말한다는 것은 오키나와로 하여금 '국가로서의 일본'을 저격하고 거기에 끊임없이 독화살을 쏘아대는 것과 같다. 따라서 그것은 피할 수 없는 사상적 행위이며 우리가 짊어진 업고業苦가 아닐 수 없다. (…중략…) 말하자면 '국가로서의 일본', 나아가 '국가' 그 자체 ─ 그 어떤 정치권력이 이를 잡으려 한다 해도 ─

근무하던 시절이었다. 얼마 전 2022년에는, '복귀' 50년을 맞아 『신오키나와문학』 18호·19호 글들을 모아 『『반복귀론』을 다시 읽는다(「反復帰論」を再び読む)』(오키나와타임스사 간행)라는 제목으로 재간행하기도 했다. 城間有, 「ウチナーンチュを解き放つ批判の矢─『反復帰論』を再び読む』を編集して」, 『越境広場』 11号, 越境広場刊行委員会, 2022, p.79.

5   沖縄タイムス社, 「[特集] 反復帰論」, 『新沖縄文学』 18号, 1970.12, p.56.

와의 관계에서 얼마만큼 스스로를 반권력의 자리에 끓어 앉혀 이와 대치하는 것을 견뎌낼 것인가. 그것은 사상의 모순과 강고함을 얼마만큼 자기 안에 확보할 수 있는가와 관련된다. 나 스스로를 심정적으로나 사상적으로나 반권력의 고독한 게릴라로 자리매김해 두고자 한다. 이를 위해 우선 나는 오키나와인의 사상적 원천이라 할 수 있는 일본지향의 '복귀' 사상을 절개하여 적출하는 것에서부터 출발하려 한다.[6]

1970년에 발표한 아라카와의 「'비국민'의 사상과 논리―오키나와의 사상적 자립에 대해」의 모두冒頭 부분에서 발췌한 것이다. 스스로를 '반권력의 고독한 게릴라'로 규정하고 오키나와에 있어 '일본복귀'란 무엇인지, 일본이란 무엇이며, 무엇이 될지, 그리고 앞으로 무엇이고자 하는지, 거꾸로 일본에 있어 오키나와는 무엇이며, 무엇이고자 하는지 통렬하게 묻고 있다. 이러한 사상이 결여된 채 전개되고 있는 작금의 '조국복귀"히노마루(日の丸)복귀'이자 '반미(反美)복귀' 운동에 대한 깊은 우려가 엿보인다. '오키나와의 사상적 자립에 대해'라는 이 글의 부제에서 보듯, 아라카와는 그간 축적되어온 운동과 사상을 성찰적으로 돌아보고, 오키나와 자립 사상의 필요성을 제시한다.

그의 논점은 매우 명확하고 선명하다. 요컨대, 단순한 '어머니의 조국'이라는 발상, 1969년부터 등장하기 시작한 오키나와 '복귀'운동이든, (헌법 제9조와 제25조가 존재하는) '바람직한 일본'으로의 '반전복귀'든 그 어

---

6   新川明, 「「非国民」の思想と論理」, 谷川健一 編, 『沖縄の思想』(叢書わが沖縄 第6巻), 木耳社, 1970, pp.6~7.

떤 말로 포장하든 '복귀' 사상의 변종으로 '일본 내셔널리즘'의 사정권 안에 자리한다는 주장이다. 즉, 일본 중심의 내셔널리즘을 사상적으로 극복하지 않는 한 공허한 자전을 반복할 뿐이며, 일본 동화 지향에 촉발되어 일본과 오키나와를 '동질한 네이션'으로 용해해 가는 것에 불과하다는 것이다. 오키나와가 일본에 대해 태생적으로 갖는, 아라카와가 '업고'라고까지 표현한 '국가 부정否認의 가능성'이 '국가 환상幻想'으로 인해 사라져 버렸다고도 말한다. '어머니의 조국', '평화헌법'이라는 허망을 환상하는 데에서 출발한 '조국복귀'운동은, 야라 초뵤屋良朝苗로 대표되는 오키나와 교직원회가 앞에서 끌고, '소박한 내셔널리스트', '이기적 공리주의'로 무장한 오키나와 민중들의 환호 속에서 전개되었고, 지난 전쟁에서 일본이라는 국가가 저지른 과오까지 덮어버리는 결과로 이어졌다고 비판한다. 또한, 반환합의와 그 땅고르기 작업인 국정참여 실현에만 몰두한 오키나와 기성 '혁신' 정당 역시 복귀운동에 부정적 영향을 미치긴 마찬가지라고 목소리를 높인다.

이렇게 오키나와현민이 하나가 되어 복귀를 염원하며 앞날을 모색해 가는 가운데 아라카와가 '반권력의 고독한 게릴라'를 자처하며 '반복귀'를 주장하기 시작한 데에는 60년 안보투쟁이 결정적인 영향을 미쳤다. 아라카와는 오키나와 문제를 완전히 누락시킨 형태로 전개된 본토의 60년 안보투쟁을 목도하며, "유토피아로서의 일본"이 "소멸"해 가고, "'어머니의 조국'이라는 심정주의"가 소리를 내며 무너져 내렸다고 고백한다.[7]

---

7   Ibid., p.15.

이것은 그로 하여금 지금까지 일본에 대해 가졌던 '어머니의 조국'실제로 아라카와의 어머니는 본토 출신이기도 하다이라는 '환상'을 깨고 오키나와, 오키나와인의 포지션에서 성찰적 목소리를 내게 하는 출발점이 되었다. 아라카와가 제시하는 오키나와 투쟁의 방향성은 "국가로서의 일본"을 공격하고, "국가해체라는 폭약"으로 일본의 목을 조를 수 있어야 한다는 다소 거친 표현이지만 '비국민', '반국가', '반국민'으로 요약된다.[8]

이듬해에 '비국민' 논의를 보완하고 '반국가'의 논점을 보다 명확히 밝힌『'반국가'라는 낙인과 차별의 땅 오키나와-오키나와 자립의 시점反国家の兇区-沖縄・自立への視点』現代評論社, 1971을 간행한다. 연이어 유사한 글을 발표하게 된 경위는 '비국민', '반국가'의 사유가 '류큐독립론'을 내세운 정치운동에 이용되고 있는 상황을 목도했기 때문이다. 이로 인해 당시 '미제국주의의 선봉에 선 반공주의자'라는 낙인이 찍혔던 이유가 되기도 했는데, 자신이 '독립'론자가 아니라 '반복귀'주의자라는 해명 아닌 해명을 위해 썼던 이 글도 '독립'론자가 아니라는 명쾌한 해명은 되지는 못했던 듯하다. 이후, 아라카와는「자기사自分史 안의 '반복귀'론」이라는 글에서 '반복귀'론을 주장한 지 30여 년이 지나는 과정에서 이 논의가 어떤 '오해'와 '편견'을 불러일으켰는지 자기 안의 사상적 변화와 함께 이전의 과격한 논조를 조금 가라앉히고 차분히 좇는다.[9] '반복귀'론은 단순한 '독립'론적 정치운동론이 아니라는 것, '독립'론이라는 정치운동론에도 얼마간 영향을 미쳤고, 국민국가 환상을 깨뜨리는 역할, 학술적 영역

---

8   Ibid., p.23.
9   新川明,「自分史のなかの「反復帰」論」,『沖縄・統合と反逆』, 筑摩書房, 2000, pp.60~149.

으로 끌어올려 오키나와의 역사와 문화, 자립 사상을 둘러싼 다양한 논의를 촉발시켰다는 데에서 의미를 찾고 있다. 특히, 1970년대 후반에 활발히 논의되었던 천황제 사상에 대응하는 오키나와 사상^{아이덴티티}이 '반복귀'론 사상의 연장선에 자리한다고 평가했는데, 이는 '오키나와학'의 창시자로 칭송받아온 이하 후유^{伊波普猷}를 비롯한 근대 오키나와 지식인의 한계 — 오랜 역사를 통해 형성된 일본에 대한 '이질감'을 천황제국가의 절대성을 돌파하기 위한 것이 아니라, 문화, 사상의 다양성을 내세워 합일화를 도모하는 데 동원했다고 말한다 — 를 발견함으로써 가능했던 듯하다.

그로부터 다시 10년이 흘러 '복귀' 40년을 맞이한 2010년대에 아라카와는 '조국' 의식과 '복귀' 사상을 재심^{再審}하는 글을 발표한다. 그 안에서 "모든 오키나와인이 '조국'이라는 단어를 '복귀'와 함께 잊었고, '조국' 의식이 쇠퇴했다"는 도베 히데아키^{戶邊秀明}의 주장에 이의를 표하며 오늘날 여전히 견고하게 자리하고 있는 '조국' 의식을 동시대 아베 정권의 행보 속에서 포착해 낸다.[10] 예컨대, 2013년 4월, 일본의 독립과 맞바꿔 오키나와, 아마미^{奄美}, 오가사하라^{小笠原}를 잘라내 버린 샌프란시스코조약 발효일^{1952.4.28}을 '굴욕의 날'이 아닌 '주권회복의 날'로 삼아 맹렬히 반발하는 오키나와를 외면하고 천황, 황후를 배석시켜 축하 식전을 거행한 것은 당시 아베 수상 측과 오키나와현 측이 모종의 담합이 있었음을 시사하는 것으로, 이는 "권력자에게 봉사"하는 "노예 사상"에 다름 아니라고

10　新川明, 「「祖国」意識と「復帰」思想を再審する」, 大田昌秀・新川明・稲嶺惠一・新崎盛暉, 『沖縄の自立と日本―「復帰」40年の問いかけ』, 岩波書店, 2013, p.54.

강하게 비판한다. 또한, 일본이 오키나와를 잘라 내버린 날을 "굴욕", 즉 "수치를 당하여 면목을 잃"[11]었다고 한탄하고 분노하는 것 자체가 비굴한 정신의 발로라며 '굴욕의 날'이라고 호명하는 데에 깊은 유감을 표한다. 앞서 언급한 『'반복귀론'을 다시 읽는다』 간행에 부쳐 아라카와는 '반복귀' 주장이 복귀가 목표로 한 '운동'에 대한 반대가 아니라, "우치난추 스스로가 앞장서서 국가에 기대는 정신", 즉 "'복귀 사상'을 부정"[12]하는 데 있었음을 명확히 했다. 오키나와의 사상적 자립을 주장하는 목소리가 50년 전 논조 그대로 계승되고 있음을 알 수 있다. 아라카와와 큰 틀에서 의견을 같이하며 활발한 논의를 전개한 가와미쓰 신이치는 오키나와의 사상적 자립을 오키나와와 천황제의 관계성 안으로 깊숙이 파고들어 가는 방식으로 질문한다. 아라카와의 「비국민의 사상과 논리」와 같은 해인 1970년에 발표한 「오키나와의 천황제 사상」에서 가와미쓰는 국가와 일체화되어 전쟁을 수행했던 오키나와에서 천황(제) 문제가 아직 명확히 규명되지 않은 것은 국가를 상대화하는 시야를 확보하지 못했기 때문이며, "황민화 교육은 잘못되었다", "천황(제) 사상은 실수였다"라는 반성으로 전후 사회에 무임승차한 탓이라고 말한다.[13] 가와미쓰는 그에 대한 답을 찾기 위해 천황(제) 이데올로기가 오키나와 민중 내부에 어떤 형태로 받아들여져 정착하게 되었는지 추궁해 간다. 그것은 달리 말하면, 메이

---

11 Ibid., p.64.

12 城間有, 「ウチナーンチュを解き放つ批判の矢ー『「反復帰論」を再び読む』を編集して」, 『越境広場』 11号, 越境広場刊行委員会, 2022, p.79.

13 川満信一, 「沖縄における天皇制思想」, 谷川健一 編, 『沖縄の思想』(叢書わが沖縄 第6巻), 木耳社, 1970, p.121.

지로 편입되기 전까지 독자적인 역사를 가졌던 '류큐', 그리고 전후 일본으로부터 배제되어 미군통치하 무국적 상태에 놓여 있던 오키나와가 국가와 관계를 맺는 방법 혹은 천황(제)와 관계 맺는 방법에 대한 추궁이기도 했다. 그 하나의 방법으로 가와미쓰는 '천황'과 '류큐왕'의 역사의 차이와 이질성에 주목한다. 요컨대, 류큐의 '왕'은 일본의 '천황'과 달리 신적이기도 영적이지도 절대적 대상도 아니며, 오키나와 민중에게 뿌리내린 '종교적 감수성' ― 혈연으로 이어지는 조령이나 마을 공동체의 조령인 '근신根神' 신앙 ― 을 '천황'이라는 '현인신'의 이미지와 연결시키는 것 또한 불가능하다고 말한다. 게다가 오키나와의 경우, 민중의 풍족한 생활을 보장하는 왕이야말로 '덕 있는 군주'라는 선양禪讓 사상이 자리하고 있어 천황(제) 자체가 갖는 종교성보다 '야마토'의 '풍요'라는 이미지에 끌렸을 가능성을 지적한다.

> 민중 내셔널리즘을 지탱하는 근간에 있는 것이 '풍요'를 기원하는 '제사'와 '정치'의 융화라면 오래전부터 존재했던 '야마토 친국'의 발상과 결합하여 일본 국체로 수렴해 가는 매우 중요한 요건이라는 것은 상상하기 어렵지 않을 것이다. (…중략…) '야마토 친국'이라는 발상 속에는 '풍요'를 기원하는 기대감이 엿보인다. 천황 자체가 가진 종교성보다 '야마토'라는 공간이 가진 흡인력이 오히려 강하게 작용했다고 할 수 있다.[14]

---

14   Ibid., pp.110~112.

가와미쓰의 문제의식은 '복귀운동' 비판으로도 향했다. '복귀협沖縄県祖国復帰協議会' 운동에서 빈번히 언급되고 있는 '본토'라는 용어가 '국가'나 과거 천황(제) 절대주의에 기초한 '국체'라는 개념과 분명 다를 텐데 이를 혼동해 사용하는 데 의문을 제기한다. '본토 = 국가 = 동일 민족 = 문화와 경제의 중앙 = 막연한 풍요로운 지리적 공간'이라는 도식을 도출한 것에서 보듯, 오키나와 민중의 '본토' 인식은 국가가 만들어 낸 환상, 그리고 국가를 성립시키는 공동환상에 의해 만들어진 측면이 강하다고 주장한다. 나아가 "'국가 번영'과 '국가를 지키는 기개'라는 문구가 부르주아들의 대의명분에 지나지 않으며, 역逆화살임에도 불구하고 그러한 부르주아국가의 배후를 지탱하는 것이 과거 천황제와 같은 형태의, 일본 토착의 정념의 사각지대라면, 우리는 어디까지나 그 사각지대를 계속해서 공격할 수밖에 없다", "사념思念의 탄환을 겨누지 않으면 안 될 것"[15]이라고 경고하며, 일본이라는 '국가' 혹은 '본토'를 향한 불명확하고 추상화된 환상에 더하여 자본의 유기적 관계가 만들어내는 환상이 가진 위험성을 지적한다.

일본이라는 '국가' 혹은 '본토'를 향해 '사념의 탄환'을 겨누는 가와미쓰와 '독화살'을 겨누는 아라카와의 논조는 매우 가까운 거리에 있는 듯 보인다. 이들의 논조가 이토록 래디컬할 수밖에 없는 이유는 '일본이란 무엇인가', '오키나와란 무엇인가'를 둘러싼 논의가 한창 뜨겁게 불붙었던 시대 분위기를 공유하며, '반복귀', '반국가', '비국민' 사상을 통해 국가

---

15 Ibid., p.129.

로서의 일본을 상대화하고, 오키나와의 사상적 자립을 염원했던 공통분모를 갖기 때문일 것이다.

가와미쓰는 미일 양 정부의 주도하에 기지를 떠안은 '72년 오키나와 반환' 결정을 엄중하게 바라보고 '복귀운동'의 역사적 역할이 사실상 종식되었다고 선언한다.[16] 그렇게 판단한 배경에는 복귀협, 교직원회, 오키나와 학생투쟁 등 오키나와 내부에 똬리 틀고 있는 문제에 대한 가와미쓰의 성찰이 자리한다. 1969년 행정주석통상선거에서 혁신 진영의 야라 주석이 탄생한 기세를 몰아 '복귀'를 실현시키겠다는 분위기에 제동을 걸고, '동일 민족'이라는 것을 전제로 '복귀'를 외치는 것의 허구성을 지적한다. 아울러 '복귀'라는 환상의 좌절을 극복하기 위해서 오키나와는 사상적, 정신적으로 자립을 재정비해야 한다는 '오키나와 자립론'을 전개했다. 국정참가 거부 집회 등은 그 구체적인 실천 방안이었다.

참고로 '복귀'가 임박한 1970년에 오키나와의 혁신정당과 단체가 오에 겐자부로를 초청해 유세 지원을 부탁하려던 것을 아라카와가 만류한 일도 있었던 것에서 당시 국정참가 거부가 갖는 의미를 돌아보게 한다.[17] 오에가 잡지 『세카이世界』 지상에 「오키나와 노트沖縄ノート」1969.1~1970.4를 연재한 것도 이 무렵이다. 본토 출신인 오에는 "일본인이란 무엇인가? 그렇지 않은 일본인으로 나 자신을 바꿀 수 있을까?"라는 명제를 던지고

16 가와미쓰 신이치, 이지원 역, 『오키나와에서 말한다』, 이담북스, 2014, 60쪽.
17 아라카와는 오에가 당리당략에 이용될 것을 우려했고, 그 바람대로 오에의 유세 지원은 이루어지지 않았다고 한다. 오세종, 「오키나와로, 아시아로 향한 '전후 민주주의'—오에 겐자부로의 『오키나와 노트』에 부쳐」, 『문학인』 여름호(통권 10호), 소명출판, 2023, 26쪽.

〈그림7〉 오에 겐자부로와 아라카와 아키라(오른쪽) 2000년 6월 나하의 한 호텔에서

〈그림 8〉『류대문학』 초창기 멤버. 1954년 류큐대학 도서관 앞. 뒷줄 왼쪽부터 오카모토 게이토쿠, 한 사람 건너 가와미쓰 신이치

그 안으로 집요하게 파고들어간다. 이 명제로부터 오에는 일본국 헌법은 오키나와의 희생으로 만들어졌다는 것, 오키나와가 일본에 속하는 것이 아니라 일본이 오키나와에 속한다는 것, 일본의 '자립'은 오키나와가 지탱하는 구조 속에서 성립된 것임을 도출해 낸다. 일본, 일본인을 상대화하는 시선을 오키나와를 통해 확보하고 있는 것이다. 오세종은 이 같은 오에의 인식을 보다 적극적으로 평가해 "일본에서 오키나와로, 나아가 '동양'에서 일본, 일본인을 묻고, 이에 그치지 않고 오키나와 및 아시아의 다양한 관계 속에서 '전후'를 다시 파악하고, 넓은 시야로 '민주주의'를 회복해 가는 것", 이것이 "오에의 전후 민주주의가 향하려던 길"이자, "오에가 구상한 '복귀'의 방향성"이라고 지적한다.[18] 일본을 상대화하며 오키나와의 '자립'을 화두로 꺼낸 오에의 사유는 당시 아라카와를 비롯한 오키나와의 실천적 지식인들과 공명하는 지점이 적지 않을 듯하다.

18   위의 책, 31쪽.

잘 알려진 것처럼 가와미쓰는 오키나와의 자립을 위한 실천적인 방안으로 헌법 초안 「류큐공화사회헌법琉球共和社会憲法」을 구상한 바 있다. 1972년 오키나와 시정권이 반환되고 1980년대 무렵부터 복귀운동이 과연 옳았나 하는 반성이 일기 시작하고, 다른 한편으로는 복귀운동은 잘된 것이라고 스스로 정당화하는 분위기가 뒤섞여 혼란했던 1981년의 일이다. 가와미쓰는 '기본 이념'을 이렇게 쓰고 있다. "우리 류큐공화사회의 인민은 역사적 반성과 비원을 딛고서, 인류 발생의 역사 이래 권력집중 기능에 의한 일체의 억압의 근거를 지양하고, 이에 국가를 폐절할 것을 소리 높여 선언한다", "이 헌법은 법률을 모두 폐기하기 위한 유일한 법이다"라고.[19] 이른바 「류큐공화사회헌법C사(시)안琉球共和国憲法C私(試)案」이라고 이름 붙여진 이 헌법안은 잡지 『신오키나와문학』 48호[1981.6] 지상에 게재되었고, 가와미쓰 이외에도 나카소네 이사무仲宗根勇의 「류큐공화사회헌법F사(시)안」이 실렸다.[20] 이 헌법안 밑바탕에는 '국가란 무엇인가'라는 문제의식을 둘러싼 가와미쓰의 깊은 문제의식이 자리하는데, 이를테면 국민국가의 국경이라는 영토의 울타리를 사회적 교류를 통해 허물고 국경을 넘는 '사회적 영토' 구상이 그것이다.[21]

평론가 히야네 가오루比屋根薫는 아라카와, 가와미쓰, 오카모토 공히

---

19 가와미쓰 신이치, 이지원 역, 앞의 책, 140쪽.

20 여기서 C, F 등의 영문알파벳 표기는 "일본국가에 대한 근본적 차원의 저항으로서 발언이 제한될 우려"가 있어 자유롭게 발언하기 위해 익명성을 갖게 했고, 또 각자의 헌법 시안을 구분하는 의미에서 사용한 것이라고 한다. 위의 책, 139쪽.

21 농작물이나 생선 등을 국경을 넘어 자유롭게 거래하며, 예전에 그랬듯이 오키나와, 중국, 필리핀 등의 교역을 자유자재로 열어두어 사회와 세계를 넓혀가자고 제안한다. 위의 책, 209쪽.

'국가＝폭력장치'로 파악하는 마르크스주의의 반국가적 심정과 반근대의 뉘앙스를 공유하며, 오카모토의 「수평축의 발상水平軸の発想」의 경우, 반국가에 기반한 '공동체'론의 특징을 갖는다고 언급한다.[22] 그의 지적대로 오카모토 사상의 핵심은 '공동체'의 논리다.

1958년 본토로 유학을 감행한 오카모토는 아라카와, 가와미쓰가 그랬듯 오카모토 또한 '류큐호琉球弧'라든가 '야포네시아ヤポネシア'라는 시마오 도시오島尾敏雄의 발상에 적지 않은 자극을 받는다. 이를테면, '부드러움', '상냥함', '천진난만한 생명력' 등 근대문명에 중독되지 않은 것을 오키나와 문화의 특성으로 들고, 이것을 '과도하게 긴장'하고 '경직'된 일본 근대의 새로운 가능성으로 보는 시마오의 논리는, 오키나와와 본토의 관계를 새롭게 설정하는 길이 열리게 되었음을, 그것도 오키나와 자신의 언어로 그 관계를 말할 수 있게 되었음을 의미한다. 그것은 숨 막히는 인간관계가 지배하는 곳, 정체되어 조금도 움직일 기미가 없는 낙후된 곳, 모든 가능성을 가두고 있는 곳, 그래서 '탈출'해야 하는 '불모지'로 느꼈던 자신의 고향 오키나와에서 새로운 가능성을 발견하는 사태이자, 오래되어 케케묵고 정체된 인간관계가 지배하는 지역을 도망쳐 나올 만큼 부정해 왔다고 믿었던 것들이 실은 자신의 내면을 강하게 규정하고 있음을 자각하는 사태이기도 했다. 그런데 오카모토는 여기에 그치지 않고, 시마오의 발상에 동의하면서도 그것과 궤를 달리하는 '오키나와 사상'의 가능성을 발견한다. 요컨대, '오키나와 사상'을 상대화하는 시야를 확보

22   위의 책, 211쪽.

하게 된 것이다. 더 직접적으로는 과거 천황제국가로서의 '본토'를 지향하고, '본토'와 동질화하려는 노력이 얼마나 끔찍한 결과를 초래했는지 보여주는 '오키나와전투'전쟁 중의 애국심과 전후의 국가의 공백 포함 체험과 밀접한 관련을 갖는다.

오카모토는 오키나와인의 잠재된 의식 밑바닥에까지 오키나와전투 체험이 각인되어 있으며, 그 한가운데 자리한 '집단자결集団自決'이라는 사태를 지탱하는 것은 오키나와만의 '공동체' 의식이었다고 말한다. '공동체' 의식이 작용하지 않았다면물론 군의 명령이 없었다는 전제 포함 도카시키섬渡嘉敷島처럼 집단으로 '자결'하는 비극은 일어나지 않았으리라는 것이다. 이때 집단자결로 내몰린 이들의 '공동체' 의식을 하나로 뭉뚱그려 볼 수 없다는 것, 다시 말해 '공동체의 생리'와 '공동체 의식'이 어느 한 방향으로만 기능한 것은 아니라고 지적한다. 마찬가지로 '조국복귀운동' 또한 단순한 '본토지향'만으로 수렴되지 않으며, '국가国国'라든가 '이민족'이라는 관념 또한 일상생활에서 체감하기보다, 그 일상생활의 질서를 위협하거나 현실적으로 소외당하는 상황이 벌어졌을 때 드러나며, '복귀운동'이 '이민족의 지배로부터 탈피'를 목표로 했다면 그것은 일상생활의 감각미국에 대한 이질감과 위기감이 '공동체적 생리'로 증폭된 결과이자 이질감에 따른 결과라는 점을 강조한다. 여기서 한발 더 나아가, 오키나와전투의 비극을 압축적으로 보여준 '집단자결'과 전후의 '복귀운동' 열기는 무관한 것이 아니라 '공동체적 의지'가 작동해 "하나의 모습이 두 가지 형태로 나타난 것뿐"이라고 주장한다.

이러한 '공동체적 생리'를 교묘하게 이용한 것이 폐번치현廃藩置県 이후의 오키나와정책이었다고 할 수 있다. '자연적 존재'로 여겼던 '일본인'을 '공동체적 존재'인 '일본 국민'으로 변경하려 한 시도가 그것이다. 아울러 이 '공동체적 의지'를 현실화하여 오키나와인으로 하여금 '천황'을 정점으로 한 '공동체'에 편입시키려는 전략이 바로 황민화 교육이다. (…중략…) (천황제 이데올로기가 민중들의 내면에 자리잡지 않았음에도)인용자 그것이 '애국심'으로 오인받게 된 데에는 천황이 민중들의 행위 규범인 '질서감각'을 기반으로 한 '공동체적 의지'로 기능했기 때문이다. 또한, 전화가 삶의 터전을 직접 강타했기 때문에 더 강렬했을 뿐이고, 상황이 바뀌면, 예컨대 '복귀운동'과 같은 민중으로도 나타날 수 있을 것이다. 오해를 무릅쓰고 말하면 '도카시키섬의 집단자결 사건'이나 '복귀운동'은 하나의 모습이 두 가지 형태로 나타난 것뿐이다.[23]

같은 공동체에 속해 있는지의 여부에 의해 인간관계가 결정되고, 나아가 같은 마을, 같은 섬에 속해 있는지 등 주변과의 관계성 안에서 인간관계가 보다 세분화된다는 오카모토의 '수평축의 발상'은 오키나와 공동체의 생리를 이해하는 데에도, 일본 제국주의 논리가 오키나와에 침투하게 된 배경을 이해하는 데에도, 또 거기에 지배당한 오키나와 민중 사상을 이해하는 데에도 유효한 논점을 제공한다. 무엇보다 오랜 본토 콤플렉스에서 벗어나 오키나와를 하나의 독립된 공동체로 바라보고 자립 사상을 묻기 시작한 것은 아라카와, 가와미쓰의 논의와 함께 '복귀' 이후의

---

23 岡本恵徳, 「水平軸の発想」, 谷川健一 編, 『沖縄の思想』(叢書わが沖縄 第6巻), 木耳社, 1970, p.188, p.191.

오키나와를 사유하는 사상적 토양을 마련했다는 점에서 중요한 의미를 갖는다.

이어서 다룰 메도루마 슌은 오키나와를 대표하는 영향력 있는 작가이자, 그와 동시에 실천적 행동가이자 기록자이며 발신자라는 평가가 뒤따르는 작가이기도 하다. 미군기지 저지 행동에 앞장서고 있는 그의 행보 속에서 아라카와 등의 사상을 계승하면서도 변별되는, 또 어떤 면에서는 이들의 사상을 확장해 간 모습을 확인하는 일은 그리 어렵지 않을 것이다.

3. 지배받지 않는, 지배하지 않는 (탈)공동체의 가능성
메도루마 슌

'복귀'가 일종의 환상이며, '복귀'해야 할 '일본'이라는 국가 또한 환영에 불과하다는 사실을 알게 된 또 하나의 결정적인 계기는, 1995년 오키나와 북부지역에서 주일 미군 세 명이 12세 오키나와 소녀를 성폭행한 사건이었다. 오키나와 사회의 충격은 상당했다. 그런데 이 사건을 대하는 도쿄의 분위기는 사뭇 달랐다고 한다. 당시 도쿄에 체류 중이었다는 문학 평론가 신조 이쿠오는 도쿄에서는 안보조약 때문에 어쩔 수 없는 일이라는 묘한 태도를 보이며 시간이 흘러 사람들의 기억 속에서 지워지기를 기다리는 것 같았다고 회고했다.[24] 그렇다면 '복귀'라는 정치적 타협이 소녀에게 가해진 폭력을 은폐한 셈이다. 신조는 거기에서 일본과 미국이 진흥책과 군용지료로 사람들의 환심을 사고 그 뒤로는 군사기지를 밀어붙이고 있는 작금의 오키나와 상황을 떠올리며, 그 강력한 힘이 머지않아 자신과 같이 미약한 개개인의 신체에도 덮쳐 오리라는 것을 감지한다.

메도루마 역시 이 사건을 충격적으로 받아들였다. 당시 그는 오키나와시에 있는 고등학교 교사로 근무했기 때문에 여학생들이 미군 병사에게 강간당해 임신하거나, 길을 걷다 차로 납치당할 뻔하거나, 디스코장에 드나들며 미군 병사와 사귀는 여학생들 이야기를 익히 들어 알고 있었고, 더구나 사건이 발생한 북부가 자신의 고향과 가까운 곳이라 사태의 심각성을 한층 더 크게 느꼈을 것이다. 곽형덕은 이에 더해 미군기지 반대운동의 결과로 '후텐마 기지'의 현외이설이 자취를 감추고 남부의 기지를 북부로 옮기는 미봉책인 '헤노코 신기지' 건설이 강행된 것을 들며, 이러한 움직임이 북부에서 태어난 메도루마로 하여금 이중삼중의 북부 차별을 느끼게 했으리라는 점을 지적한다.[25]

그로부터 10년이 흐른 2000년대 중반에도 상황은 별로 달라지지 않았다. 대신 소녀 성폭행에 분노한 목소리 '기지반대'라는 거대한 함성을 만들었고, 오타 마사히데大田昌秀 당시 지사의 대리서명 거부와 8만 5천 명이 운집한 현민대회 등이 이어지자 미일안보체제에 위기를 느낀 일본

24 新城郁夫,『到来する沖縄』, インパクト出版会, 2007, pp.179~180.
25 곽형덕, 「옮긴이 말 ─ 신생을 향해, '자기 부정'의 심연을 파헤치다」,『무지개 새』, 아시아, 2019, 232~233쪽. 최근(2024.1) 일본 정부는 헤노코지역 지반 보강 공사 승인 지시를 거부해 온 오키나와현을 대신해 공사를 승인하며 10여 년을 줄다리기해 온 헤노코 기지 건설을 강행하려 하고 있다.

정부가 북부 진흥책 등 '독이 든 사탕'을 내놓으며 '기지 문제'를 '경제 문제'로 바꿔치기해 간다.[26]

2020년, 메도루마는 2006년부터 2019년까지 신문이나 잡지 지상에 발표해 왔던 글을 모아 『얀바루의 깊은 숲과 바다에서ヤンバルの深い森と海より』影書房라는 제목의 평론집을 간행했다. 책 말미에 이 글들은 다카에高江의 헬리패드 건설과 헤노코 신기지 건설 반대 행동을 하던 와중에 쓴 것이라고 밝히고 있듯, 실제로 그는 오랜 기간 소설을 집필할 시간을 내지 못할 정도로 오로지 기지 건설 저지운동에 매달려 왔다. 오키나와의 숲과 바다가 군사기지 건설로 파괴되어 가는 현장은 그의 블로그[27]에 빠짐없이 기록되고 있다. 문학 평론가 나카자토 이사오仲里効는 그가 찍은 사진 속에서 "다카에의 숲 소리, 숲의 눈, 그리고 숲에 가해지는 폭력에 대한 예민한 감수력", "가해지는 국가폭력의 질이 에코사이드이자 바이오사이드인 동시에 숲과 연결된 문화의 파괴"라는 것을 예리하게 포착해 낸다.[28]

메도루마는 '행동하는 것'과 '쓰는 것'을 분리하지 않는다. 오키나와전투의 기억, 미군 지배가 야기하는 폭력적 상황에 대한 고발은 그의 문학세계를 관통하는 핵심 테마이다. 1997년 아쿠타가와상 수상으로 작가

---

26 메도루마 슌, 안행순 역, 앞의 책, 90쪽.
27 메도루마가 운영하는 블로그 「해명의 섬에서(海鳴りの島から)」(https://blog.goo.ne.jp/awamori777/arcv)에는 지금도 꾸준히 기지 건설 현장을 감시하는 사진, 영상 및 관련 글들이 업로드 되고 있다.
28 目取真俊・仲里効, 「[特集]目取真俊 野生の文学, 〈否〉の風水」, 『越境広場』 4号, 越境広場刊行委員会, 2017, p.7.

로 이름을 알리게 된『물방울』은 부모와 조부모로부터 전해 들은 전쟁의 기억을 담아냈다. 소설의 배경은 1995년, 전후 50년으로 오키나와 전역을 충격으로 몰아넣은 미군에 의한 소녀성폭행사건이 일어난 해이자, 10대에 전쟁을 겪은 이들이 어느덧 세월이 흘러 일선에서 은퇴할 무렵 트라우마로 되살아나는 시기와 맞물린다. 그보다 앞서 발표한『평화거리라는 이름이 붙은 길을 걸으며』1986 역시 지난 전쟁의 기억과 트라우마로 고통받고 있는 민중들 안으로 깊숙이 파고든다. 이 소설은 '평화거리'에서 장사를 하며 생계를 책임져 왔지만 지금은 나이가 들어 치매를 앓고 있는 우타와, 이웃에서 장사를 하며 우타와 나이 차이는 많지만 친언니처럼 따르는 후미를 주요 등장인물로 그린다. 메도루마는 정신이 온전치 못한 우타를 대신해 후미로 하여금 전쟁의 기억, 트라우마를 언어로 표출하게 한다. 말하자면 후미는 메도루마가 할머니에게서 들은 이야기를 전달하는 기억의 계승자 역할을 맡은 셈이다. 우타의 손자로 등장하는 가쓰야라는 인물 또한 전후 얼마 안 되어 병으로 숨을 거둔 메도루마의 실제 숙부가 모델인데, 어린 숙부의 죽음은 할머니와 가족들만의 비극에 그치는 것이 아니라 전쟁이 불러온 오키나와 전체의 비극이라는 점을 부각시켜 보인다.

이외에도『바람 소리』,『혼 불어넣기魂込み』,『기억의 숲』등의 작품을 통해 전쟁 속에서 오키나와 민중이 어떻게 살았고 어떻게 죽어갔는지, 또 살아남은 자들은 그것을 어떻게 기억하고자 하는지 집요하게 캐묻는다. 이들 소설에서 민중의 체험과 기억을 담은 글쓰기, 미군의 카메라에 포착되지 않은 오키나와전투의 실상을 민중의 관점에서 바라보고자 하

는 메도루마의 시선을 감지하는 일은 그리 어렵지 않을 것이다. 아울러 아라카와 등이 일찍이 확보한 오키나와 공동체와 민중을 중심에 둔 시야를 소설 속 등장인물을 통해 보다 현실적으로 구현하고 있음을 읽을 수 있을 것이다. 『물방울』이 아쿠타가와상을 수상했을 때, "전쟁의 비극, 그 잔혹함에 대해서는 증언을 통해 명확해 졌지만, 언어로 표현하지 못하는 기억이 존재하고, 그 기억이 그 사람의 삶을 심부에서 규정하고 있음을 언어로 표현하지 못하기 때문에 지금까지 조명받지 못했다. (…중략…) 그러한 부분을 조명하기 위해서는 '문학'의 힘을 기다릴 수밖에 없다. 그리고 마침내 『물방울』에 의해 그러한 침묵하는 인간이 안고 있는 상처의 깊이를 선명하게 볼 수 있게 되었다. 문학 특히 소설이 갖는 힘을 이렇게까지 발휘한 작품은 드물 것이다"[29]라는 평가를 받았던 것도 그러한 이유 때문이리라.

오키나와전투의 기억 계승 문제와 함께 메도루마 작품을 규정하는 또 하나의 특징은 신식민지적 상황, 국가폭력에 무방비로 노출된 오키나와의 현 상황을 이른바 '대항폭력'이라는 방식으로 표현한 것을 들 수 있다. 『기억의 숲』, 『무지개 새』는 그 대표적인 작품인데, 전자는 오키나와전투, 미점령, 9・11테러까지 시야에 넣어 국가폭력, 식민주의 폭력, 가부장제 폭력이 뒤엉킨 전후 오키나와 사회를, 후자는 소녀성폭행사건이 발생한 1995년 당시의 오키나와 상황에 초점을 맞춘다.

『기억의 숲』의 주인공 세이지는 오키나와전투 당시 미군 병사 세 명

---

29   岡本恵徳, 『「沖縄」に生きる思想』, 未来社, 2007, p.206.

에게 강간당한 사요코를 대신해 바닷속으로 뛰어들어 작살로 그들의 신체를 공격해 복수한다. 세 명 중 한 명에게 상해를 입혔고, 그 한 명은 병원에 입원한 덕에 전장에서의 죽음을 면한다. 나머지 두 명은 전사했다. 하지만 그 업보는 손자대로 이어져 2001년 9·11테러에 손자가 희생되는 것으로 그려진다(아들도 베트남전쟁에 파병되었으나 운 좋게 살아 돌아왔다). 아울러 오키나와 공동체 내부의 폭력성 또한 엿볼 수 있다. 이를테면, 세이지가 작살 공격 후 숨어든 은신처를 미군에게 알려준 것은 다름 아닌 마을 사람이라는 것(세이지는 미군이 쏜 최루가스에 양쪽 시력을 모두 잃게 된다), 사요코의 신체는 미군만이 아니라 마을 남성들로부터도 안전하지 않다는 것, 근엄한 가부장의 얼굴을 한 사요코의 아버지가 성폭행으로 불행한 임신을 하게 된 자신의 딸을 더럽혀진 신체로 낙인찍어 이중삼중의 고통 속으로 몰아간 것 등이 그러하다.

『무지개 새』의 폭력 양상은 한마디로 정의하기 어려울 만큼 다양하며 서로 복잡하게 얽혀 있다. 중학교 시절 또래 여학생들로부터 끔찍한 학교폭력을 당하고, 졸업 후 고등학교 진학도 포기한 채 피폐해진 삶을 살다가 불행하게도 불법 성매매 조직에 휩쓸리게 된 마유와 그 조직의 우두머리인 히가, 그리고 학생시절부터 지금까지 히가의 행동대원 역할에 충실한 가쓰야가 주요 등장인물이다. 마유는 성性을 사기 위해 찾아든 남자들에게 잔혹하고 엽기적인 폭력을 행사하며, 가쓰야는 이들의 모습을 사진으로 찍어 협박하거나 돈을 뜯어낸다. 마유와 가쓰야는 히가의 폭력을 또 다른 방식의 폭력으로 전유해 가는 존재이면서 히가의 폭력에 굴복한 피해자라는 공통점을 갖는다.

소설이 클라이맥스로 치달아 가면서 소녀성폭행사건에 분노하는 목소리도 점점 크게 부각되어 나타난다. 예컨대 수만 명이 운집한 항의집회 장면을 비추는 텔레비전 화면을 응시면서 히가와 마쓰다가 주고받는 다음과 같은 대화 내용에 선명하다.

> "저렇게 사람이 모였는데도 아무것도 못하다니 오키나와 사람들도 한심해. 저만큼 모였으면 기지 철조망을 찢고 안으로 쳐들어가서 미군 병사를 두들겨 패 죽여 버리면 될 텐데. 아무리 입으로 이러쿵저러쿵 떠들어봤자 미군은 끄덕도 하지 않잖아." (…중략…) "매달아 놓으면 되잖아. 미군 병사의 아이를 잡아다가 발가벗겨서 58호선 야자나무 아래에 철사로 매달아 놓으면 되지." (…중략…) "진짜로 미군을 쫓아버릴 생각이라면 그 정도는 해야지."**30**

고개를 끄덕이며 옆에서 둘의 이야기를 경청하던 가쓰야는 문득 단정한 교복 차림의 앳된 소녀의 모습에서 낮에 방에서 봤던 마유의 얼굴을 겹쳐보며 "간발의 차이로 어디선가 무언가가 변했다면"**31** 텔레비전 속 소녀와 마유의 운명이 뒤바뀌었을지도 모른다는 생각을 한다. 이러한 가쓰야의 인식은 "무구한 희생이나 비폭력과 같은 규범적 인식에 대한 비판"**32**이기도 하며, 오키나와에 군사기지를 집중적으로 배치해 자신들의 터전에서는 미일 안보체제의 부담을 느끼는 일 없이 평화롭게 생활하

30 　메도루마 슌, 곽형덕 역, 『무지개 새』, 아시아, 2019, 200~201쪽.

31 　위의 책, 201쪽.

32 　심정명, 「오키나와, 확장되는 폭력의 기억―메도루마 슌 『무지개 새』와 『눈 깊숙한 곳의 숲』을 중심으로」, 『인문학연구』 52집, 한양대 비교역사문화연구소, 2016, 16쪽.

고 있는 일본 본토인을 향한 뼈 있는 일침이기도 하다. 마유로 하여금 자신과 직접적인 관련 없는 미군의 어린아이까지 목 졸라 살해하게 한 것은 역설적이지만 오키나와 땅에서 더 이상 그 어떤 폭력도 용납하지 않겠다는 강력한 의지의 표명이자, 지배받지 않는, 지배하지 않는 (탈)공동체의 가능성을 열어 보인 것으로 읽을 수 있을 것이다.

4. 나가며

아라카와, 가와미쓰, 오카모토는 1950년대 초반에 입학해 동인지 『류대문학』을 간행하는 등 줄곧 함께 활동하며, '국가'라는 이름으로 행해지는 폭력을 거부하는 지역의 사상적 독립을 주장했다. 류큐대학 문리학부 교수를 지내며 오키나와 문학 연구자로 많은 성과를 낸 오카모토를 제외하고, 아라카와와 가와미쓰는 대학을 떠나면서 자연히 문학과도 멀어졌다. 두 사람은 류큐대학 시절부터 「일본이 보인다日本が見える」, 「'유색인종' 초「有色人種」抄」아라카와, 「통곡의 바다哭く海」, 「증인대証人台」가와미쓰 등 인상깊은 시를 다수 남겼지만, 그보다는 저널리스트로서 비평, 평론 활동에 주력했다.[33]

---

33 이 글에서 다룬 저술 이외에도, 『이족과 천황의 국가—오키나와 민중사의 시도(異族と天皇の国家—沖縄民衆史への試み)』(1973), 『신남도 풍토기(新南島風土記)』(1978), 『일본이 보인다 시화집(日本が見える 詩画集)』(1983)(이상, 아라카와), 『오키나와 뿌리로부터의 물음—공생에 대한 갈망(沖縄・根からの問い—共生への渇望)』(1978), 『오키나와 천황제의 역광(沖縄・天皇制への逆光)』(1988, 공편), 『오키나와자립과 공생의 사상—'미래의 조

이들의 사상은 이후 세대인 메도루마에게 적지 않은 영향을 미친 것으로 보이는데, 다르다고 한다면 메도루마의 경우 그것을 문학이라는 장르에 녹여내었다는 점이다. 그리고 그것을 묘사하는 데 그치는 것이 아니라, 온몸으로 맞서 간 데에 있을 것이다. 메도루마가 소설가라는 본업도 미뤄두고 다소 급진적으로 보일 만큼 강한 행동으로 나아갈 수밖에 없었던 것은 오키나와의 상황이 그만큼 더 긴박해지고 있다는 예증이기도 할 것이다.

그렇다고 아라카와 등이 행동하지 않는 인텔리겐치아에 머물고 있다는 의미는 아니다. 아라카와는 2013년에 "류큐 사상 처음으로 창설된 류큐독립 관련 학회 활동"을 목적으로 한 '류큐민족독립총합연구학회琉球民族独立総合研究学会'[34]를 앞장서서 발족시켰고, 최근 2022년에는 "오키나와전투 다시는 일어나서는 안 된다", "생명이야말로 보물"이라는 캐치프레이즈를 걸고 무력에 의한 전쟁에 반대하고, 평화를 호소하는 운동 '노모어 오키나와센 이누치두 다카라노카이ノーモア沖縄戦 命どぅ宝の会'에 이름을 올리며 실천적 행보를 이어가고 있다.[35] 지금은 세상을 떠난 오카모토는 '류큐호 주민운동琉球弧の住民運動', '게시카지けーし風' 등 풀뿌리운동草の根運動에 참여하며 오키나와 자립 사상을 사회운동 레벨로 연계시켜간 바 있

몬'으로의 가교(沖縄・自立と共生の思想ー「未来の縄文」へ架ける橋)』(2020), 『복귀 50년의 기억(復帰五〇年の記憶)』(2022)(이상, 가와미쓰) 등 최근까지도 집필을 이어가고 있다.

34 '류큐민족독립총합연구회 설립 취지서'는 다음 사이트를 참조할 것.
    http://theintellectual.net(검색일 : 2024.5.8.)
35 '노모어 오키나와센 이누치두 다카라노카이' 홈페이지 참조.
    http://nomore-okinawasen.org/list/(검색일 : 2024.5.8)

다. 가와미쓰의 경우도, 근대 국민국가체제가 만들어 낸 '국가'라는 환상과 그것이 빚어내는 폭력과 지배의 현실을 극복하는 방안으로 「류큐공화사회헌법」을 구상하고, 일체의 무력 행위를 거부하며 '국가의 폐기'를 주장했다. 가와미쓰는 2018년 한국에서 열린 한 좌담회에서 자신의 헌법안을 "일본국가에 저항하면서 비슷한 국민국가를 류큐에 만들자는 것이 아니라, 어디까지나 현대국가라는 시스템을 전부 해체하여 국가 없는 사회를 구상하자는 뜻으로 쓴 것"이라고 소개하며, "한국은 제주도를, 일본은 류큐·오키나와를, 중국은 타이완, 해남도를 잠재 주권의 경계로 양도"하고, "이어져 있는 이들 섬은 월경 헌법을 제정하고 영세중립의 비무장체제를 취해 아시아 각국의 외교 테이블"로 삼자는 흥미로운 제안을 하기도 했다.[36]

『기억의 숲』과 『무지개 새』를 한창 연재할 무렵 메도루마는 오키나와의 전후는 아직 도래하지 않았다고 말하며, "지금까지는 야마토의 형편에 맞춰 농락당했을지라도 언제까지나 조용하게 순종할 리가 없다. 자신을 짓밟는 발을 '치우라'고 애원해도 치우지 않는 자에게 어떻게 하면 될까? 결국은 똑같이 공격하는 수밖에 없지 않은가?"라는 식의 절박한 물음들을 던진다.[37] 이 절박한 물음들은 '국가'라는 이름으로 행해지는 폭력을 거부하며 오키나와의 사상적 독립을 모색해 간 1970년의 아라카와 등의 사유를 떠올리게 하는 동시에 단일한 공동체로 상상되기 쉬운

---

36 가와미쓰 신이치·이지원·정영신·이시하라 슌, 「[좌담II]냉전의 갈라파고스에서 평화의 오아시스로」, 『황해문화』 가을호(통권 100호), 새얼문화재단, 2018, 289·342쪽.
37 메도루마 슌, 안행순 역, 앞의 책, 94쪽.

오늘의 우리를 돌아보게 한다. 국가보안법이 여전히 위력을 발휘하고 있는 남한 사회에서 '반국가'는 체제 전복을 꾀하는 불순한 사상쯤으로 치부되기 쉽다. 하지만 아라카와 등이 말하는 '반국가'는 '국가'라는 이름을 내세워 행해지는 숱한 폭력을 거부하는 적극적 평화이다. 오키나와 사상을 읽는 이유는 무엇보다 지금 오늘의 자리에서 동아시아 평화연대라는 새로운 창조를 상상하기 위함인지 모른다. 그리고 어쩌면 '한국'이라는 상상의 공동체가 만들어 낸 오늘의 모습을 당연한 것으로 용인하지 않기 위한 실천적 행보인지도 모른다.

초출
「'국가' 없는 공동체의 상상력과 그 가능성 – 전후 오키나와 사상을 시야에 넣어」, 『비교문화연구』 제69집, 경희대 비교문화연구소, 2023.6.

참고문헌

단행본

가와미쓰 신이치, 이지원 역, 『오키나와에서 말한다』, 이담북스, 2014.

곽형덕, 「옮긴이 말-신생을 향해, '자기 부정'의 심연을 파헤치다」, 『무지개 새』, 아시아, 2019.

메도루마 슌, 곽형덕 역, 『무지개 새』, 아시아, 2019.

_____, 안행순 역, 『오키나와의 눈물』, 논형, 2013.

新川明, 「「非国民」の思想と論理」, 谷川健一 編, 『沖縄の思想』(叢書わが沖縄 第6巻), 木耳社, 1970.

_____, 「自分史のなかの「反復帰」論」, 『沖縄·統合と反逆』, 筑摩書房, 2000.

_____, 「「祖国」意識と「復帰」思想を再審する」, 大田昌秀·新川明·稲嶺惠一·新崎盛暉, 『沖縄の自立と日本-「復帰」40年の問いかけ』, 岩波書店, 2013.

岡本恵徳, 「水平軸の発想」, 谷川健一 編, 『沖縄の思想』(叢書わが沖縄 第6巻), 木耳社, 1970.

_____, 『「沖縄」に生きる思想』, 未来社, 2007.

川満信一, 「沖縄における天皇制思想」, 谷川健一 編, 『沖縄の思想』(叢書わが沖縄 第6巻), 木耳社, 1970.

新城郁夫, 『到来する沖縄』, インパクト出版会, 2007.

논문

가와미쓰 신이치·이지원·정영신·이시하라 슌, 「[좌담 Ⅱ]냉전의 갈라파고스에서 평화의 오아시스로」, 『황해문화』 가을호(통권 100호), 새얼문화재단, 2018.

심정명, 「오키나와, 확장되는 폭력의 기억-메도루마 슌 『무지개 새』와 『눈 깊숙한 곳의 숲』을 중심으로」, 『인문학연구』 52집, 한양대 비교역사문화연구소, 2016.

오세종, 「오키나와로, 아시아로 향한 '전후 민주주의'-오에 겐자부로의 『오키나와 노트』에 부쳐」, 『문학인』 여름호(통권 10호), 소명출판, 2023.

沖縄タイムス社, 「[特集]反復帰論」, 『新沖縄文学』 18号, 1970.12.

_____, 「[特集]琉球共和国へのかけ橋」, 『新沖縄文学』 48号, 1981.4.

目取真俊·仲里効, 「[特集]目取真俊 野生の文学, 〈否〉の風水」, 『越境広場』 4号, 越境広場刊行委員会, 2017.

城間有, 「ウチナーンチュを解き放つ批判の矢-『「反復帰論」を再び読む』を編集して」, 『越境広場』 11号, 越境広場刊行委員会, 2022.

기타자료

http://theintellectual.net/images/articles/Okinawa/%E2%91%A0%E7%90%89%E7
%90%83%E6%B0%91%E6%97%8F%E7%8B%AC%E7%AB%8B%E7%
B7%8F%E5%90%88%E7%A0%94%E7%A9%B6%E5%AD%A6%E4%B-

C%9A%E3%83%BB%E8%A8%AD%E7%AB%8B%E8%B6%A3%E6%84%
8F%E6%9B%B8%E3%83%BBfinal%20version%20-%202013.05.23.pdf(검색
일 : 2024.5.8, '류큐민족독립총합연구회 설립 취지서' 홈페이지).

http://nomore-okinawasen.org/list/(검색일 : 2024.5.8, '노모어 오키나와센 이누치두 다카라
노카이' 홈페이지).

동아시아 사회통합과 지성인의 열망

독일 / 유럽과의 비교론적 접근

정진헌

1. 들어가며

이 글에서는 최근 독일과 그 주변 유럽국가들이 직면하고 있는 사회문화적 변화와 과제들, 그리고 갈등 해결 방법들을 고찰하며 동아시아의 사회통합에 유의미한 시사점을 모색하고자 한다. 최근 우리는 중첩적인 성격의 시대를 맞이하고 있다. 첫째는 국가민족주의의 강화시대이다. 글로벌시대를 상징하던 사람과 물자, 생각과 상품들의 초국가적 이동에 대한 국가권력의 작용이 더욱 강해지고 있다. 두 번째는 구냉전과 유사한 신냉전시대이다. 과거 미국-소련을 중심으로 한 체제경쟁이 구냉전시대였다면, 현재는 미국과 중국 간 전략적 경쟁을 중심으로 다진영화되고 있던 국제관계들이 경쟁과 협력의 긴장관계로 재편되고 있다. 독일 통일 이후 유럽은 탈냉전 글로벌시대를 선도하다가, COVID-19 위기와 러시아-우크라이나전쟁 발발을 계기로 신냉전시대로 접어든 셈이다. 한편,

동아시아에서는 한반도 냉전이 가시지 않은 상태에서 비대칭적 글로벌 신자유주의 경쟁과 협력시대를 지내다가 신냉전시대를 중첩적으로 맞이하고 있다. 세 번째로, 젊은 세대들에게 특히 많이 해당되는 소위 프리카리어트precarious+proletariat시대이다. 초불확실성시대를 의미하기도 한다. 네 번째는, AI인공지능 시대라는 것이다. 이는 디지털 공간의 확장이며, 따라서 우리는 아날로그적 세계와 디지털세계가 공존하는 일상을 살고 있다.

이런 다중복합적 성격을 지닌 현대 사회는 희망보다는 불안을, 공존과 협력보다는 경쟁과 대립 등 다소 부정적 현재와 미래를 연상케 한다. 물질적 풍요와 기대수명 등 인간의 생활환경은 발전했는데, 행복과 안정, 미래 비전 등 삶의 질에 대한 인식과 기대는 국가와 사회별 경제수치와 비례하지 않는 경우가 많다. 특히 한국 사회는 개발도상국에서 선진국 대열에 오른 세계 최초의 국가로 인정받았지만, 행복지수는 경제성장 수준에 비해 현저히 낮게 측정되는 경향이 있다.[1] 유엔UN 산하기구인 지속가능발전해법네트워크SDSN에서 최근 3년간2020~2022의 행복지수를 토대로 편찬한 137개 나라의 세계행복보고서를 보면, 북유럽과 서유럽국가들이 상위권에, 일본 47위, 한국은 57위인 것으로 나타났는데, 이 중 OECD 회원 38개국 사이에서는 한국이 하위권에 머물러 있다.[2]

근현대 역사와 경제 구조의 발전 정도 면에서 현격히 다를 수밖에 없지만, 동아시아와 유럽은 종종 비교되며 사회발전에 유의미한 시사점과

---

1   이태진·김성아 외, 『한국인의 행복과 삶의 질에 관한 종합 연구─국제비교를 중심으로』(경제·인문사회연구회 협동연구총서), 한국보건사회연구원, 2021.

2   Helliwell, John F · Richard Layard, et al., *World Happiness Report* UN, 2023(https://happiness-report.s3.amazonaws.com/2023/WHR+23.pdf).

정책적 비전을 내오려는 노력 또한 이어지고 있다. 동아시아에서의 지속가능한 공동체 모색을 위해 EU사례로부터 거대담론보다는 실질적이고 세심한 격차해소와 협력을 위한 프로그램 등을 제안하기도 했으며,[3] 유럽연합의 지역협력정책INTERREG 분석을 통해 경제발전과 평화체제 구축을 동시 추진하는 것이 남북한관계에 효율적임을 밝히기도 했다.[4] 비슷한 맥락에서, 사회주의권의 붕괴 이후 체제전환을 경험하며 유럽연합에 가입한 국가들의 사례를 통해 북한 정치경제 구조 변화의 방향성을 제시하기도 했다.[5]

이상의 몇몇 기존 연구들은 유럽과 동아시아 비교에서 두 가지 전제가 필요함 역시 함의하고 있다. 첫째는, 두 지역의 역사적 배경과 경험이 확연히 다르다는 점을 고려해야 한다는 것이다. 때문에, 비교comparison라는 인간의 인지능력에 기반한 방법론의 경우, 옳고 그름의 이분법적 접근이 아니라, 서로 다름을 인정하고 인식하는 비교성찰적 접근이 필요하다. 둘째는, 그런 차이에도 불구하고 인류가 맞닥뜨린 보편적 유사성을 인지하는 것이다. 기존의 연구들이 주로 정치경제적 관점과 특히 국가주의 분석틀에 기반한다면, 필자는 독일에서의 인류학적 현지 경험과 문헌조사를 바탕으로 유럽 사회가 직면한 급격한 위기들이 국가적 차원에서

---

3 임반석, 「EU사례에 비춰 본 동아시아공동체의 과제-지속가능공동체 관점」, 『한국동북아논총』, vol.17, no.3, 한국동북아학회, 2012.9.

4 허지영, 「유럽연합 지역협력정책과 평화구축-INTERREG 사례를 통해 본 신한반도 체제에의 함의」, 『한국동북아논총』, vol.26, no.4, 한국동북아학회, 2021.12.

5 박지연, 「유럽 체제전환국들의 유럽연합(EU)와의 경제통합 사례 연구와 북한에의 함의-체제전환이 자국과 인접국의 경제성장에 미친 영향을 대상으로」, 『전략연구』, vol.26, 한국전략문제연구소, 2019.3.

그리고 시민 사회 차원에서 어떻게 대응되고 있는지를 검토함으로써 동아시아 사회통합 과제에 유의미한 시사점을 시론적으로 살피고자 한다.

이 글에서는, 21세기 유럽적 맥락에서 두드러진 시대적 흐름으로 탈-다문화에 대한 요구와 탈-세속화에 대한 반발이라는 지역적 특성에 주목한다. 본문에서 다루겠지만, 이러한 역사적 추세는, 근대화는 곧 세속화라는 근대성 이론이 보편적이지 않으며 오히려 유럽 중심의 사회진화론적 담론이었음을 지적하는 것이며, 더불어 최근 난민 위기refugee crisis로부터 촉발된 환대hospitality라는 유럽적 가치와 지역공동체성에 대한 도전이 어떠한 성격을 띠는지를 이해할 수 있는 분석적 렌즈이기도 하다. 이와 달리 동아시아, 특히 한국과 일본의 경우에는, 강한 민족주의 바탕 위에 다문화 사회로의 전환이 진행 중이기에 다문화 감수성이 요구되는 상황이며, 근대화 과정에서 외래 종교들의 토착화와 권력화 현상을 보인다고 할 수 있다. 이렇듯 유럽과 동아시아는 분명히 서로 다른 역사적 맥락을 보인다. 그러나 위기와 갈등을 극복하는 키워드로서 화해 또는 사회통합이라는 과제는 공통적으로 안고 있다. 본문에서는 핵심 개념과 관련된 논의부터 검토하고, 유럽 특히 독일 사례에 대한 고찰을 한 후, 결론에서는 동아시아 맥락에서 요구되는 새로운 지성의 힘, 패러다임의 전환에 대한 열린 토론을 제안하는 정도로 마감하고자 한다.

2. 글로벌라이제이션과 사회통합 담론

사회통합은 1990년대 들어서면서부터 국제 사회의 핵심 아젠다 중하나로 등장했다. 세계 냉전체제 해체 이후 초국적 이주와 자본의 이동이 더욱 가속화된 국제화globalization 흐름에 따른 시대정신으로 부상한 것이다. 1995년 덴마크 코펜하겐에서 개최된 국제연합UN의 세계사회발전정상회의World Summit for Social Development에 참가한 전 세계 117개 국가의 대표단은 국가 및 국제 사회 단위에서 실천할 사회통합을 위한 노력들을 약속했다.[6] 당시 결의를 요약하면, 사회통합은 인간 존엄성에 기반하여 약자와 이주민들을 포함한 모든 사회 구성원들이 정치, 사회, 경제 등 전반적인 영역에서 차별과 배제 없이 최대한의 포용과 균등한 참여를 보장받는 사회 건설을 목적으로 하는 정신이자 제도적 노력으로 정의할 수 있다.

유엔 회의에서 추구한 사회통합의 과정은 일찍이 정치철학자 존 롤스John Rawls가 「정의론A Theory of Justice」에서 주창한 정의로운 사회를 연상케 한다.[7] 즉, 모든 구성원 개개인이 골고루 공평하게 부여받은 기본적인권리와 자유를 바탕으로, 평등한 경제적 시스템 안에서 상생 협력하는사회를 말한다. 이 사회에서는 경제적·사회적 불평등도 그 사회에서 가

---

6   "Report of the World Summit for Social Development", United Nations, 1996. https://undocs.org/A/CONF.166/9(코펜하겐 개최 회의 보고서, 1995).

7   존 롤스의 정의론 논의는 다음을 참고할 것. Rawls. John., *A Theory of Justice*, Revised Edition, Oxford : Oxford University Press, 1999; 황경식, 『존 롤스 정의론』, 쌤앤파커스, 2018.

장 혜택을 받지 못하는 약자들에게 이득이 될 때만 정당하게 인정된다. 이러한 최소 수혜자 혜택의 원리가 적용되어야 진정한 정의가 실현되는 공정 사회로 본 것이다.

때문에, 유럽 맥락을 중심으로 본다면, 사회통합이라는 개념은 "개인"을 중시하는 자유주의와 그런 독립적인 개인의 존재론을 바탕으로 모두가 동등한 의사결정을 할 수 있는 민주주의제도에 근간을 두고 있다.[8] 보편적 존엄성을 인정받는 근대 개념의 "개인"이 만민평등의 원칙에 기반한 자유와 권리를 고르게 누리고 보호받는 사회는 분명 누구나 꿈꾸는 이상적 공동체이다. 대개는 그 실현 자체가 불가능하다고 여길 수 있기에 현실과 이상과의 괴리가 엄존함을 잘 알고 있다. 하지만 근대국가는 이러한 개인들의 자유와 권리를 보호하고 그만큼의 책임과 의무를 공유하는 약속된 공동체로서 기능하고자 노력해왔다. 다만 근대국가의 유형은 각 지역의 역사적 배경과 지정학적 상황에 따라 다르게 나타났다.

전근대의 종교적 존재론으로부터 해방된 주체적 개인에 기반한 유럽의 자유주의 사상이 19세기와 20세기 초반에 걸쳐 동아시아에도 소개되었다. 조선의 실학자들이 서학을 받아들이고, 개화기에는 일본의 후쿠자와 유키치에 의해 Freedom & liberty가 자유로 번역되어 한반도와 일본

8 　근대의 산물인 자유주의와 민주주의에 대한 논의는, 17세기 개인의 자연적 권리를 강조하며 자유주의 개념의 기반을 닦은 존 로크(John Locke, 1993), 그리고 18세기 민주주의제도의 디딤돌이 되어준 "사회계약설"을 주창한 장자크 루소(Jean-Jacques Rousseau, 2004)를 빼놓을 수 없다. 그러나, 이 논고의 본문에서는 논의의 흐름상 참고 정도로 다룬다.

의 젊은 지식인들을 매료시켰다.[9] 하지만, 유럽과는 달리 일본에서는 군국주의가 등장하고 그 연장선상에서 대한제국이 합방됨으로써 한일 모두에서 개인을 중심에 둔 자유주의보다는 민족과 국가라는 집단 중심의 자유 개념이 지배적으로 되었다. 따라서 최근 신냉전시대의 가치동맹을 얘기할 때도, 그 가치 기반이 되는 자유민주주의 개념은 동아시아 맥락에서 이해되고 실행되는 것과 서구의 그것들이 조금은 상이할 수밖에 없다는 점을 고려해야 한다.

다시 유럽 맥락으로 돌아오면, 위에서 말한 UN 위원회에서 아젠다로 삼은 사회통합은 자국민만을 대상으로 하기보다는 이주민과 난민 등 본국homeland과 새로운 정주국host country 사이를 오가거나, 정주국에 정착한 이주민 개인과 공동체들의 다양한 문화와 가치관들을 소통과 공존으로 이끌고자 하는 시대적 요구를 담고 있다. 이는 국가의 경계를 넘어선 초국적 이주들이 이전과는 다른 규모로 증가하고 있는 글로벌라이제이션의 추세를 반영한 것이다. 이러한 물리적 이동은 인류의 기회이기도 하지만, 도전이자 위기이기도 하다.

---

9   후쿠자와 유키치, 성희엽 역, 『문명론 개략』, 소명출판, 2020.

3. 유럽의 난민 위기

1970년대 유럽의 냉전체제는 서독 정부의 동방정책이 추진되면서 탈냉전 다극화시대의 서막이 올랐다. 1980~1990년대는 동서독 통일과 소련 및 동유럽 사회주의권의 붕괴로 국제 질서는 다시금 급변하게 된다. 세계는 신자유주의 시장경제 중심으로 빠르게 재편되었다. 즉, 노동력이 저렴한 지역으로 선진국의 산업시설이 이전하고, 자국의 필요에 따라 이주노동력을 유입하거나 제한하며, 외국 자본과 기업의 투자를 촉진하기 위한 규제 완화 등을 제도화했다. 교통 및 정보통신 기술의 발달은 물리적 이동과 소통을 빠르게 진화시켰다.

공간과 시간이 압축적으로 줄어들었으며, 그러한 자본과 사람, 상품과 아이디어 등이 민족-국가 범주를 넘나드는 초국가주의와 전지구화의 역동성은 최근 수십 년간 인문-사회학계 이론과 담론의 지평을 넓혀주기도 했다. 적지 않은 진보적 지식인들은 탈민족국가 관점postnational perspective을 포착했고 동시에 지지해왔다. 이 중에서는, 일찍이 전지구화에 의해 급변한 우리 일상의 문화적 지형들을 다섯 유형으로 나누어 분석한 아준 아파두라이Arjun Appadurai의 *Modernity at Large*가 대표해 왔다.[10]

단일한 민족, 언어, 종교와 문화 등을 민족국가 형성의 기본으로 여겼던 서구 유럽 나라들은 2000년대에 들어서서는 다문화, 다민족, 문화다양성 등을 글로벌시대의 새로운 가치로 여겨 보편적 인권의 지표로 삼

---

10 Appadurai, Arjun, *Modernity at Large : Cultural Dimensions of Globalization*, University of Minnesota Press, 1996.

기도 했다. 실제, 이주민들을 국가시스템의 소수자, 약자로 인정하는 인권 담론의 확산은 다문화주의를 강화하는데 기여해 왔다.[11] 물론, 이러한 탈경계 역동성이 탈민족-국가주의로 보편화되지는 않았다. 동남아시아 지역에서는 몇몇 소수 민족들 사이에 민족주의 의식이 강화되면서 기존 근대국가로부터 독립하고자 하는 운동들이 벌어지고 있으며, 유럽에서도 스페인의 카탈루니아지역 같은 곳은, 가치와 정책, 지역 사회의 정체성을 강조하며 스페인으로부터 독립하려는 시도 역시 보이고 있다. 이는 한편으로 보면 초국가적이며 탈국가적인 현상과 요구가 국가의 소멸이나 해체로 나아간다기보다는, 다원화된 정체성과 지역성이 출현하는 방향으로 진행된다는 점을 보여준다.

2010년대로 들어서면서, 다문화주의를 하나의 이상, 또는 환상으로 보면서 국가적 정치 기조로부터 철회하려는 움직임도 강하게 일어났다. 예를 들어, 영국의 총리 데이비드 카메룬은 2011년 초, 세계 지도자들이 경청하는 가운데, 영국의 오랜 국가 기조인 다문화주의를 비판하며, 결과적으로 실패했음을 선언했다. 그의 발언은 특히 이슬람 극단주의의 성장을 겨냥한 것으로, 영국내 다른 다양한 문화와 공동체, 그리고 주류 사회와 조화롭게 통합하고 소통하지 못한 채 자신들만의 분리된 공동체를 형성하고 있는 것을 지적한 것이었다. 이러한 그의 발언은 그 전년도에 이미 독일의 메르켈 총리가 자국의 다문화주의 실패를 거론했던 것과 연

---

11 Kymlicka, Will., "The Rise and Fall of Multiculturalism? : New Debates on Inclusion and Accommodation in Diverse Societies", Vertovec · Wessendorf eds., *The Multiculturalism Backlash*, Routledge, 2010.

장선상에 있다고 볼 수 있다.[12]

하지만 이러한 유럽 주요 국가지도자들의 공식적 담화와 현실 사이에는 간극이 존재했다. 영국의 소말리아 이주민을 사례로, 초다양성super-diversity, 즉, 이미 다양화된 이주민층 내부의 다양화 개념을 주장한 인류학자 스티븐 베토벡Steven Vertovec은, 이러한 다문화에 대한 지역적 반발back-lash against multiculturalism에 대해, 아직 대중적 레토릭에 머물 뿐 실제 정치제도면의 변화를 유도하지는 않는다고 보았다.[13] 다시 말해, 다문화주의를 기조로 하는 국가 및 지역 사회의 정책들이 폐기되거나 변형되는 상황으로 나아가지 않을 것이라고 진단한 것이다. 실제로 필자가 2011년 인터뷰를 진행했던 스페인 카탈루니아지역의 헌법위원장도 정치적 포퓰리즘이 일시적으로 상승하는 점을 우려하면서도, 헌법을 비롯한 제반 법률의 기반은 수십 년에 걸쳐 축적된 것이므로 보편적 인권 정신에 근거한 다원적 민주주의와 다문화주의 원칙이 당시의 정치적 흐름 때문에 변형될 확률은 없을 거라 자신했다.[14]

그러나 2015년 세계는, 특히 유럽은 전에 없던 난민 위기에 맞닥뜨리게 된다. 당시 UNHCR^UN Refugee Agency(The Office of the United Nations High Commis-

---

12 https://www.nbcnews.com/id/wbna41444364

13 Vertovec, Steven., "Super-diversity and Its Implications", *Ethnic and Racial Studies*, vol.30, no.6, 2007, pp.1024~1054; Vertovec · Wessendorf eds., op. cit., 2010.

14 필자는 2011년 한국의 국가인권위원회의 용역과제인 이주민인권가이드라인 제작 프로젝트에 공동연구원으로 참가하여, 독일, 스페인, 이탈리아의 이주민-난민 관련 현지 전문가 / 활동가들을 만나 심층 인터뷰를 진행하고, 관련 문서들을 참고하여 종합한 데이터를 분석한 후 세 나라들의 이주민-난민 인권 관련정책과 기조들을 정리했다.

sioner for Refugees)이 발표했듯, 세계적으로 약 6천5백만 명의 난민이 발생했다.[15] 즉, "전쟁, 박해나 자연재해 등을 피하기 위해 강제적으로 삶의 터전을 떠날 수밖에 없었던" 사람들이 근대 역사상 가장 많이 발생한 것이다. 이 난민 폭증 현상은 "유럽의 난민위기"로 불렸다. 그리고 그에 대응하는 방법은 나라마다 다소 다르면서도 동시에 공통된 현상을 보이기도 했다. 바로, 극우 민족 보수주의자들의 정치 세력화와 대중 담론의 장악이다. 바로 대중의 도덕적 공황moral panic이 정치화되면서 다시 위기의 감성과 의식을 물화시키는 우편향적 순환이 연속해서 벌어진 것이다.

노벨평화상 후보에 매년 거명되는 국제법 및 인권법의 대가 리차드 팔크Richard Falk는, 이러한 세계질서의 재편 과정에서 이주-난민들이 보다 더 취약한 상황에 처하게 되었음을 지적했다. 더불어, "법과 인권 차원에서 이방인에 대한 보호와 이주민들에 대한 수용성은 진화해 왔지만, 그것이 국가 주권, 지정학적 주체들의 우선권, 그리고 국가적, 지역적, 전지구적 레짐들을 결정하는 정책들의 특권들을 도전할 정도로까지는 발전하지 못"한 점을 상기시킨다.[16] 인류는 현재 거대한 초국가적 이주의 흐름들과 그에 대해 정치적 사회적 저항의 거센 유형들이 공존하는 역사적 상황을 살고있는 것이다.

그 흐름의 가장 취약한 사람들은 난민들임에 틀림없다. UNHCR의

---

15 UNHCR Global Report 2015 (https://reporting.unhcr.org/sites/default/files/GR_2015
    _Eng.pdf).

16 Falk, Richard., "Refugee, Migrants and World Order", Mavelli · Wilson eds., *The Refugee Crisis and Religion : Secularism, Security and Hospitality in Question*, Rowan & Little-field, 2017, p.32.

최근 통계에 의하면, 2016년 말 전세계 6천7백8십여만 명의 유민 중 67%는 아프리카와 아시아대륙에 머물며, 각각 17%와 16%가 유럽과 북남미지역으로부터 임시 보호처를 제공받았다. 이 중 2천2백5십만 명 정도가 난민이며, 1천만 명은 무국적자로 어떠한 기본 생존권도 보장받지 못하는 처지에 놓여 있다. 유럽연합 회원국들은 이들에게 구호물자와 보호처를 마련하는 것을 법적 도덕적 의무로 여기면서도, 90여 퍼센트의 이주-난민들은 밀입국을 알선하는 범죄 조직에 대가를 지불한 소위 비정규irregular 이주자로 보고, 쉥겐지역Schengen area[17] 국가들로의 무단 유입을 방지하려 애썼다. 그 일환으로 튀르키에와의 조약을 통해 무단 유입 난민-이주민을 되도록 튀르키에에 묶어두고, 선별된 난민들만이 유럽국가로의 이주를 허용했다.[18]

메르켈 총리의 오픈도어Open Door정책을 필두로 독일은 난민 위기 당시 약 1백3십만 명의 난민을 수용하면서, 유럽연합국가들의 난민 수용 분담정책을 유도했다. 그 와중에, 영국은 브렉시트Brexit를 결정했으며, 대서양 건너 미국의 트럼프 행정부는 남미와의 국경에 담벼락을 세웠다. 이러한 상황은 두말할 것도 없이 서구 사회의 국수주의 부활을 반영함과 동시에 유럽의 반-이주 보수주의 약진에도 지대한 영향을 미쳤다.

---

17 Schengen area는 무비자로 국경을 넘나들 수 있는 유럽의 국가들을 포함한다. 유럽연합 회원국 대부분이 이에 속하지만, 불가리아, 크로아티아, 사이프러스, 아일랜드, 루마니아와 대영제국은 제외되고, 대신 아이슬란드, 노르웨이, 스위스와 리히텐슈타인이 가입해 있다. 외국인이라도 이 쉥겐지역 내 국가에서 비자를 받았다면, 다른 나라의 비자를 받을 필요가 없다.
18 유럽의회 인터넷 사이트(http://publications.europa.eu/webpub/com/factsheets/refugee-crisis/en/) 참조.

이에 2017년 유럽 각국에서 치러진 선거 결과들에 귀추가 주목되었다. 프랑스 대선에서는 중도파인 마크롱이 당선되고, 네덜란드 총선에서도 극우 정당 PVV^{Party for Freedom}이 다수석 확보에 실패함으로써 일단 극우 정치세력에 대한 대중적 경계^{warning}가 작동한 듯이 보였다. 즉, 다소 균형이 잡히는 듯했고, 따라서, 그해 9월에 치른 독일 총선에 주목되었다.

독일은 이때 메르켈 총리의 4선 연임보다, AfD^{독일대안당, Alternative fuer Deutschland}의 의회 입성이 더 큰 관심을 끌었다. 이로써, 유럽의 난민 위기는 또 다른 국면으로 접어들었다. 급증하는 난민에 대해 유럽 각 나라들은 보다 보수적인 입장을 취하게 되고, 무엇보다 국가와 국민 "정체성" 문제가 기존의 탈다문화 정서에 얹혀서 이주민-난민들에 대한 배제와 타자화, 그리고 내적 다양성들에 대한 통제로 접어들기 시작했다. 예를 들어, 난민 분담에 대한 압력이 가해지자, 슬로바키아는 시리아 난민 중 오직 기독교 신자들만 받아들이겠다고 공표했으며, 이와 유사한 태도는 폴란드와 불가리아 의회에서도 지배적이게 되었다.

따라서, 유럽에서의 난민 위기는 더 이상 단순히 급증하는 유입 난민들을 어떻게 수용 또는 거부하느냐의 정치-경제-제도적 문제가 아니게 되었다. 오히려, 보편적 인권 및 타인에 대한 환대^{hospitality}와 같이 근대 유럽 역사를 통해 인류 문명 사회의 모범이자 가치로 자부해 왔고 또 제도화해 왔던 도덕적 가치에 대한 철회 또는 변질에 대한 근본적 의심을 갖게 하는 계기로 작동했다. 다시 말해, 각 국민국가들의 국민 소속감과 정체성에 대한 제도적 경계짓기가 시도되고, 지역적 저항 등의 사회통합과 관련하여 복합적인 도전을 받게 된 것이다. 그리고 이 과정에서 "종교"는 논란의 핵심으로 등장하여 초국적 이주와 관련된 첨예한 문제들을 보다 극명하게 보여주는 현상이자 사회분석의 렌즈로 그 역할을 부여받았다.

4. 종교 "세속적 / 종교적" 이분법적 경계짓기

유럽의 난민 문제 지원은 세속적 인권법과 인도주의를 근간으로 해 왔다. 프랑스 인류학자 디디에 파싱Didier Fassin의 역사적 해석에 따르면, 인권 문제는, 물리적 폭력의 피해자들을 우선적으로 보호하고 돌보았던 정치적 인권 중심에서 점차 확장되어 자연재해 같은 비정치적 원인으로 고통받는 자들까지 포괄적으로 돌보는 합리적 인도주의로의 변화를 보여 왔다. 따라서, 인도주의적 국제 구호 활동은 실제 대부분 종교에 기반한 기구와 단체들faith-based organization, FBO이 수행함에도 불구하고, "세속적" 국제 기준과 규범에 준하여 활동에 임하고 있었다. 합리와 이성, 논리적 판단에 근거한 것처럼 보이는 인도적 지원의 도덕적 기반이 기독교 전통과 무관할 수 없다는 점도 있다.

그러나, 최근 난민 위기를 계기로 촉발된 극우보수 정당들의 약진과 국수적 대중 담론들에서는, 포괄적 인도주의 관점은 시들해지고, "세속 또는 종교"라는 이분법적 경계짓기가 폭력적으로 등장했다. 그 현상을 대표적으로 보여주는 사례가, 독일 총선에서 등장한 AfD당 선거 포스터의 이미지와 문구들이다.

〈그림 1〉 AfD의 선거포스터 사례(2017년 총선 당시)

〈그림1〉의 선거 포스터들 예시에서 보듯, "우리Wir, unserer" 독일의 세속적 문화에는 "부르카"와 "돼지"로 표상되는 이슬람이 포함될 수 없다고 선언한다. 여기서 유럽 역사 중심에 기반하여 형성된 사회과학 근대화 이론, 즉 근대화는 곧 세속화라는 사회진화론적 관점에 의거, 세속적 근대와 종교적 전근대식의 문화 서열화가 다시금 재현된다. 따라서 최근 난민의 다수를 차지하는 시리아, 아프카니스탄 출신 무슬림 난민들은 물론이거니와, 제2차 세계대전 이후 급속한 산업 발전 시기에 노동력으로 유입되어, 이미 독일 문화의 일부가 되어버린 터키 이주민들과 문화의 존재까지도 타자화되고 부정되고 있는 것이다. 인종과 문화에 기반한 차별적 발언과 행동은 독일에서는 나치주의와 바로 연결되는 탓에 제도적

도덕적으로 금기시되는 것은 물론 법적 처벌을 받기도 한다. 그러나 AfD는 근대 세속화의 과정에서 사적 영역으로 물러났던 종교를 다시 공공의 영역으로 호명했다. 특정 종교특히 이슬람교를 구체적으로 지칭하며 차별함은 물론, 보편적 인권 및 시민권 중 하나인 종교의 자유 역시 공공연히 훼손한 것이다.[19]

AfD의 등장 및 약진 원인에 대해서는 기존 기성 정당에 대한 회의, 자국민을 위한 사회복지 축소에 따른 중산층의 붕괴 등 정치경제적 배경을 중심으로 설명하기도 한다. 또한 독일 내에서도 특히 구동독지역에서 반-이슬람 및 반-이주난민 정서가 구서독지역보다 높고, 그에 따라 AfD에 대한 적극적인 지지가 나온 배경에 대해서는, 동서독 통합 과정의 내적 문제를 지적할 수도 있다. 즉 구동독 주민들이 구서독지역 주민들보다 여전히 경제적으로나 사회적으로 낙후된 것에 대한 불만을 하나의 희생양 제의처럼 이주민과 난민들에게 투사하여 타자화시키는 현상으로 해석하기도 한다.

그만큼 난민 위기로부터 촉발된 유럽의 사회통합 주요 이슈는 글로벌라이제이션 과정에서 근대국가의 경계가 보다 유연해지는 시기에 등

---

19 AfD가 2017년 선거에 상대적으로 성공한 배경과 이유 등에 대해서는 보다 복잡한 분석이 필요한 것이 사실이다. 몇 가지 단순한 배경 즉, 정당 지도자들이 대부분 고학력 엘리트들이라는 점, 그리고 기독민주당 출신의 노련한 남성 정치인과 투자 전문가 출신의 젊은 동성애 여성이 당 공동대표로 있는 점, 반면에 AfD에 대한 지지는 주로 중하층 서민과 특히 구동독지역에서 많다는 점 등의 사실들은 AfD의 선거 전략 분석뿐 아니라, 향후 의정 활동 및 내부 세력들의 재편 과정에 대한 관심을 불러일으키기 충분하다. 더불어 주변국 극우 정당들과의 비교적 관점에서 검토하는 것도 의의가 있겠다. 이에 대한 연구는 차후로 미루기로 한다.

장한 도전들이다. 1990년대 탈냉전 시기는 다문화주의와 다원적 민주주의가 유럽을 비롯한 서구 선진국들의 우월한 가치로 여겨졌다. 그러나 근대화는 곧 세속화를 내재한다고 당연시했던 유럽발 합리주의는 자신들의 세속도시로 새롭게 등장한 이방인 문화와 종교를 낯설게 봤다. 그것이 익숙하고 당연해지는 시기가 도래했지만, 서구지역 사회의 원주민들의 위기감이 정치적 레토릭으로 외화되고, 포퓰리즘에 입각한 보수적 정치문화가 유럽을 지배하기 시작했다. 마침내 2015년을 기점으로 난민 수가 폭증하고 그들 중 많은 수가 삶의 기회를 찾아 서유럽 주요 국가들로 들어서자 독일에서조차 신나치즘 성향의 정당 AfD가 등장했던 것이다.

더욱 유념해야 할 점은 독일의 경우 특히 구동독지역 주민들의 반이주난민 정서이다. 과거 독일 통일 당시 동독의 공산당 정권을 무너뜨린 시민 사회의 핵심에는 교회가 있었다. 사회주의 기간 동안 탄압을 견디며 쇠락해갔지만, 지역 공동체의 게마인샤프트로서 다양한 대안 문화와 담론을 양성하고, 정치·경제·환경·평화 등 다양한 영역에서의 시민단체가 등장할 수 있었던 요람이 개혁신앙 기반의 구동독 교회들이었다. 실제로 베를린 장벽 붕괴의 기폭제가 되었던 평화기도모임도 라이프찌히의 성 니콜라이 교회에서부터 시작되어 한 달 만에 베를린 장벽 붕괴로 이어졌다. 그러나 그러한 구동독의 교회들은 통일과 함께 급속하게 공동화되기 시작했다. 생산시설이 붕괴된 동독은 젊은 세대들을 잃었고, 그렇게 인구가 급감한 지역공동체에 교회는 텅 비어갔다. 때문에 구동독지역은 현재 지구상에서 가장 무신적godless 공간이 되어 버렸다.

이렇게 본다면, 독일을 비롯한 유럽에서의 현재 사회통합 과제는 곧 새로운 구성원의 소속감과 정체성의 성격을 규정하는 일이다. 그리고 그것은 피부와 언어 관습과 전통 등에 기반한 인종과 민족, 특히 근대국가를 중심으로 한 국민성, 나아가 탈냉전 이후 서유럽 중심으로 자긍심을 가진 유럽연합체들의 포괄적 유럽시민정체성의 재구성이다. 그러한 과제의 중심에는 탈다문화, 탈세속화 맥락의 핵심으로 다시금 종교라는 문화체계cultural system가 '우리'와 '타자들'을 구분하는 권력 기제이자 주요한 분석 렌즈로 작용하고 있다.

5. COVID-19와 러시아전쟁

난민 위기를 극복해가는 유럽에서 두 가지 악재가 겹쳐 발생했다. 이는 전지구적 현상이기도 했다. 코로나 바이러스가 발생했을 때, 세계 주요 언론에서 중국 우한이 발생지로 보도되었다. 유럽인들은 중국인, 일본인, 한국인을 구별하지 못했다. 사실 구별할 노력을 기울이지 않았다. 베를린에서 마트를 방문한 한국 출신 여성학자는 자신이 다가오는 것을 보자 우스꽝스러운 쿵후 자세를 취하며 경계하는 백인 남성을 마주쳐야했다. 프랑크푸르트 버스에 올라탄 한국인 유학생 역시 십대 청소년들이 "코로나 코로나"하며 자신을 마치 바이러스 취급하는 상황을 겪었다. 그동안 동아시아계 이주민들 특히 한인들은 모범적 소수자로 인식되었던 것과는 달리 혐오적 태도들이 등장했던 것이다.

국가적인 비상대응체계도 더디게 진행되었다. 규정에 따르는 듯하나 매우 느리고 비효율적인 독일 관료제가 비상 대책을 꾸리고 운영하는 데에는 연습이 너무 안 되어 있었다. 지역자치제가 강한 탓에 중앙정부의 방침이 일관되게 적용되기 어려웠다. 공공장소에서 마스크를 쓰는 것이 오히려 범죄시 되었던 사회적 배경도 일상적 방역을 어렵게 했다. 락다운 명령이 내려지려 하자 사람들은 마트로 몰려가 휴지와 파스타, 밀가루와 설탕 등 비상식품이 될만한 것들을 사재기했다. 방송에서 세계 각국의 감염률과 사망률이 업데이트되고 다른 나라들의 방역시스템도 소개되기 시작했다. 그럴 때마다 한국은 방역을 가장 잘하는 나라로 소개되었고, 집에 있는 시간이 많아진 사람들은 한국 드라마와 영화, 특히 청소년들 사이에는 K-POP이 빠르게 퍼져나갔다.

하지만 아시아인들에 대한 혐오와 차별적 태도가 쉽게 사라지지 않았다. 그동안 타자화와 차별 및 경계의 대상이었던 이주민과 난민들은 주로 이슬람계 소수자들이었고, 그들이 곧 아시아계 이주민들을 앞에 서서 방패 역할도 해주었었다. 그러나 코로나 바이러스로 촉발된 위기감은 아시안들에 대한 경계와 혐오로 번져갔다.

물론 나치 과거에 대한 참회를 기반으로 특정 인종과 민족에 대한 차별을 문제시하는 시민 사회와 공공언론들의 노력도 뒤따랐다. 탈다문화에 대한 요구와 반이슬람, 반-이민 / 난민 정서가 AfD라는 정당으로 치환되면서 시민들 사이의 사회적 갈등이 민주주의 의회제도안으로 흡수되어갔다.

난민들이 물밀듯 들어오기 시작하던 시기인 2015~2016년 기간, 밤

추위가 깊어가자 기차역 플랫폼에는 이동하는 난민들을 위해 따뜻한 음료와 옷이며 신발 등을 준비해서 나눠주는 시민들의 자원봉사가 이어지기도 했다. 그러한 현장들을 목격하게 되면, 한 사회의 위기관리 능력은 국가 단위에서만이 아니라 시민 사회의 성숙도에 달려있기도 하다는 점을 다시금 상기하게 된다.

하지만 팬데믹 상황에서 주목해야 할 점은, 국가권력의 부활이다. 이미 브렉시트를 통해, 그리고 중국과 미국 등 강대국들이 자국 내 다양성과 다원성을 통제하는 정체성 정치뿐 아니라, 국경의 높이를 높여가는 추세를 보이고 있었다. 유럽의 난민위기로 촉발된 관용과 환대, 국가 구성원의 정체성 자격 문제 등에 대한 혼란은 팬데믹 위기를 맞아 국가권력이 보다 확실하게 사회적 통제권을 가지게 되는 계기가 되기도 했다. 이는 국가를 어떤 존재로 보느냐에 따라 다른 해석이 가능하다. 앞에서 이미 서술했듯 유럽에서의 국가와 개인의 관계는 동아시아국가들의 그것과 다른 뿌리를 가지고 있다. 때문에 국민 안전을 위한다는 공공의 목적을 분명히 함에도 불구하고, 독일 시민들 중 락다운과 이동금지령 등과 같은 국가 방역시스템에 대해 개인의 자유를 억압하는 역사의 퇴보로 해석되기도 했다.

동시에 유럽의 젊은 세대들 사이에서 팬데믹 위기는 곧 인간 물질문명에 대한 성찰의 계기를 더욱 활성화시켰다. 비행기가 다니지 않는 하늘의 청명함, 관광객의 발길이 끊긴 이탈리아 운하로 돌아온 돌고래들을 보며, 지구 온난화와 기후 위기는 국가 단위에 국한된 것이 아닌 인류 생존의 근본적 문제로 각성하게 되었다. 이를 위해 온라인과 오프라인에서 다양한 캠페인을 벌였다. 일상적 실천을 위해 탄소배출에 막대한 영향을 미치는 육류 소비를 줄이고자 적지 않은 청소년들이 채식주의를 선언했다. 위기는 이렇게 새로운 담론과 실천을 활성화시키는 기회가 되기도 했다.

그런데 팬데믹이 다 끝나기도 전에 러시아가 우크라이나를 무력 침공하는 물리적 전쟁이 발발했다. 제2차 세계대전 이후 자신들의 영토와 가장 가까운 곳에서 아날로그시대의 전쟁이 벌어진 것이다. 일상에서 사회적 거리두기가 익숙해지던 시기였다. 독일의 경우, 총선을 마치고 아직 연합정부를 구성하지 못했고, 4선 연임의 앙겔라 메르켈 총리가 그 임기를 다 마친 후 새로운 독일 총리가 아직 정해지지 않았던 때였다. 메르켈 총리는 유럽 및 국제 정치 지형에서 협력의 리더십을 통해 협치를 발휘했던 것으로 유명했다. 하필 그가 공석이던 시기에 전쟁이 발발했다. 그의 역할을 대신해 주리라 여겼던 프랑스의 마크롱 총리는 러시아 푸틴 대통령과의 대담 당시 둘 사이의 테이블 길이만큼 친밀도가 가깝지 않았는지 협상에 성공하지 못했다. 유럽인들에게 러시아의 무력 침공은 제2차 세계대전의 트라우마를 자극했다. 더욱이 젊은 세대들에게는 기후 온난화 문제나 팬데믹 사태 등에서 보여지듯 전 인류의 문제를 고민할 시기에 과거 아날로그식 국가 폭력이 자행되는 현실이 한심하게 여겨졌다.

러시아 국가권력에 대한 실망과 비판은 근대 지성의 한 뿌리였던, 대문호와 위대한 음악가를 배출했던 러시아의 사회문화적 가치마저 의심하게 했다. 독일에서 활동하던 기라성 같은 러시아 출신 음악가와 예술가들은 자리를 내놓아야 했을 정도로 독일 내 반전 반러시아 정서가 확대되었다. 나치 청산과 통일 독일의 사회통합을 일구어 가던 독일로서는 국가라는 이름으로 자행되는 폭력이 얼마나 처참한지 알고 있었다.

하지만 세계질서는 코로나 위기를 겪는 동안 이미 미국과 중국 두 강대국 간 경쟁이 심화되고, 러시아전쟁으로 미-유럽을 중심으로 한 자유시장주의와 중국 러시아로 대표되는 권위주의 체제 사이의 대립관계가 형성된 신냉전시대로 재편되어 갔다. 경제적 상호의존도가 높고 초국적으로 해결해야 할 인류 문제 등은 일정 정도 협력하지만, 국가 간 동맹관계는 다시 전선을 형성한 것이다.

6. 유럽 사례의 동아시아 시사점

이상에서 독일을 중심으로 유럽 사회가 최근 경험하는 사회통합과 정체성 관련 중첩적인 문제들을 고찰했다. 필자는 첫째, 탈-다문화, 탈-세속화 맥락에서 최근 심화되는 반-이주 / 난민, 반-이슬람 정서에 대한 이해가 필요함을 주장했다. 이는, 지성사적으로 본다면 그간 유럽 중심의 인문사회과학 이론의 저변에는 근대화Modernization는 곧 세속화Secularization라는 사회진화론적 관점이 내재해 있었음을 비판적으로 성찰하는 학계의 흐름을 반영하기도 한다. 둘째, 글로벌 이주가 극대화되는 시기, 유럽의 경우 국가공동체 구성원의 정체성, 영주권, 난민지위권 등에 관한 논란에서 종교라는 문화체계cultural system가 다시금 가치판단이자 분석적 렌즈로 소환되었다는 점에 주목했다.

이와 덧붙여, 코로나 위기와 러시아-우크라이나전쟁을 경험하면서 동아시아인에 대한 혐오와 편견의 확산, 더 나아가 국가권력의 강화와 가치 기반의 국가 간 동맹을 재형성하는 신냉전시대가 도래했음을 서술했다. 이렇게 하나하나의 사안이 심각하면서도 층층이 겹쌓이는 복합적이고 복잡한 난제들은 쉽게 해결될 기미가 보이지 않는다. 다만 필자는 현지에서 두 분야에서의 사회적 탄력성을 의미있게 경험했다. 하나는, 의회 민주주의제도이다. 독일에서 대중적으로 확산되던 반-이슬람 반-이민 정서가 음지에서 세력화되어 특정 이주-난민들을 테러하는 방식으로 나타난 것이 아니라, AfD라는 정당 구성을 통해 의회제도 안으로 들어왔다는 점이다. AfD는 제도적 힘을 얻은 것일 수도 있지만, 동시에 그 공적인 활동들은 항상 국민에 의해 평가되어야 하는 투명성과 공정성의 대상이 된 것이기도 하다. 민주주의는 완성형이 아니라 깨어있는 민주시민들에 끊임없이 변화 발전하는 현재진행형임을 보여준 사례라 볼 수 있다.

또 하나는 풀뿌리 시민 사회의 역동성이다. 위에 이미 소개했듯, 이동하는 난민들을 위해 온라인상에서 자발적인 자원봉사 활동이 조직되고 실천되는 모습, 코로나 시기 기후온난화에 대한 경각심을 높이고 일상에서부터 탄소배출을 줄이고자 채식주의자를 선언하는 10대 청소년들의 온-오프라인 활동들, 그에 부응하여 채식주의자용 먹거리를 늘리는 마트들과 탈원전 친환경재생에너지로 선회한 독일 정부 등은 사회통합의 방법과 방향성이 어떠해야 하는지 시사해주는 바가 많다.

동아시아는 유럽의 맥락과 다르면서도 유사한 전환기를 맞이하고 있다. 탈제국-냉전-탈냉전-신냉전으로 이행하는 유럽과 달리, 동아시아에서는 탈식민과 탈냉전 시기를 불분명하게 거쳐왔다. 아니, 식민과 냉전의 유산이 남아 있는 와중에 세계화시대와 신냉전의 역사를 복합적으로 경험하고 있다. 한국, 북한, 중국, 몽골, 타이완, 일본과 같은 동아시아 주요 국가들은 지리적인 조건, 발전 정도, 언어 및 문화적 차이, 국가 간 관계 등 복합 요인에 의해 초국가적 경계 넘나들기border crossing가 유럽에 비해 수월하지 않고 오히려 종종 배타적인 경쟁과 갈등이 극한대로 나타나기도 한다.

식민지 역사와 전쟁의 기억과 유산들이 집단의 기억에서 화해하지 못하고 있다. 때문에 시민들의 탈경계적 연대와 공감의 노력과 실천은 종종 국가적 이해 때문에 상쇄되거나 통제당하는 정도가 보다 강하게 나타나는 경향이 있다. 민족이나 국가 단위 집단적 정체성과 소속감과 관련된 논란과 담론들이 풍부한 소통과 논의를 거치며 질적 전환을 내오기보다는, 혐오와 편견 등 감정적 대립이나 진영논리로 환원되는 경향이 많았다.

이러한 난제들을 풀어나가는 일은 쉽지 않다. 국민국가시대에 정부로 대표되는 국가 차원의 노력, 그러한 정치권력과 친밀하지만 동시에 보다 유연한 자본의 흐름 등 정치경제적 영역에서의 탑다운식 해법을 내오는 것도 시급하다. 동시에 아래로부터의 통합을 시도하는 시민 사회의 역할 역시 중요할 수밖에 없다. 즉, 탑다운top-down과 버텀업bottom-up 방식의 세심한 방안들이 강구되고 실천에 옮겨져야 하는 것은 자명한 일이다. 하지만, 필자는 이 글에서 동아시아 지성인의 역할에 집중하고자 한다. 사회통합의 리더라는 위상보다는 매개자이자 중재자로서의 지성인들이 필요하다는 점을 강조하고 싶다.

여기서 지성인이라 함은 학력과 경륜에 비례하는 개인이 아니라, 스스로 생각하는 능력, 성찰적 사고와 비교적 분석을 통해 타인을 존중하고 적극적으로 소통에 참여하는 사람이라 할 수 있다. 즉, 공동체에 대한 인식과 아날로그 및 디지털 영역에서의 초국가적 경험 또는 감수성을 획득해 나가는 과정에 있는 열린 자아들이다.

동아시아 맥락에서의 사회통합은 다양한 배경의 지성인들이 온-오프라인 플랫폼들을 통해 대화와 논의를 활성화하는 데서부터 시작할 필요가 있다. 동아시아라는 개념에서부터, 유령처럼 배회하는 불편한 과거사와 각 나라와 사회별 현안들을 미래지향적 관점으로 성찰하고 다양하고 다층적인 생각들을 공유하고 일상에서 실천하는 프로세스가 진행되어야 할 것이다.

동아시아는 유럽과 달리 공유하고 있는 언어와 습관, 가치관 등을 포함한 문화적 공통성이 희박한 것도 사실이다. 근대화의 길도 달라, 현재 시점으로도 국가별 체제상의 특징들이 유럽 각국들에 비해 상대적으로 두드러진다. 때문에 동아시아는 오리엔탈리즘적 상상력이 만들어낸 균질적인 공동체가 더더욱 아니다. 국가 간 다양성에 덧붙여, 민족이나 국가 단위 차원에서도 내적 다양성을 보이고 있다. 당장 한민족만 봐도 남북한 사이의 이질성이 더욱 커지고 있으며, 한국 내적으로도 다문화 사회로 접어들었다. 때문에 동아시아는 무엇인가하는 질문에서부터 사회통합의 실타래가 풀리기 시작할 것이다. 지역간 격차를 줄이는 경제공동체적 지향은 장기적인 프로세스가 될 것이다. 그러나, 그러한 차이에도 불구하고, 시민들의 교류와 접촉이 온-오프라인 상에서 원활하게 이루이지도록 하는 접촉지점contact zone 확보와 확대 등이 선제적으로 추진될 필요가 있겠다.[20] 더욱이 다원적 민주주의 감수성과 그런 공동체의 실현은, 일상에서부터 실천할 수 있는 영역이다.

동아시아 지성인들은 역사에 대한 성찰적 접근을 통해 희생자적 민족주의[21]나 방법론적 민족주의methodological nationalism[22]을 경계하고, 미래지향적이며 사회통합적 관점을 견지해야 한다. 예를 들어, 독일은 나치 과거에 대한 지속적인 성찰을 통해 그러한 배타적이며 파괴적인 자민족 중심주의와 인종주의가 발생되지 않도록 하는 미래세대 교육을 이어나가고 있다. 이는 기독교적 회개 문화와 무관하지 않다. 국가의 원죄로서 나치만행을 안고 가면서 미래 사회를 만들고자 하는 것이다. 반면에, 동아시아에서는 제2차 세계대전과 한국전쟁은 물론 각국에서 발생했던 크고 작은 폭력들에 대한 근원적 성찰이 여전히 부족한 상황이다. 때문에 동아시아 지성인들의 소통 플랫폼에서는 미래지향적 관점의 과거사 논의가 반드시 진행되어야 할 것이다.

더불어 동아시아 지성인들은 각자가 속한 공동체는 물론 미래세대까

---

20   Pratt, Mary Louise., "Arts of the Contact Zone", *Profession*, 1991, pp.33~40. http://www.jstor.org/stable/25595469(JSTOR).

21   임지현, 『희생자의식 민족주의-고통을 경쟁하는 지구적 기억 전쟁』, 휴머니스트, 2021.

22   Wimmer, Andreas·Nina Glick Schiller, "Methodological Nationalism", edited by Eleonore Kofman·Gillian Youngs, *Globalization : Theory and Practice*, London : Pinter, 1996, pp.76~93.

지 고려한 현안들에 대해 적극적인 논의를 할 필요가 있다. 소외된 계층들의 목소리가 되어야 하며, 팬데믹과 기후 온난화 같은 인류 보편적 과제들에 대한 담론과 실천들을 공유해야 할 것이다. 아날로그와 디지털세계가 중첩된 현실 사회에서 지성의 힘은 인공지능의 순기능적 역할과 더불어 새로운 열망을 만들어 갈 것이다. 여기서 열망은 서로 다른 개인과 집단이 공동의 목표를 협상하고, 그를 실천하기 위해 협력하는 미래지향적 문화이다.[23] 동아시아의 사회통합은 지성인들의 열망으로 시작하는 것이다.

그 열망의 사례들을 보다 세부적으로 살펴보면 아래와 같다.

첫째, 동아시아 지성인들은 다문화 이해 및 활동들을 촉진하고 증진시킬 수 있다. 내적 다양성과 동아시아의 문화 다양성들에 대한 인식을 확대하고 이주민과 난민들은 물론 서로 다른 정체성을 가진 구성원들간의 상호작용을 매개할 수 있다.

이와 연결되어, 둘째, 교육과 인식의 확대이다. 사회통합의 필요성과 중요성에 대해 인식을 확대하고, 편견과 차별을 줄이기 위한 교육 콘텐츠와 프로그램들의 창의적인 개발과 활동에 적극적이어야 한다.

셋째로는 지역 사회를 기반으로 한 시민들의 참여를 독려할 필요가 있다. 사회통합 프로젝트와 활동에 시민들이 주체가 되도록 하며, 그 과정에서 다양한 의견과 요구들이 수용되고 공유될 수 있도록 기획자이자

---

23 Appadurai, Arjun, "The Capacity to Aspire : Culture and the Terms of Recognition", edited by Vijayendra Rao · Michael Walton, *Culture and Public Action*, Stanford University Press, 2004, pp.59~84.

매개자 역할을 수행해야 한다.

넷째로, 지역 사회는 물론 국가적 차원에서, 나아가 동아시아 맥락에서 효과적인 정책들을 발굴 제안하면서 변화를 유도하는 견인차 역할이 필요하다. 사회 문제와 시민들의 이해와 요구를 깊이있게 이해하고 전문성을 바탕으로 정책 결정자와 협력함으로써 포용적이며 공정한 정책이 구현되도록 노력할 수 있다.

때문에, 다섯째로, 동아시아 지성인들은 적극적인 커뮤니케이션 중재자 역할을 수행해야 한다. 열망이라는 것은 개인별로 다양하고도 서로 충돌할 수 있는 희망과 꿈들이 소통을 통해 협상하는 과정이기에, 그 과정을 긍정적인 결과로 수렴할 수 있는 코디네이터가 중요할 수 밖에 없다.

궁극적으로, 동아시아 지성인들은 사회적 책임commitment과 지속가능한 공동체 형성에 이바지하는 것이다. 대의가 사라지고, 개인 중심의 이해타산이 행위 결정에 지배적인 시대가 되었다는 냉소적 비판도 있다. 하지만, 유럽의 청소년들이 환경캠페인의 주역이 되듯, 지속가능한 경제 및 환경정책 제안을 통한 미래지향적 공동체 형성은 개인과 인류의 보편적 과제이며, 그만큼 지성의 힘과 지성인들의 협력이 절실한 시대인 것이다.

초출
「독일 / 유럽 사례로 본 동아시아 사회통합 과제의 시사점」, 『한림일본학』 제43집, 한림대학교 일본학연구소, 2023.12.

참고문헌

단행본

이태진, 김성아 외, 『한국인의 행복과 삶의 질에 관한 종합 연구―국제비교를 중심으로』(경제・인문사회연구회 협동연구총서), 한국보건사회연구원, 2021.

임지현, 『희생자의식 민족주의―고통을 경쟁하는 지구적 기억 전쟁』, 휴머니스트, 2021.

Appadurai, Arjun, *Modernity at Large: Cultural Dimensions of Globalization*, University of Minnesota Press, 1996.

_____, edited by Vijayendra Rao and Michael Walton, '*The Capacity to Aspire : Culture and the Terms of Recognition*' In *Culture and Public Action*, Stanford University Press, 2004.

Casanova, José, *Public Religions in the Modern World*, The University of Chicago Press, 1994.

Falk, Richard, "Refugee, Migrants and World Order", edited by Mavelli and Wilson, *The Refugee Crisis and Religion: Secularism, Security and Hospitality in Question*, Rowan & Littlefield, 2017.

Habermas, Juergen et al., *An Awareness of What is Missing : Faith and Reason in a Post-secular Age*, Cambridge, UK : Polity Press, 2010

Hoskins, Janet. *The Divine Eye and the Diaspora. Vietnamese Syncretism Becomes Transpacific Caodaism*, University of Hawai'i Press, 2015.

Jung, Jin-heon, *Migration and Religion in East Asia: North Korean Migrants' Evangelical Encounters*, Palgrave, 2015.

Kymlicka, Will., "The Rise and Fall of Multiculturalism?: New Debates on Inclusion and Accommodation in Diverse Societies", edited by Vertovec & Wessendorf, *The Multiculturalism Backlash*, Routledge, 2010.

Locke, John., *Two Treatises of Government*, Phoenix, 1993.

Mavelli, Luca & Erin K. Wilson eds., *The Refugee Crisis and Religion: Secularism, Security and Hospitality in Question*, Rowan & Littlefield, 2017.

Ninh, Thien-Huong, *Race, Gender, and Religion in the Vietnamese Diaspora : The New Chosen People*, Palgrave, 2017.

Orsi, Robert A., *The Madonna of 115th Street : Faith and Community in Italian Harlem, 1880-1950*, 3rd ed., Yale University Press, 2010.

Rousseau, Jean-Jacques., *The Social Contract*, Penguin Books, 2004.

Tweed, Thomas A., *Crossing and Dwelling : A Theory of Religion*, Harvard University Press, 2006.

Van der Veer, Peter., *The Modern Spirit of Asia : The Spiritual and the Secular in China and India*, Princeton University Press, 2013.

Vertovec, Stevenr · Susanne Wessendorf eds., *The Multiculturalism Backlash : European Discourses and Practices*, Routledge, 2010.

Wimmer, Andreas · Nina Glick Schiller., "Methodological Nationalism' In Globalization: Theory and Practice", edited by Eleonore Kofman and Gillian Youngs, London : Pinter, 1996.

논문

박지연, 「유럽 체제전환국들의 유럽연합(EU)와의 경제통합 사례 연구와 북한에의 함의―체제전환이 자국과 인접국의 경제성장에 미친 영향을 대상으로」, 『전략연구』, vol.26, 한국전략문제연구소, 2019.3.

임반석, 「EU사례에 비춰 본 동아시아공동체의 과제―지속가능공동체 관점」, 『한국동북아논총』, vol.17, no.3, 한국동북아학회, 2012.9.

허지영, 「유럽연합 지역협력정책과 평화구축―INTERREG 사례를 통해 본 신한반도체제에의 함의」, 『한국동북아논총』, vol.26, no.4, 한국동북아학회, 2021.12.

Harrison, Simon., "The Symbolic Construction of Aggression and War in a Sepik River Society", Man vol.24, no.4, 1989.

Ninh, Thien-Huong., "Global Chain of Marianism: Diasporic Formation among Vietnamese Catholics in the United States and Cambodia", *Journal of Vietnamese Studies*, University of California Press, vol.2, no.2, 2017.

Pratt, Mary Louise., 'Arts of the Contact Zone', Profession, 1991, JSTOR, http://www.jstor.org/stable/25595469.

Vertovec, Steven., "Super-diversity and Its Implications", *Ethnic and Racial Studies*, vol.30, no.6, 2007.

기타자료

Helliwell, John F, Richard Layard, et al, "World Happiness Report", UN, 2023(https://happiness-report.s3.amazonaws.com/2023/WHR+23.pdf).

"UNHCR Global Report" 2015(https://reporting.unhcr.org/sites/default/files/GR_2015_Eng.pdf).

찾아보기

필자소개 [게재 순]

이지치 노리코 伊地知紀子, Ijichi Noriko
오사카공립대학대학원 문학연구과 교수. 오사카코리안타운역사자료관 부관장. 전공
은 문화인류학, 사회학, 조선지역 연구. 『在日朝鮮人の名前』(明石書店, 1994), 『生活世
界の創造と実践－韓国・済州島の生活誌から』(御茶の水書房, 2000), 『消されたマッコ
リ。－朝鮮・家醸酒文化を今に受け継ぐ』(社会評論社, 2015) 등 다수의 저서와 편저가
있다.

사카사이 아키토 逆井聡人, Sakasai Akito
도쿄대학대학원 총합문화연구과 언어정보과학전공 준교수. 전공은 일본의 전후문화
사, 일본근현대문학, 일본영화사. 주요 논저에 『〈焼跡〉の戦後空間論』(青弓社, 2018),
『'잿더미' 전후공간론』(박광현・정창훈・조은애・홍덕구 역, 이숲, 2020), 「金子光晴と大
虐殺の記憶－「東京哀惜詩篇」から「東京哀傷詩篇」へ(総特集 関東大震災100年)」(『現代
思想』, 青土社, 2023.9) 등이 있다.

호리이 가즈마 堀井一摩, Horii Kazuma
니혼대학 문리학부 국문학과 준교수. 전공은 일본근현대문학. 주요 저서로는 『国民国
家と不気味なもの－日露戦後文学の〈うち〉なる他者像』(新曜社, 2019), 공저로는 『〈怪
異〉とナショナリズム』(青弓社, 2021) 등이 있다.

후쿠마 요시아키 福間良明, Fukuma Yoshiaki
리쓰메이칸대학 산업사회학부 현대사회학과 교수. '전쟁의 기억', '격차와 교양'을 미
디어사・역사사회학을 통해 연구하고 있다. 주요 논저로는 『司馬遼太郎の時代－歴史
と大衆教養主義』(中公新書, 2022), 『昭和50年代論－「戦後の終わり」と「終わらない戦
後」の交錯』(편저, みずき書林, 2022) 등이 있다.

도노무라 마사루 外村大, Tonomura Masaru
도쿄대학대학원 총합문화연구과 지역문화연구전공 교수. 일본근현대사 전공. 주요 저
서로는 『在日朝鮮人社会の歴史学的研究－形成・構造・変容』(緑蔭書房, 2004), 『재일

조선인 사회의 역사학적 연구』(신유원·김인덕 역, 논형, 2010), 『朝鮮人強制連行』(岩波新書, 2012), 『조선인강제연행』(김철 역, 뿌리와이파리, 2018), 『역사 화해를 위한 한일 대화−역사편』(공저, 동북아역사재단, 2020) 등 다수가 있다.

장첸지에 張政傑, Chang Cheng-Chieh
둥우(東吳)대학 일본어문학계 조리교수. 연구분야는 근현대 일본어문학, 타이완문학, 비교문학, 타이완사. 주요 논저로는 「桐山襲とその〈戦後〉−冷戦·身体·記憶」(『運動の時代』'戦後日本を読みかえる2', 2018), 「流動体としてのオキナワ」(『社会文学』, 2019), 「啥人甘心做奴隷?−臺灣農民組合與文化協會的分進合擊」(『世界·啓蒙·在地−臺灣文化協會百年紀念』, 2023) 등이 있다.

손지연 孫知延, Son Ji-youn
경희대학교 외국어대학 일본어학과 교수. 경희대 글로벌 류큐오키나와연구소 소장. 일본근현대문학 전공. 저서로『전후 오키나와문학을 사유하는 방법−젠더, 에스닉, 그리고 내셔널 아이덴티티』(소명출판, 2020), 『냉전 아시아와 오키나와라는 물음』(공편, 소명출판, 2022), 『전후 동아시아 여성서사는 어떻게 만날까』(공편, 소명출판, 2022), 역서로는『오시로 다쓰히로 문학선집』(글누림, 2016), 『기억의 숲』(메도루마 슌, 글누림, 2018), 『오키나와와 조선의 틈새에서』(오세종, 소명출판, 2019), 『오키나와 영화론』(요모타 이누히코·오미네 사와, 소명출판, 2021), 『슈리의 말』(다카야마 하네코, 소명출판, 2023) 등이 있다.

정진헌 鄭塡憲, Jung Jin-heon
통일교육원 교수. 문화인류학 전공. 독일 막스플랑크 종교와 민족다양성 연구원에서 책임연구원이자 서울랩 코디네이터로 근무하며, 이주−난민과 종교, 도시의 열망 등과 관련한 프로젝트를 수행했고, 현재 국립통일교육원에서 평화와 사회통합 분야를 담당. 주요 저서로는 *Migration and Religion in East Asia*(2015), *Building Noah' Ark for Migrants, Refugees, and Religious Communities*(공저, 2015), 『독일 한인이주여성의 초국적 삶과 정체성』(공저, 2021), 『통합, 그 이후를 생각하다』(공저, 2021), 『구술 생애사를 통해 본 5·18의 기억과 역사 11−독일편』(2021) 등이 있다.